便利店兄弟

コンビニ兄弟

テンダネス
柔情便利店
門司港小金村門市
門司港こがね村店

まちだ そのこ
町田苑香

王蘊潔——譯

Contents

序章

「哎喲！你看我一下嘛！」

「哎喲！看我看我啦！」

聽到這種簡直就像是在偶像演唱會現場般的尖叫聲，我忍不住倒退三步，原本拿在手上的寶特瓶也滑落到地上，但我根本無暇去撿。眼前幾個像花蝴蝶般的女人都手舞足蹈地撲向美麗的花朵。咦？這裡不是普通的便利商店嗎？

我打量周圍的同時，無意識地把記憶倒帶，回想自己為什麼會走進這家便利商店。

我考到駕照，買了一輛二手輕型汽車，成為這一切的起點。那是一輛黑色廂型車，名叫「薇薇安號」。薇薇安號是我珍藏多年的名字，我很久以前就決定，有朝一日我有自己的車子，一定要取這個名字。從我早早就為車子取好名字這件事就知道，我很嚮往擁有「自己的車子」，開自己的車去兜風是我多年的夢想。

買車後的第一個連假——黃金週期間的某一天，是一個風清氣爽的大晴天，我得意洋洋地走出家門，準備實現多年的夢想。

我早就決定，第一次兜風要獨自上路。車上播放自己喜愛的音樂，自由自在，隨心所欲地去自己喜歡的地方。我離開位在熊本的住家後，上了高速公路，準備出發去福岡。

先去博多逛街買東西，然後去太宰府天滿宮繞一圈再回家。搞不好會想吃剛出爐的梅枝餅[1]。我心情愉悅地握著方向盤，沒想到中途去基山休息站休息時，理智線差點斷掉。我在出門前傳了訊息給朋友，她回我了。

「我敢打賭，妳一定是要去博多？九州人只要想出去走走，絕對會去博多。笑死了。」

我傳給她的訊息中，只說今天要去好好享受兜風！她明顯在嘲笑我。如果不是自己的手機，我一定會狠狠摔在地上砸得稀巴爛。

「不要因為自己考到臨時駕照[2]後，遲遲沒拿到正式駕照就對我酸言酸語！」

【編註】

1 太宰府著名的火烤點心，外皮像麻糬，內餡包紅豆，每顆梅枝餅上都烙有梅花印。

2 為了取得正式駕照，須在公路上練習或考試，因此會發給臨時駕照。持照者不得單獨上路，也不能進行以練習為目的之外的駕駛。

我詛咒著，想要回訊息給她，最後決定放棄。我的確正準備去博多，既然這樣，我死也不能去博多，否則只會繼續被她嘲笑。早知道就不應該樂不可支地傳訊息給那傢伙。

我不得不改變目的地，只能看著手機上的地圖咳聲嘆氣。到底要去哪裡呢？我搜尋著地圖，絞盡腦汁思考著，指尖碰到了一個地名。

「門司港……」

我曾經聽過這個地名。我猜想應該是小有名氣的觀光勝地，但我從來沒去過。網路上說那裡有一個名叫懷舊地區的地方，街道很乾淨？我稍微想了一下，就把那裡設定為新的目的地。這種時候，感覺對了很重要。

兩個小時後，我順利抵達門司港，忍不住自讚自誇自己的感覺。這裡有波光粼粼的大海，還有懷舊可愛的建築，人力車來來往往。我被熱鬧的叫聲吸引，走過去一看，原來是一個大叔在叫賣香蕉。黃澄澄的香蕉在陽光下閃閃發亮。

「這裡也太讚了。」

以後如果交了男朋友，一定要和他一起來這裡。如果交不到男朋友，也可以找那個只有臨時駕照的朋友一起來玩。所到之處都很好玩，我漫無目的地在街上散步。

雖然才五月初，但晴朗的天氣已經讓人感受到夏天的氣息。我晚餐吃了當地美食焗烤咖哩後想去買茶喝，看到一家便利商店就走了進去。

每次去陌生的地方都覺得，便利商店是一個很不可思議的地方。無論去哪個地方，只要一踏進便利商店，那裡就變成了令人產生親切感的熟悉空間。雖然是因為便利商店的感覺都差不多，陳列的商品也都差不多的關係，但還是會讓人產生某種安心感。

原本興奮的心情終於稍微平靜下來，我從飲料櫃中挑選了喜愛品牌的寶特瓶裝綠茶，然後走向收銀台，見識到了在其他便利商店不會看到的景象。

一群打扮得花枝招展、好像準備去參加聯誼的女人圍在收銀台前，收銀台內有一個男人，這群女人似乎為他瘋狂。那個男人八成是便利商店的店員，因為他穿著以柔粉色和亮棕色為基調的制服，所以應該不會錯。只不過那個英俊美男子渾身散發出強烈的「性感」，有點難以想像他是便利商店的店員。難道是在拍電影嗎？聽說北九州市是知名的取景地。我東張西望了好幾次，但並沒有看到像是攝影組的人。

男店員露出輕鬆的微笑對其中一個女人說：

「謝謝妳經常光臨本店。啊，妳今天看起來和平時的感覺不太一樣。」

「哇！店長，原來你真的有在注意我……我跟你說，我今天換了口紅。」

「喔喔，原來是這樣，原來是因為櫻花色的嘴唇，讓妳看起來比平時更可愛。」

「店長，你也看我一下！我今天也換了指甲油。你看你看，好看嗎？」

「喔喔，由宇子，真的欸，看起來就像果凍球，可愛得想要咬一口。」

他露出了甜美的微笑，店內頓時響起了令人想要捂住耳朵的尖叫聲。這裡是偶像的演唱會現場嗎？我到底不小心闖進了什麼地方？

我回顧了自己到目前為止的行動三次，只記得自己走進了一家普通的便利商店，我甚至開始懷疑自己的記憶有可能遭到了竄改。

「啊，這位小姐，請妳來這裡的收銀台結帳！」

聽到一個慵懶的聲音，我才猛然回過神。我沒被外星人綁架嗎？我撿起剛才掉在腳邊的寶特瓶，抬頭一看，發現另一個收銀台前的男人正看著我。剛才是他對我說話嗎？他的年紀看起來和我差不多，八成是打工的大學生。雖然我知道這麼說很失禮，但他的長相很普通。如果在電視劇中，就是路人甲。咦？我剛才作了奇怪的白日夢嗎？

我走去讓人有點分不清是夢境還是現實的大學生打工仔——名牌上寫著廣瀨的

名字——那裡，請他為我結了帳。在結帳期間，隔壁收銀台仍然持續著情深意濃、引人遐想的談話。我實在太好奇了，忍不住小聲地問面無表情地為我結帳的廣瀨：「請問那是在拍攝影片之類的嗎？」廣瀨立刻噗哧一聲笑了出來。他的表情看起來有點無可奈何，或者說見怪不怪。

「不，並沒有在拍攝影片，這是本店的日常景象。」

「啊？日常……？」

廣瀨輕輕點了點頭，把找零的錢放在我手上。我拿起貼了結帳膠帶的寶特瓶，再次看著隔壁收銀台的景象。那幾個原本看起來關係不錯的女人似乎有點不開心，剛才被稱讚指甲漂亮的女人把指尖伸到店長嘴邊說：「我想餵你吃。」結果另一個女人尖聲說她得寸進尺。

「啊啊，妳們不要吵架，我喜歡看妳們的笑容。」

那個男人為難地說，幾個女人紛紛擠出笑容，只不過越是想要笑得比別人燦爛，臉部肌肉反而更僵。這絕對就是在大學校園也不時可以見到的、女人之間的爭風吃醋。但這也是這裡的日常景象嗎？我好奇地看著廣瀨，他默默點了點頭。真的假的？

雖然我很想繼續留在這裡當觀眾，但是如果不趕快開車回熊本，回到家就要三更半夜了。我依依不捨地離開了廣瀨站著的收銀台，走向出入口的自動門。

當我走出便利商店時，聽到身後傳來並不是廣瀨的聲音。回頭一看，剛才那個男店員面帶微笑看著我。他的視線簡直就像直接撫摸了我背部在皮膚和肌肉保護下的神經，我忍不住渾身發毛。結果手上的寶特瓶又掉了，一路滾走。我慌忙撿起了滾到停車場正中央的寶特瓶，然後轉頭看向他，發現他仍然看著我。他略微豐滿的嘴唇勾勒出柔和的弧度，我的心跳忍不住加速。

「謝謝光臨。」

「路上小心。」

就在他寧靜又真切的聲音傳到我耳中時，自動門關上，隔絕了我和他。

我愣在停車場中央。我該走回去便利商店嗎？我該去搞清楚剛才的感覺是怎麼回事嗎？但我覺得一旦踏進那家便利商店，就會墜入無底深淵。我到底該怎麼辦？

自動門打開了，我大吃一驚。該不會是他出來追我？

「好了好了，要吵架就趕快去外面。」

剛才那幾個女人和一個滿身肌肉，看起來像達摩的老頭走了出來。老頭穿著白色背心和鮮紅色吊帶褲，衣著很奇怪，卻有一種異樣的威嚴。

「買好該買的東西就回家，好不好？」

老頭大聲說道，然後瞇眼笑了起來，可怕的感覺好像可以生吞活剝地吃下一個人。那幾個女人尖叫著如鳥獸散，老頭哇嘿嘿地笑著目送她們離開，然後和我對上了眼。咦？老頭挑起單側眉毛，似乎以為我是剛才那幾個女人之一，於是更大聲地對我說：「回家吧！」

「我、我要回家了！」

這家便利商店到底是怎麼回事？帥哥店員吸引顧客上門，那個像妖怪一樣的老頭卻把客人趕走，完全搞不懂是怎麼回事。我全速跑向「薇薇安號」所在的停車場，但在跑的同時，發現自己在思考下次什麼時候來這裡。

「路上小心。」

我想再次看到那張笑容。我想了解那張笑臉的本質。

這也許是戀愛。但我不希望見到那個老頭……不，我必須確認，這到底是不是戀愛。

我在門司港奮力奔跑的同時，為從天而降的蕩漾春心煩惱不已。

第1章

屬於你，也屬於我的便利商店

中尾光莉每天的生活都很充實。她和丈夫在大學時代結婚，目前已經迎來第十七年，還有一個現在就讀高一的兒子，一家三口和樂融融。雖然兒子目前正值叛逆期這件事，稍微有點讓人煩惱，除此以外，生活完全沒有任何問題，無論和丈夫，還是住在鄰縣的公婆關係都很融洽，她自己的父母當然也仍然健在。十一年前購買的三房兩廳透天厝雖然不大，但住起來很舒服，貸款的還款狀況也很順利。她為了賺零用錢在便利商店打工也得心應手。非但得心應手，簡直就是最出色的職場。因為可以得到超出薪水以外的收穫。

總而言之，中尾光莉的生活很充實。

「啊，下個月開始的商品陣容不一樣了。」

光莉正在訂貨，工讀生野宮探頭看著她手上的平板電腦說。

「中華涼麵、蕎麥涼麵，原來都是夏季商品啊。」

「因為快七月了，時間過得真快。」

「我覺得柔情便利店的中華涼麵是便利商店界的霸主，口味的協調感超讚，只可惜份量太秀氣，每次都必須吃兩份。」

野宮是九州共立大學一年級學生，在進大學的同時，開始在柔情便利店打工。

在高中時曾經加入摔角社的野宮渾身肌肉飽滿，雖然已經給了他最大號的制服，但胸部和肩膀的部分好像隨時會炸開。聽說他高中時參加比賽，多次獲得冠軍。

九州共立大學的摔角社也是強隊，但野宮從來沒有提過為什麼讀了這所大學，卻放棄了摔角，光莉也懶得特地打聽。

「野宮，我覺得你可以吃夏季蔬菜燒肉丼。」

這是在夏季商品中，每年都很受年輕男生歡迎的商品。炭火烤的牛肉和色彩繽紛的夏季蔬菜搭配在一起，看了就很賞心悅目，而且飯量比普通便當更多，吃完後的滿足度很高。

「不，那是另一個境界了。啊，對了，柔情便利店的飯也超好吃，我是說白飯。」

「當然啊，因為柔情便利店對品質有所堅持，尤其是在便當、甜點等食物方面。」

光莉毫不猶豫地點選螢幕上的數字同時回答。光莉在柔情便利店門司港小金村門市打工至今已經有四年的時間，憑感覺就知道哪一款商品的銷量。

柔情便利店是只有在九州地區經營的連鎖便利商店，以「溫柔待客，情同一家」為宗旨，受歡迎的程度絲毫不比其他連鎖便利商店遜色。這家柔情便利店門司港小金村門市，位在北九州市門司區大坂町路上小金村大樓的一樓，離以懷舊建築出名的門司港車站，以及舊門司三井俱樂部都有一小段距離，周圍的環境很安靜，這家店的客人中，觀光客比例並不高，大部分都是附近的居民。

店內響起了療癒的八音盒音樂，那是自動門打開——有客人上門的提醒。他們兩個人同時轉過頭，身穿白色背心和鮮紅色吊帶褲的老人剛好走進店裡。雖然梅雨季節應該還沒結束，但老人已是一身盛夏的打扮。他眼神犀利，留的鬍子遮住了半張臉，頭頂已經禿了，從背心露出的兩條手臂肌肉飽滿。他個子很高，目光炯炯地巡視店內的樣子很有威嚴。老人看到光莉和野宮，立刻摸了摸光溜溜的腦袋，露出滿面笑容。

「哈囉哈囉，光莉，妳每天都這麼可愛。」

「正平老爹，你好，今天街上的情況怎麼樣？」

「嗯，有很多中國的團體觀光客，他們在車站前參觀，等一下要搭關門渡船去唐戶。」

梅田正平是這一帶的名人。他把手工製作的門司港觀光地圖放在鮮紅色的成人三輪車載貨台上，穿梭在大街小巷。雖然一臉兇相，但其實面惡心善，性格爽朗，總是一身與眾不同的打扮，附近的小孩都很喜歡他，都叫他「紅老爹」。

「還有人問我是不是演員，經常有人誤以為我是岡田真澄，所以也不能怪那些觀光客。」

正平得意洋洋地說，但光莉覺得他更像達摩和尚。因為實在太像了，如果說他是達摩和尚轉世投胎，光莉也完全相信。

「那些人還紛紛為我拍照，我可受歡迎了，觀光地圖也都發完了，所以我要再回家重新印一些。」

哇嘿嘿。正平發出像壞蛋——但他只是正常地笑而已——般的笑聲後說：

「所以，今天的巡邏就到此為止了，不好意思啊。」他滿臉歉意地說。正平自稱是門司港的觀光大使，還自詡是守護地區治安的可靠保鑣。他在發觀光地圖之餘，會多次走進這家便利商店休息。

「正平老爹，你不必擔心本店，因為今天店長休假。」光莉笑著說。

「喔，這樣啊。」正平面露喜色，「只要他不在，這家店就很太平。」

「沒錯沒錯，完全不必擔心。」

「那我就可以放心回家了。明天見。」

正平心滿意足地點了點頭，騎著紅色三輪車打道回府。

「正平老爹真是活力充沛。」

野宮深有感慨地說，光莉點了點頭。不知道是不是因為正平三百六十五天，無論是什麼樣的天氣，都全年無休地騎三輪車的關係，他總是精神抖擻。聽說他早就年過八十，但皮膚很有光澤，踩著三輪車的雙腿很有力，也完全感受不到他的肌肉衰退。光莉每次看到他，都忍不住希望自己以後也可以成為像他那樣強壯的老人。

音樂旋律再次響起。轉頭一看，一名拄著拐杖的乾瘦老人走了進來。他用毛巾擦拭著太陽穴的汗水，看到光莉和野宮，冷冷地說了聲：「喂！」

「浦田爺爺，午安！今天外面也很熱吧？」

野宮大聲向浦田打招呼，浦田皺起了眉頭。浦田是住在附近的獨居老人，和正平相反，性格很彆扭。不知道是否對個性開朗、活潑乾脆的野宮的言行看不順眼，總是對他百般挑剔。

「你說話不必這麼大聲，我也聽得見。既然你有力氣沒地方用，就別只顧著賺錢，要去運動一下。」

浦田用拐杖指著野宮，語氣嚴厲地說。

「我來吃飯了，趕快幫我準備。」

野宮生氣地噘著嘴，但立刻擠出了笑容。

「好，馬上為你準備午餐！」

野宮立刻跑去後方員工休息室的冰箱拿便當，光莉對浦田說：「請去隔壁稍等一下。」浦田沒有回答，走向隔了一道門的隔壁內用區。

收銀台內的空間並不寬敞。野宮拿了便當和寶特瓶裝的茶回來之後，高大的身體在收銀台內轉來轉去，加熱完便當，在確認單上登記完成後，走向在隔壁等待的浦田。

「接下來就要忙碌了。」

光莉抬頭看向時鐘後小聲嘀咕。浦田每天都是第一個來店裡報到，當他差不多吃完的時候，其他老人就會陸續上門。

柔情便利店門司港小金村門市提供了「黃旗午餐」的服務。每天定量供應柔情便利店的當日特餐便當，深受長輩客人的好評。除了因為當日特餐每天都不一樣，所以吃不膩，最大的賣點就是「可以藉此了解長輩每天的身體狀況」。

小金村大樓的三樓到頂樓的八樓都是高齡者專用公寓，這項黃旗午餐的服務原本只提供給同棟大樓的這些住戶。因為可以節省住戶每天做午餐的時間，在柔情便利店旁的住戶專用聊天室——目前作為內用區開放——用餐，也可以和其他住戶交流，而當住戶沒有來領取便當時，就可以及時發現意外狀況。剛推出這項服務，曾經用這種方式宣傳，但後來使用者逐漸增加，目前有不少像浦田那樣，住在附近的長輩也使用了這項服務。

「我回來了。」

野宮一臉愁眉苦臉地走了回來。不難想像，浦田一定又數落了他。光莉還來不及開口問他發生了什麼事，野宮就低聲自語著：「我真的很煩嗎？他又對我大吼，叫我放下東西趕快走開，還說什麼肌肉男在旁邊，飯也會變得難吃。」

野宮雖然人高馬大，但個性很敏感脆弱，常常因為客人不經意的一句話受傷，煩惱不已。即使光莉提醒他心情放輕鬆，他也都聽不進去。

「浦田爺爺對每個人都很兇，所以你不要放在心上。」

「他對我說這麼難聽的話，很難不放在心上，而且有必要這樣倚老賣老嗎？」

野宮握起拳頭，上臂的二頭肌鼓了起來。

「雖然我很不願意說這種話，但是像他那種人，就叫老番……」

「好了、好了，到此為止。」

光莉制止他繼續說下去。幸好店裡沒有客人，不能養成隨便抱怨客人的習慣。

野宮露出不服氣的表情，但還是住了嘴。過了一會兒，低頭道歉說：「對不起，我說得太過分了。」

「我能夠理解你的心情，但是這種話不可以說出來。」

光莉對他笑了笑，野宮也露出了尷尬的笑容。野宮的優點，就是他很淳樸坦率。

音樂旋律響起，一身花俏打扮的年輕人走了進來。他是在離這裡五分鐘路程的髮廊上班的員工，買了兩瓶提神飲料和萵苣三明治。

年輕人把商品放在野宮站著的收銀台前。即使站在遠處，也可以看到他的雙手乾裂紅腫。他是四月才進那家髮廊的美髮助理，光莉猜想他目前還在整天為客人洗頭的階段。

「再給我一盒炸雞塊。」

「好，一盒炸雞塊。」

野宮動作俐落地敲打著收銀機。一旁的光莉從油炸商品架上拿出炸雞塊時，忍不住想。

啊啊，真想多送他一塊炸雞。

不知道是不是上了年紀的關係，只要看到年輕人努力的身影，就忍不住想要伸出援手。尤其眼前這個年輕人的臉蛋很漂亮，染了一頭美髮師學徒很常見的亮麗髮色，格外有型，和光莉目前熱愛的漫畫角色有點神似，也增加了對他的好感。送一塊太小氣，真想送兩塊炸雞給他。

年輕人結完了帳，光莉目送他單薄的背影走出便利商店時，年輕人突然停下了腳步。

「啊啊，志波哥！」

年輕人看到一個男人從內用區走過來，興奮地叫了起來。走進來的那個人是身穿便服的志波三彥——這家便利商店的店長。

志波的年紀比光莉小九歲，今年三十歲。他個子很高，身材像模特兒般高䠷挺拔。也許是因為身材的關係，他只是一身白色襯衫、棉長褲，趿著拖鞋這種平淡無奇的打扮，看起來仍然很瀟灑。從挽起的袖子下露出的緊實手臂曬得微黑。

「咦？是步夢啊，現在是休息時間？」

「對！沒錯！」

年輕人——步夢喜出望外地跑了過去，志波對他露出柔和的微笑。光莉忍不住小聲低語：「事情的發展真是出人意料。」

「志波哥，你怎麼都沒來店裡找我？那次之後，有客人稱讚我的洗頭技術，但你都沒有來看我。」

志波牽著步夢的手，用指尖輕輕撫摸著手上的乾裂，步夢的臉一下子紅了。

「這完全是美髮師的手，那我盡快找時間過去。」

「好，我很期待，我會一直等你。」

步夢露出熾熱的眼神注視著志波，志波理所當然地接受了這種視線的注視，露出潔白的牙齒笑了笑說：「下午上班也好好加油。」步夢連續點了好幾次頭，然後小心翼翼地舉著剛才被志波摸過的手，走出了便利商店。

光莉目不轉睛，從頭到尾都看在眼裡，說不出任何話，只能嘆了一口氣。那個年輕人什麼時候也迷上了「費洛店長」？她之前完全沒發現。

光莉都叫志波「費洛店長」，當然就是「費洛蒙店長」的簡稱。光莉認為，志波就像噴泉般隨時噴發費洛蒙，八成是他身體內流動的血液，或是靈魂的素材與眾不同，所以形成了像噴泉般可以半永久性地噴發費洛蒙的器官。

志波的五官並非完美無缺，雙眼皮的眼睛左右大小不同，還有太肉感的嘴唇也破壞了臉部的協調。這種絕妙的不和諧感，還有像旦角般柔和變化的表情，都醞釀出一種讓人心裡發毛的性感。而且他身上總是散發出一種好像花蜜般的氣味，聲音也甜蜜地敲動著鼓膜。不需要日本知名的指壓師浪越德治郎出馬，任何人只要在他身上輕輕壓一下，就會壓出源源不絕的費洛蒙。

光莉四年前來應徵面試，在辦公室看到志波時，不安地以為自己走錯了地方。因為她無論如何都無法相信，眼前這個男人是便利商店的店長。只不過聊天之後，發現志波說話很正常，在談論業務內容時，也沒有任何可疑之處。她清楚記得當時自己無法順利整理進入大腦的資訊，陷入了混亂。

最後發現，志波是受人僱用的店長，就只是這麼單純的普通人而已。雖然志波實在太性感，光莉一度懷疑他和老闆之間有特殊的關係，但包括這家便利商店產權在內的小金村大樓的業主，是七十多歲的老頭，而且很愛他的太太，所以排除了這種可能性。原本以為志波是一個輕浮的男人，沒想到他工作很認真，不僅認真，甚至有點太認真了。

光莉曾經問志波，為什麼會受僱擔任這家便利商店的店長。因為光莉覺得以志波的外表，完全可以從事其他——藉由吸引人心獲得高報酬的工作。雖然並不覺得便利商店的工作有什麼不好，但無疑浪費了他全身散發、可說是一種才華的費洛蒙。但是，志波只是意味深長地笑了笑說：「因為我喜歡便利商店。」光莉認為志波的回答絕對只是敷衍，背後一定有特殊理由，只是她目前還不知道。

「野宮、中尾太太，辛苦了。」

志波送走步夢後，緩緩轉過頭，對他們露出微笑，但是光莉和野宮與步夢不一樣，臉上的表情完全沒有任何變化，只是淡淡地回了一句「辛苦了」。在這家便利商店工作的絕對條件，就是要認為志波的費洛蒙「很臭」。

「店長，你今天休假還下樓來店裡？」光莉問。

老闆很照顧志波，讓他租了四樓的一個房間。只要下樓就可以上班，雖然可以節省很多通勤的時間，但光莉認為太近反而會很煩。

「午餐時間不是快到了嗎？我想和大家一起吃飯。」

志波指了指隔壁。

「啊！」野宮驚叫起來，驚訝地說：「店長，你這樣根本沒有私生活啊。」

「你平時已經夠關心了，不需要連休假時都放不下。」

「目前只有我們店引進了黃旗午餐的服務，所以還是有點不放心。」

「呃，我忘了那個人的名字。我記得這是那個被稱為指導師的伊達谷還是佐世保提出的想法。」

「二世古，人家姓二世古。」

黃旗午餐的提案，來自於柔情便利店的創辦人堀之內會長設置的「意見箱」的郵政信箱所收到的一封信。

會長聲稱藉由「意見箱」，直接傾聽客人的聲音，事實上，也的確會親自過目收到的所有來信。其中一個姓「二世古」的人經常寫信到意見箱，每次都針對很細節的部分提出寶貴的意見。福岡縣的某某店離男校很近，可以增加運動飲料和大份量便當的進貨量；佐賀縣的某某店有很多玩具和零食，附近的小學生都很喜愛。不知道那個二世古從事什麼樣的工作，反正他經常前往各地，而且行動範圍涵蓋了整個九州地區。那個二世古寫信給會長，問會長是否知道有些地方在推動「黃旗運動」。

「黃旗運動」，就是請獨居老人每天早上到傍晚，都要把黃色的旗子插在家門口或是陽台上，讓左鄰右舍知道獨居老人平安無事。如果黃色旗子沒有拿出來或是沒有收進去，有人發現時，就會上門確認獨居老人是否平安。

「雖然插旗也是好方法，但是也可能產生風險，讓心懷不軌的人發現那是獨居老人的住家。如果讓獨居老人每天去便利商店領便當，就可以減少這種風險，還可以促進老人之間的交流。」

會長很重視這個意見，於是就挑中了門司港小金村門市進行實證實驗。志波接到會長的指示後，立刻去拜託大樓內所有的住戶訂餐，輕鬆超過了總部提出的最低限度簽約人數，於是就開始實施這項企劃。在實施之後，簽約人數持續上升，沒有發生任何重大問題，其他店也將在年底引進。

光莉認為這項企劃這麼成功，照理說可以高枕無憂，但志波只要一有空，就和那些老人打成一片，陪他們聊天。

「你不覺得那個姓二世古的傢伙被稱為指導師，被會長捧得高高的很令人火大嗎？你明明比他努力多了。」

野宮義憤填膺地說，但志波笑了笑說：

「沒這回事，而且婦女會的成員很期待和我一起吃飯，我只是不想讓她們失望。」

志波的人氣絕佳，他有沒有來上班，會對當天的營業額造成很大的影響。如果只是這樣也就罷了，問題是也會帶來負面影響。比方說，為了志波而來的客人經常因為爭風吃醋而發生摩擦。每個月都會發生一次女客人因為向店長拋媚眼，或是有人在收銀台前霸占店長太長時間之類芝麻蒜皮的小事大打出手。

每次發生這種糾紛，就由剛才來過店裡的正平，以及小金村婦女會——又名「志波三彥粉絲俱樂部」的人出面平息。一旦女客人開始吵架，一臉兇相的正平就會出面制止「妳們不要再吵了」；那些育兒和育孫都告一段落，身經百戰的婦女會成員則是數落那些女客人「妳們這樣只會惹他討厭」。無論是正平還是那些老婦人，都是這家店維持正常營運不可或缺的存在，所以志波也很重視婦女會的成員。

「小三。」就在這時，隨著歡快的叫聲，粉絲俱樂部的幾名成員從內用區走進店內。內用區後方有通往樓上的出入口，小金村大樓的住戶都從那裡出入。

「你已經到了啊，我們找了你半天。我很期待和你一起吃午餐。」

「我今天做了豆皮壽司，小三，你不用買便當了。」

「哎喲，我也做了家常菜，是小三喜歡的米糠味噌煮沙丁魚和炸蝦。」

圍著志波的女人都像少女般羞紅了臉頰，志波逐一對著每個人露出微笑後說：

「我們去隔壁吧，在這裡會影響其他客人。」那些女人都嬌聲回答：「好。」

「中尾太太，可以麻煩妳為她們準備便當嗎？」

「好，當然沒問題。」

光莉立刻確認了這幾個婦人的臉，然後拿起了確認單。在確認的同時，也沒忘記豎起耳朵聽著走去隔壁的婦人聊天的內容。「土用丑日吃的鰻魚[3]是不是開始預約了？我們家要訂兩份。」「哎喲哎喲，那我要訂五份，因為到時候還要送給我女兒和女婿。」「哎呀呀，木本太太，妳訂這麼多沒問題嗎？」「啊，那我家要訂八人份的鰻魚盒飯。」「小三，我們一起吃鰻魚飯。」

「不愧是費洛店長。」

看這種情況，這次的營業額應該也會很亮眼。呵呵呵。光莉忍不住發出笑聲時，有客人上門的音樂再次響起。她轉頭一看，發現一個男人慢悠悠地走了進來。

啊，是萬事通老兄。光莉在內心想道。這個男人也是這家便利商店的老主顧，一頭不修邊幅的長髮，而且像正平一樣，留著遮住了下半張臉的鬍子。從來沒有看他換過的淺綠色連身工作服的背後印著「萬事通老兄」五個白色的字。他的愛車白色小貨車停在停車場，車斗門上寫著「回收廢品．所有難事都交給萬事通老兄！」，車斗上經常載一些舊冰箱或是手臂扭曲的假人模特兒，所以他應該是廢品回收業者，只是不知道「難事」是什麼意思。

3 春夏秋冬各季要結束前的十八天，也就是處於兩個季節之間的時期，就被稱為「土用」，若在這一時期中又碰上十二支中「丑（u-shi）」，那麼這一天就被稱作「土用丑日」。據說土用是每個季節的轉折點，氣溫變化劇烈，容易使身體疲勞。吃帶有「う（U）」字頭的食物，例如鰻魚（u-na-gi）、瓜（u-ri）等，有助於祛病消災，這些屬性的食物在炎熱的夏季也能增加食欲。

男人每次走進便利商店都會逗留很久，會從書籍區看到飲料櫃，再打量日用品貨架，總之會慢慢逛完整家店。雖然起初不由得對他心生警戒，但後來發現他似乎只是喜歡這樣慢慢逛。

「那個客人又來了，他到底是怎麼回事？」

野宮悄悄走過來，壓低聲音說。他窺視那個男人的眼神很銳利，似乎保持了警戒。

「正平老爹也說不太了解他，我覺得他超可疑。」

「這樣啊，那真的太厲害了。」

正平親手製作了獨特的觀光地圖，整天為了蒐集門司港的最新資訊四處奔走，向來誇口說自己是門司港的地頭蛇。事實上，無論向正平打聽任何事，他十之八九都知道，沒想到這件事竟然讓正平都舉白旗投降。

光莉開始在這家店打工時，那個男人就不時會來光顧。之前曾經有幾次和他說話的機會，但男人總是回答「喔」、「是」、「嗯」，從來沒有超過一個字。已經辭職的前輩同事猜想，他「很可能極度怕生」，但怕生的人有辦法做廢品回收工作嗎？光莉總覺得是對方拒人千里，渾身散發出不希望別人太靠近他的感覺。

「而且，這件事可能有點蹊蹺。」

野宮比剛才更加壓低聲音說，「我之前曾經在門司的珍有福家庭餐廳，看到他和店長兩個人單獨見面。」

「真的假的！」

光莉忍不住驚叫起來，慌忙捂著嘴。沒想到志波的魔爪也伸向了萬事通老兄？但是，如果兩個男人幽會，會選在家庭餐廳那種地方嗎？不，店長有可能做這種事。雖然似乎無法想像他們相互餵對方吃起司漢堡排的樣子，但又好像可以想像……

「店長從他手上接過了像是小包裹的東西，他會不會在包養店長？」

「吼喔喔。」光莉發出了毫無意義的聲音。無論是步夢的事，還是現在這件事，今天有太多驚訝了，她忍不住目瞪口呆，但猛然回過了神。

「不行不行，我要先去休息室，這裡就拜託你了。」

光莉抱著所有人的便當走去內用區的中途，看了那個男人一眼，發現男人拎著購物籃，正喜孜孜地打量著貨架，光莉走回來時，他仍然在店裡。他手上的購物籃裡放著綜合德國香腸，和大份的大蒜橄欖油義大利麵。這個男人很喜歡自己加料，每次都會買好幾樣配菜，最近似乎很喜歡大蒜橄欖油義大利麵。光莉的兒子——恆星也很愛吃大蒜橄欖油義大利麵，光莉正盤算著今天晚上可以做大蒜橄欖油義大利麵，突然想到一件事。

啊，這或許是找他說話的機會。但是，真的可以問嗎？光莉想了一下，但其實剛才想到這個主意時，就已經下了決心。

「請問……」

光莉向正在飲料櫃前打量飲料的男人打招呼，男人緩緩轉過頭，被長劉海遮住的雙眼看著光莉。光莉愣了一下，然後想到這可能是第一次和這個男人面對面。

因為他的臉都被頭髮和鬍子遮住，所以之前都不知道，沒想到男人年紀還很輕。可能和志波的年紀相仿，一雙意志堅強的眼眸，有某種讓光莉在意的東西。「什麼事？」男人靜靜地問她。

「你是在做廢品回收，對嗎？我想問一下，有沒有在回收報廢的腳踏車？」

前幾天，恆星回家時，說腳踏車壞了。不知道他是怎麼粗暴對待那輛腳踏車，腳踏車的框架都歪了，恐怕無法修理。雖然一直想著要趕快丟掉，但至今仍然放在後院。

「有啊，在哪裡？」

終於成功地讓他說了超過一個字！光莉對這件事產生了一絲成就感，回答說：

「在家裡。」

「妳家在哪裡？」

「在離這裡走路十分鐘左右的地方。」

光莉說了地址，男人點了點頭說：「我改天繞過去那裡。如果還有其他要丟的東西，我可以一起帶走。回收腳踏車免費，但有些東西可能要收取回收費，所以要提醒妳。」

「喔，好。」

光莉內心對男人的聲音和語氣都很溫柔感到極度驚訝。雖然是談工作，但光莉原本想像他說話態度冷淡，或是很不客氣。

「呃，啊！找到了、找到了。」

男人在連身工作服的口袋裡摸索了一下，拿出一張紙。「這個給妳。」他交給光莉一張名片，名片上寫著和他工作服背後相同的字「萬事通老兄」，還用小字印了手機號碼。

「如果有什麼事，可以打這個電話。」

「回收廢品．難事……請問難事是什麼意思？」

那是光莉多年的疑問。她將視線從手上的名片移到男人身上，男人回答說：

「只要別人遇到困難，我都可以幫忙。我去老年人的家裡，他們經常會找我幫忙做一些雜務，像是搬動家具，或是代替他們去買東西，所以我乾脆印在名片上。」

原來是這樣。光莉恍然大悟。

「啊，這上面沒有寫名字……」

光莉發現名片上沒有名字，小聲嘀咕說。

「訂做名片時忘了加進去。」男人有點難為情地抓了抓臉頰。「老二（Tsugi）。」

「啊？」

「妳叫我老二就好。」

Tsugi。所以漢字是津木或是都城嗎？光莉正打算追問時，連續好幾個客人走進店內。

「啊，我要去忙了。不好意思，那就改天麻煩你。」

光莉很想再和他多聊幾句，但還是依依不捨地回到了工作崗位。

丈夫在晚上十點上床睡覺之後，光莉的黃金時間才終於開始。她把筆電、繪圖板、沒看完的漫畫和手機放在整理乾淨的餐桌上，然後放上一杯剛泡好的咖啡。一切準備就緒。

「今天蒐集到的素材太棒了。」

光莉喝著熱咖啡，呵呵笑了起來。光是知道那個美髮師的名字就是驚人的收穫，沒想到費洛店長已經向他伸出了魔爪。而且今天終於成功地稍微接近了那名神秘男子。

「我一定要在星期五更新時把步夢畫進去。」

電腦螢幕上是插畫交流網站 pixiv 上的漫畫排行榜，光莉用指尖摸著第三名的《費洛店長的放浪日記》，又忍不住呵呵笑了起來。完全沒想到我畫的漫畫這麼受歡迎，簡直就像在作夢。

光莉很喜歡漫畫，國中時決定自己也要畫漫畫。上了高中和大學後，仍然持續創作，也曾經向漫畫雜誌投稿，可惜每次都在決賽中落敗。就在那個時候，愛上了認識的男生，然後就結了婚。結婚之後，很快就有了孩子，每天的生活都忙得不可開交。在和丈夫的關係漸漸穩定，獨生子也提早在精神上獨立之後，她又想起了漫畫的事。終於有屬於自己的時間——當她產生這種感慨時，最先想到的，或者該說毫不意外地想到了漫畫。

當今的時代太了不起了。光莉深刻體會到這件事。因為只要將自己的作品上傳到網路上，就有機會讓很多人看到。以前她和同學努力製作同人誌，卻完全賣不出去，留下一堆庫存，大家都懊惱地流著眼淚說，至少希望有人可以看到我們的作品。現在上傳到網路上，讀者人數就持續增加，也可以收到「好有趣」、「期待更新」等令人欣喜的感想。這個時代實在太美好了。

「話說回來，這一切都是拜費洛店長所賜。」

手上有錢，才能夠充分享受自己的興趣愛好。當初光莉是為了買繪圖板才去打工，但在那裡遇到了志波，簡直就是命運的安排。

光莉得知志波真的只是被人僱用的便利商店店長時，忍不住感動不已。怎麼會、怎麼會有這麼有個性的人……！這個便利商店店長，簡直就像發動恐怖攻擊般猛烈噴發性感，光是這樣的角色就太有趣了。於是光莉在學習便利商店工作的同時，開始暗中觀察志波。

越了解志波，就越發現他是一個有趣的人。他整個人散發出便利商店完全不需要的氣場，但待客很親切。在柔情便利店每年舉辦的待客比賽中，他每次都名列前茅。雖然他有很多狂熱的粉絲，但女高中生都叫他「臉蛋性騷擾」，對他避之唯恐不及。強烈的費洛蒙會讓年輕的女生感到很可怕。他的私生活很神秘，有時候休假日也會來店裡，有時候他請了休假，好幾天都不見人影。前一天才在關門海峽博物館看到他和穿著漂亮和服的女生挽著手，隔天又看到他被一個比野宮更加肌肉飽滿的男人背著走進門司港普樂美雅飯店。光莉實在太好奇，忍不住問他：「你在和什麼樣的人交往？」他顧左右而言他，笑著說：「那得先釐清妳和我對『交往』的定義是否相同。」

光莉漸漸發現自己並非因為志波的性感，而是基於其他原因對他產生了莫大的興趣。沒有理由不把他畫成漫畫。以志波為主角，故事的舞台當然就在便利商店，然後描寫費洛店長和他周圍各種不同的客人之間的日常。漫畫的題目就直截了當地取名為「費洛店長的放浪日記」，絕對會超有趣。光莉當初帶著這樣的確信開始創作，但作夢也沒有想到，即使經過了好幾年，受歡迎的程度仍然絲毫未減。

「店長是真實存在的人物嗎？可不可以告訴我那家店的地點？」

光莉看到和網站連結的推特收到的訊息，忍不住笑了起來。在漫畫逐漸開始受歡迎後，光莉認為還是必須徵求當事人的同意，於是告訴了志波這件事。光莉鞠躬道歉說，如果會造成他的不愉快，就會停止繼續畫下去。志波雙眼發亮地說：「妳太厲害了，沒想到妳有這方面的才華。妳要怎麼使用我都沒問題，但是為了以防萬一，可不可以不要公布店名？」

當時就已經有讀者留言，說想要去見費洛店長，所以光莉語氣堅定地向志波保證：「當然，我絕對不會說。」因為她很清楚，一旦這麼做，絕對會鬧得雞犬不寧。光莉說，一定會保護他的隱私，志波聽了之後，就輕鬆地答應說：「那就沒問題了。」「雖然真有其人，但恕我無法告知地點。因為漫畫中也有虛構的成分，如果造成店長的困擾，就必須停止連載，拜託大家不要肉搜店長。」

她回覆了這段不知道已經寫過好幾十次的內容，然後喝了一口咖啡。當她在看留言時，恆星走了進來，打開冰箱，拿起牛奶盒直接喝起了牛奶，然後對著光莉皺起了眉頭。

「妳又在畫漫畫嗎？都一大把年紀了，可以不要再做這麼宅的事嗎？」

「我不是說過，你不要干涉大人的興趣嗎？」

光莉生氣地反駁。恆星對光莉的興趣頗有微詞，小時候得意地說，我的媽媽很會畫畫，那時候的樣子不知道有多可愛，但是現在每次向他提起小時候的這件事，他會露出更不耐煩的表情，所以光莉也不再提起。

「既然你不想看到，那就趕快回自己的房間啊。」

「不需要妳提醒，我也會回房間。啊，對了，妳請廢品回收業者來回收了是嗎？」

「什麼？」光莉驚訝地問。

「我放學回家時，剛好有一輛小貨車經過。」恆星回答說，然後又喝了一口牛奶，「那個人說，你媽媽要我來回收腳踏車，我現在可以拿走嗎？所以我就請他拿走了。」

「是不是滿臉大鬍子？就像正平老爹那樣？」

光莉沒想到他這麼快就來過了。恆星聽了她的問題後，點了點頭說：「鬍子的確和紅老爹差不多，只是年紀很輕。雖然說不上來為什麼，但他很有趣，而且也很帥。」

「很帥？」

光莉再次感到驚訝。不是根本看不到他的長相嗎？

「我覺得他被鬍子遮住的臉很帥。嗯，可能女人無法體會那種帥氣。」

才剛滿十六歲的兒子人小鬼大地說，「反正我讓他拿走了腳踏車。」說完，他就走回自己的房間。

「啊，也未免太快了。」

光莉從皮包裡拿出白天拿到的名片打量著。雖然原本沒有意識到，但似乎很期待打電話給他這件事，所以現在有點失望。

「我的怪胎感應器響個不停啊。」

光莉有預感，老二身上有某種特別的東西。

又過了幾天。這一天，每天第一個走進便利商店來吃便當的浦田沒有上門。即使所有老人都已經領了便當，而且都吃完了，他仍然不見蹤影。光莉撥打了他登記的手機，也沒有人接聽。於是光莉向志波報告，志波說要去他家察看情況。從便利商店走路到浦田家差不多十分鐘左右。

「希望他只是今天去醫院回診，或是睡過頭了。」

之前也曾經多次發生類似的事，但都是他忘了通知，這次八成也是因為相同的原因。光莉輕鬆地對志波說了聲「路上小心」，目送他走出便利商店，但是十五分鐘後，聽到遠處傳來救護車的聲音，忍不住雙腿發軟。

「慘了，該不會……」

腦海中立刻浮現了可怕的畫面，和已經來上班的野宮互看著。正平拿著他最愛的寶特瓶裝香蕉拿鐵，正準備結帳，也小聲嘀咕說：「似乎不太妙。」光莉用力按著心跳加速的胸口。雖然明知道也許有一天會發生這種事，但還是感到手足無措。

也許那輛救護車和浦田無關。雖然光莉努力這麼想，但志波遲遲沒有回來，不安在她內心膨脹。

「我去看一下。」

原本坐在內用區角落進入保鑣狀態的正平說，光莉向他鞠了一躬說：「麻煩你了。」騎著紅色三輪車離開的正平在短短十分鐘後就回來了，光莉看到他的表情，就知道內心的預感變成了確信。

「他似乎在家裡昏倒了，現在小三陪他一起去了醫院。」

「這、樣啊……」

「小三應該會和妳聯絡，我們就等他的通知。」

志波離開便利商店兩個多小時後，才終於打電話回來。志波的聲音聽起來很疲憊，但鬆了一口氣說：「沒事了，雖然目前還無法太樂觀，但至少已經脫離了險境。」浦田似乎因為蜘蛛膜下腔出血而昏倒了，如果再晚一點送醫，恐怕就救不回來了。

「剛才終於聯絡到他住在山口縣的女兒了，在他女兒趕到之前，我會留在這裡。」

「好，店長辛苦了，只能為你加油。」

光莉在休息室掛上電話後，回到店裡，發現收銀台前已經聚集了好幾個人。她以為有人等著結帳，慌忙加快了腳步，原來是婦女會的幾個人和正平，正抓著野宮在討論。

「浦田爺爺是不是之前身體就有問題？」
「他最近終於和我們聊天了，但沒有聽說他有什麼老毛病。」
「上了年紀之後，身體到處都會出問題，真的要小心一點。」
光莉擠進正在七嘴八舌地討論的人群，對其他人說：「聽說浦田爺爺已經脫離危險了，幸好店長及時發現。」
在場的所有人都露出欣喜的表情。
「哎喲，原來是這樣啊。」
「上了年紀之後，整天都聽到一些壞消息，讓人心情很憂鬱，幸好沒有發生最不樂見的情況。」
「小三果然厲害，他隨時都很關心客人。」
轉眼之前，這些人討論的話題就變成對志波的讚賞，她們聊了一陣子之後才離開。
光莉和傍晚來接班的同事交接完成後，走進了休息室，發現比她早下班的野宮還在那裡。他看著放在桌上的手機，一臉茫然地坐在那裡。
「野宮，你怎麼了？」

野宮聽到光莉的聲音，緩緩抬起了頭，整張臉痛苦地扭成一團。

「咦？你身體不舒服嗎？」

光莉驚訝地問。野宮搖了搖頭。「那你到底怎麼了？」光莉繼續追問。

「浦田爺爺……」野宮用幾乎聽不到的聲音回答。

「我知道了，因為事情發生得太突然，你嚇到了？幸好他平安無事，真是太好了。」

我們這家便利商店的服務真厲害。光莉原本想繼續說下去，但還是閉上嘴。因為野宮抬頭看著光莉時，眼淚撲簌簌地流了下來。他用力咬著下唇，似乎在努力克制，但仍然淚流不止。

「欸、欸，你怎麼了？」

光莉完全想不出野宮有什麼理由流淚，她戰戰兢兢地問，但野宮沒有說話，只是靜靜地流著眼淚。先等他心情平靜再說。光莉在野宮面前的椅子上坐了下來。

「我……」野宮終於開了口，「我總是對幫助別人這件事袖手旁觀。」

「幫助別人……」光莉重複了這幾個字之後歪著頭納悶。野宮注視著自己滴落在桌上的眼淚，痛苦地繼續說了下去。

「以前讀高中時，經常和我一起練習的同學……他姓高木，我發現他的身體狀況不好，他的身體似乎無法自由活動，而且總是很疲累，他對我說，最近感覺身體不太對勁，但我根本沒有多想，就對他說，可能是沒睡飽或是太累的關係吧。如果當時我提醒他要去醫院檢查，也許他的疾病就不會惡化……」

野宮可能強忍著淚水，喉嚨發出了「嗚、嗚」的聲音。

「我、我們之前說好……之前說好上了大學之後，也要一起練摔角，但他已經無法練習了，我覺得超對不起他。」

原來曾經發生這樣的事，所以他才放棄了摔角。光莉看著野宮。

「我整天都想著這件事，這件事無法從腦海中消失，所以我告訴自己，下次遇到同樣的事，絕對要採取行動，不要讓自己後悔，但是……」

他放在桌子上的手用力握著拳頭，像岩石般又大又結實的手微微顫抖。

「那天我拿著便當送去給浦田爺爺時，他對我說『頭很痛』。」

「頭痛？」

「前幾天，浦田爺爺的心情不是特別差嗎？於是我問他，是不是遇到了什麼不愉快的事，結果他生氣地對我說，他的頭很痛，還說如果聽到我大聲對他說話，他的頭會更痛，叫我閉嘴！我聽了之後很火大，所以就沒有繼續和他聊天。他叫我走開，不然他的午餐也會變得難吃，所以我就……」

野宮把手機出示在光莉面前說：「妳看這個……」他剛才似乎在搜尋蜘蛛膜下腔出血，上面寫著頭痛可能是徵兆之一。

「我又犯了相同的錯誤。當初已經下定決心，告訴自己絕對不要再有下一次，但是完全沒用。只是因為自己火大，就……」

「呃、呃，浦田爺爺整天都心情惡劣，如果我遇到相同的情況，也不會當作一回事。」

光莉想起了幾天前發生的事。浦田那天一走進便利商店，心情就很惡劣，但光莉覺得見怪不怪，所以也沒有放在心上。如果野宮認為那是他的疏失，自己也一樣。但是，野宮大叫一聲：「不是這樣！」猛然站了起來，椅子倒下，發出很大的聲音。

「這和別人會怎麼做沒有關係，而是我一直提醒自己，卻在關鍵時刻又犯了相同的錯，我無法原諒這樣的自己！」

野宮氣勢洶洶地說，光莉只能傻傻地看著他。野宮發現後，皺著眉頭說：

「即使對妳大吼大叫也無濟於事，只會更討厭自己。我這個人真是太差勁了。」

野宮說完，就逃也似地衝出了休息室。光莉慌忙追了上去，但來到便利商店外時，已經不見野宮的蹤影。

「你有沒有看到野宮去了哪裡？」

光莉回到店裡詢問，站在收銀台內的廣瀨搖了搖頭。

「野宮怎麼了？我只看到他騎著機車一下子衝了出去，不知道去了哪裡。看他的樣子，真的是超危險。」

光莉聽到廣瀨擔心的語氣，內心更加不安起來。野宮似乎有點想不開，她覺得不能不管他。

「呃、呃……」

雖然很想聯絡志波，但志波應該還在醫院，那該怎麼辦……？她絞盡腦汁，終於想到了那張紙。

「名片！」

她忍不住大叫一聲，把手伸進皮包，然後看著終於找到的那張紙，撥打了電話。鈴聲響了幾次後，聽到一個低沉的聲音。

「你好，我是柔情便利店的店員。」

光莉的心跳有點加速。

「呃，因為我遇到了困難，所以想請你幫忙。」

電話中的聲音發出低沉的笑聲問：「是什麼事？」

柔情便利店門司港小金村門市旁的內用區內，該有的東西一樣都不少。可以看到外面馬路的吧檯席有五個座位，還有兩張四人座的桌子，桌上放著插了當令鮮花——目前插了一枝向日葵的細口花瓶和面紙盒，角落放著裝滿熱水的熱水瓶，還有烤麵包機，以及垃圾桶。聽說小金村大樓的住戶正在討論要在這裡放一台電視。

光莉坐在內用區吧檯座位的角落，心神不寧地不時向外張望。

天色已經完全暗了下來，乳白色的半圓形月亮高掛在天空，柔和的夜風從敞開的門吹了進來。光莉拿著手機打發時間，但完全不知道螢幕中的內容是什麼。

「啊！」

當她的視線來來回回數十次之後，終於露出了欣喜的表情。因為那輛熟悉的小貨車正緩緩駛入停車場，小貨車的車斗上除了洗衣機和吸塵器以外，還有野宮的輕型機車。大鬍子司機看到光莉，向她舉起了手。垂頭喪氣的野宮站在他旁邊。

光莉衝出店外，跑向小貨車，對走下車的大鬍子說：

「你找到他了，太感謝了！」

老二露齒一笑說：

「雖然他一臉快死的樣子，但並沒有快死了。」

光莉剛才打電話問他，可不可以幫忙找人？老二很乾脆地回答：「當然可以。」還說找人是他的拿手活。

光莉說，希望他幫忙找野宮。老二馬上就知道是誰，在電話中回答說：「喔，就是那個肌肉男工讀生。」他看起來對便利商店的店員完全沒有興趣，沒想到他竟然知道誰是誰。

「他陷入了極度的自我厭惡，情緒失控地騎著機車離開了。想到他萬一有什麼三長兩短，我就很擔心，可以請你幫忙找一找他嗎？」

老二沉默片刻，似乎思考了一下，然後回答說：「知道了。妳現在從哪裡打電話給我？喔喔，就是在那家柔情便利店嗎？那妳可以在那裡等我嗎？我盡量快點把他帶回來。」

「啊？沒問題嗎？」

「我不是說了，那是我的拿手活嗎？」

雖然他自信滿滿地這麼說，但光莉完全沒有想到他能夠在這麼短的時間就找到人。野宮慢吞吞地走下小貨車時，光莉面帶微笑對他說：「太好了。」野宮向她鞠了一躬，用幾乎快聽不到的聲音說：「對不起，光莉姐，妳這麼晚不回家沒關係嗎？妳為了我太犧牲了。」

「我剛才回家了一趟，已經準備好晚餐了，所以沒有問題，你不必擔心。」

即使在這種情況下，他仍然不忘關心光莉。光莉為他的這份心意露出了笑容，然後繼續說：

「你肚子是不是餓了？雖然很想帶你去其他地方吃飯，但費……店長很快就回來了，所以我們在內用區吃便當等他。」

為了以防萬一，還是必須向店長報告這件事。光莉剛才打電話給志波，志波請他們在店裡吃便當等他回來。「妳請誰去找野宮？啊？萬事通老兄？嗯，他應該馬上可以找到人，妳也算選對了人，原來是這樣……」聽志波的語氣，似乎並不想和他有太多牽扯。

討厭啦，真不知道他們到底是什麼關係？太好奇了，太好奇了。光莉把那個蠢蠢欲動的邪惡自己推到腦袋角落，也對著老二笑著說：

「萬事通老兄，你要不要和我們一起吃便當？店長請客。」

「叫我老二（Tsugi）就好，那就讓我也一起作陪吧。」

雖然他說話的語氣很輕鬆，但顯然無法從他口中打聽到任何內幕。「不瞞妳說，我肚子還真的餓了。」他摸著肚子的樣子很普通，完全沒有任何奇怪的地方。

「我去買便當，野宮，你去內用區坐一下。要不要吃你最近喜歡的炸豬排飯？」光莉問。

野宮搖了搖頭說：

「我沒有食欲。」

「你不是沒有好好吃午餐嗎？你還是得吃點東西。」

野宮平時可以一口氣吃完三人份的便當，光莉很擔心他連餓兩餐，滿身肌肉會萎縮得皺起來。

「但是，我不想吃。」

「那要不要吃三明治？或是義大利麵沙拉？」

光莉覺得野宮只要吃一口，就會胃口大開。光莉想到什麼食物就說，但野宮遲遲不點頭。

「那我去買吧？」

在一旁看著他們說話的老二突然開了口。

「妳就陪他聊天，我去買便當。」

「呃，但是……」

「沒關係，沒關係，結帳時記在老三的帳上就好，不是嗎？」

老二說完，邁著輕快的步伐消失在店內。

「這個人超奇怪。」野宮小聲地說，「我在和布刈公園茫然地看著大海，他直直地走向我，簡直就像早就知道我在那裡，然後對我說，妳在等我，叫我跟他一起回來。」

和布刈公園是夜景很美的地方，在這一帶很有名，但萬事通老兄為什麼知道野宮在那裡？「太不可思議了。」光莉點了點頭，但另一個邪惡的自己在腦海中興奮得手舞足蹈。老三。他叫志波老三。這種叫法會不會太親密了?!

光莉和野宮走去內用區，面對面在四人坐的桌子旁坐了下來，老二雙手抱著一大袋食物，興匆匆地走了回來。

「我買了很多食物，花別人的錢，想買什麼就買什麼真是太爽了。」

他一屁股坐在野宮身旁，從塑膠袋裡拿出一樣又一樣食物。大份的大蒜橄欖油義大利麵和綜合德國香腸各兩份，義式培根蛋黃麵、炸豬排丼、韓國泡菜、萵苣三明治、溫泉蛋，還有軟嫩布丁和特製銅鑼燒各三個。

「來，快吃吧。」

他就像看到喜歡食物的小孩子一樣，用興奮的語氣說道。光莉看到他的樣子，忍不住笑了起來。

「你也趕快吃吧，你不是也餓了嗎？」

「啊，這樣嗎？那我就開動了。你想先吃什麼？」

老二問野宮，野宮搖了搖頭。老二拿起義式培根蛋黃麵，同時打開了綜合德國香腸，把幾根香腸放在義大利麵上，最後把溫泉蛋也放了上去。

「太奢侈，太幸福了。」

老二發出嘿嘿的笑聲，開心地吃了起來。他把香腸沾了醬汁後放進嘴裡，又吃了一口義大利麵，中途又輕輕把加料的溫泉蛋戳破了。他緩緩咀嚼著裹了鮮豔蛋黃的義大利麵，深有感慨地嘀咕著：「人間美味。」

「你吃東西的樣子看起來很幸福。」

光莉看著老二吃得津津有味，忍不住這麼說。老二在咀嚼的空檔點了點頭說：

「吃好吃的食物，邊吃邊說『好吃』最幸福了。」

他把義式培根蛋黃麵吃得精光，然後又伸手拿大蒜橄欖油義大利麵。也許是因為他吃得太津津有味了，光莉剛才回家裡時已經吃了點東西，也開始覺得肚子餓了起來，於是也伸手拿起一個軟嫩布丁。反正老二買了三個。

「野宮，你也一起吃吧。」

野宮的食欲應該也受到了刺激，但他仍然沒有伸手拿眼前的便當。他看著老二食欲旺盛地吃飯的眼中不時閃現欲望，卻遲遲不拿起筷子。光莉催促了他好幾次，他堅持說：「沒關係。」

「即使你絕食，那個老頭的身體也不會好起來。」

老二可能對他們遲遲沒有結論的對話感到不耐煩，一邊吃著義大利麵，一邊很不客氣地說。野宮的淚水立刻流了下來，坐在野宮對面的光莉慌忙遞上了手帕，野宮用手背擦著眼睛說：

「對不起，我給大家添了麻煩，對不起。」

「沒事沒事，是我太多管閒事，太愛操心了。我知道即使你一個人也可以解決。」

「……我不知道，我真的很沒出息，為什麼會這樣？」

野宮懊惱地咬著嘴唇。

「我覺得你很善解人意，既然你之前沒有察覺，這也是無可奈何的事，只要記取教訓就好。」

「我就是沒有記取教訓啊。」

野宮痛苦地說。光莉思考著該怎麼回答。

「更何況我並不善解人意，我很自私，高木那時候，我滿腦子都在想即將舉行的比賽。這次浦田爺爺的事，我只想到要怎麼反駁讓我感到火大的老人，明知道之後絕對會後悔。」

「任何人都不是聖人君子，我也會用自我本位的方式思考，尤其這次的事，絕對不是你的過錯。即使你發現了，建議他去就醫，浦田爺爺也不見得會聽你的意見，所以你不需要這麼在意。」

野宮哭著搖頭，光莉的話對他完全沒有發揮任何作用。要怎麼說才能夠說服他？光莉在內心嘆著氣。

「這樣搭配很好吃。」

老二不知道什麼時候吃完了大蒜橄欖油義大利麵，把炸豬排丼放在野宮面前，然後放了滿滿的韓國泡菜。茶色的炸豬排、黃色的蛋和綠色的蔥打造出絕妙的協調感，鮮紅色的泡菜連同湯汁倒在上面，野宮忍不住發出了「嗚啊啊」的叫聲。

「你在幹嘛?!這要怎麼吃！」

「當然可以吃，而且很好吃，給你。」

老二把免洗筷遞到野宮面前，但野宮並沒有伸手接。老二等了一下，把筷子塞給他說：

「吃吧！如果不趕快吃，便當不是就冷掉了嗎！」

老二加強語氣說道，野宮被他的氣勢嚇到，接過了筷子，然後小心翼翼地夾起有韓國泡菜、雞蛋、洋蔥和醬汁的部分，但皺起了眉頭。

「啊，我忘了重要的東西，還有這個。」

老二在塑膠袋裡翻找著，拿出了小包裝的美乃滋。他撕開包裝後，擠在放了韓國泡菜的炸豬排飯上。野宮再度發出了「嗚啊啊」的驚叫聲。

「這根本沒辦法吃啊……」

野宮皺著眉頭，看著炸豬排飯的表情和剛才不太一樣，他注視著炸豬排飯的樣子令光莉感到好奇，忍不住探頭看了一眼，輕輕發出了叫聲：「咦？」不知道是否擠成格子狀的美乃滋刺激了視覺，看起來很美味可口。

野宮默默地把炸豬排飯送進嘴裡，咀嚼之後，又吃了一大口。他吃的速度越來越快。

「怎麼樣？是不是很好吃？」

老二問，野宮連續點了好幾次頭。

野宮開吃之後，好像打開了開關，他用比平時更快的速度吃著炸豬排丼，轉眼之間，一大半已經消失了。但是吃到一半時，野宮突然停下筷子，眼淚又撲簌簌地流了下來。

「野、野宮，你怎麼了？」

「我……剛才明明那麼苦惱，但因為飯很好吃，就狼吞虎嚥……」

太沒出息了。野宮說道。老二簡短地說：

「趕快吃，吃好吃的東西覺得很好吃很正常啊。」

老二不知道什麼時候把剩下的香腸夾在萵苣三明治中，一臉很受不了地說。

「即使父母死了，肚子也照常會餓。只有身心出狀況時，才無法感受到美味。更何況如果不好好享受食物，太對不起食物了。」

老二吃完三明治後，把大蒜橄欖油義大利麵和綜合香腸放在野宮面前，語氣強烈地說：「這是你的份額，現在別想那麼多，專心吃飯！」

野宮被他的氣勢嚇到，再次拿起了筷子。

「越是心情不好，越要好好吃飯。身體的營養不足，就容易胡思亂想。」

野宮吃完炸豬排丼，又接著吃起了義大利麵。老二把香腸全都倒在義大利麵上，野宮默默吃了一會兒，嘴裡不知道嘀咕了什麼。光莉豎起了耳朵。

「……好吃。」

「對吧？」老二點了點頭，「你現在只要專心吃飯。」

野宮不發一語地低頭吃飯，光莉覺得像是活力般的東西漸漸回到了野宮的臉上，然後忍不住偷瞄老二，覺得這個人太不可思議了。

「我只說請你們等我的時候先吃便當，但你們也吃太多了吧，這到底是幾人份啊？」

聽到呵呵的笑聲，光莉轉頭一看，志波從便利商店那裡走了過來。也許是因為從中午之後就一直被困在醫院，所以臉上有點疲態。

「不好意思，我這麼晚才回來。浦田爺爺的女兒太健談了，所以就和她聊了一下，耽誤了時間。」

志波在光莉身旁坐了下來，看到野宮停了下來，對他說：「你繼續吃，繼續吃。」

等到野宮吃完之後，他臉上露出了柔和的笑容。

「我跟你說，浦田爺爺說是他的樂趣。」

「啊？」野宮抬起了頭。

「浦田爺爺說，每天去便利商店是他的樂趣，他在電話中這麼告訴他的女兒。他說便利商店的店員都很熱情，即使面對他這麼難搞的客人，也總是笑臉相迎，他在便利商店也認識了不少相同境遇的人，說以後要更加經常外出。而且，浦田爺爺有一個孫子，目前讀高三。」

志波似乎想起了當時的情況，呵呵竊笑起來。

「那個孫子也來醫院看浦田爺爺，他目前參加了橄欖球社，渾身都是肌肉，浦田爺爺一直說，你很像他的孫子。」

「……我嗎？」

「他說便利商店有一個比他孫子體格更壯的年輕店員，不知道什麼原因放棄參加社團，整天渾渾噩噩，他似乎很在意這件事。」

「我想起來了，」野宮小聲嘀咕，「我剛進這家店時，他曾經問我有沒有參加社團活動。於是我就回答他，以前參加摔角社，但現在已經沒參加了，結果他就罵我說太可惜，怎麼可以不妥善運用自己的身體。之後他每次見到我，都會說我徒有一身肌肉，或是說什麼還有比賺錢更重要的事，我以為他說這些話，都是因為看我不順眼。」

野宮低下了頭。

「他似乎對你充滿期待，只不過因為措辭太嚴厲，所以你無法體會到他的用心。因為真的很難懂，我以前也一樣。」

志波用溫柔的語氣說：「因為很難了解別人的內心世界，如果只憑長相或是說話判斷，很容易產生很大的誤會。至於到底該用什麼作為判斷的基準，我認為是行為。浦田爺爺似乎真的把來我們便利商店當成是他的生活樂趣，難道不是嗎？他每天都是第一個來報到。他會整天對你說這些話，一定是想要聲援你。」

野宮的臉扭成一團。

「我有一個提議，等浦田爺爺度過這次的難關，身體恢復之後，就可以聊天了。你要不要當面和他聊一聊？你覺得呢？」

志波面帶微笑問道，輕輕握住了野宮放在桌上交握的雙手。

「即使有後悔的事，也可以挽回，不必擔心。」

野宮閉上眼睛，似乎思考著，然後小聲說：

「我想去，我想去看浦田爺爺，想和他聊一聊，也想向他道歉。」

志波再次露出了微笑。

「那我們下次一起去看浦田爺爺，他一定很高興。」

野宮的臉上終於露出了一絲笑容。光莉看到他稍微變得開朗的表情，終於鬆了一口氣。

「搞定了嗎？那就趕快來吃銅鑼燒。」

老二把銅鑼燒遞到野宮面前，野宮也對老二露出了笑容，然後甩開了志波握著他的手說：

「店長，你做這種行為，算是性騷擾了。」

「啊嗚！」志波發出慘叫聲，老二見狀，捧腹大笑起來，野宮又繼續說：

「萬事通老兄，你連我的布丁也一起吃掉了。我超愛吃布丁，你再去買一個賠我。」

這次輪到老二發出了「啊嗚！」的慘叫聲。

柔情便利店門司港小金村門市隨時都缺人手，因為很少有人能夠抵擋志波的費洛蒙攻擊。野宮加入摔角社——他的朋友勸他，至少希望他可以持續練習摔角——

辭去了便利商店的打工之後，只能由光莉和志波來頂排班表上出現的空缺。

「啊，累死了。店長，你要趕快徵人。」

「雖然來應徵的人不少，但是要在這裡上班，就……」

員工休息室內，只有連續上班多日的他們兩個人。光莉趴在桌子上嘆著氣，志波也跟著重重地吐著氣。野宮離職後，錄用了一名提前退休的五十多歲男子，沒想到他太太竟然對志波一見鍾情，結果他們夫妻差點鬧離婚。雖然請那名男子離職後，總算避免了危險，但那段期間，店員全都累慘了，真搞不懂為什麼必須在工作的空檔，還要處理變成志波跟蹤狂的同事太太，和為此情緒失控的丈夫之間的紛爭。

「店長，你上班的時候可不可以戴上馬的面具，把自己的臉遮起來？」

「中尾太太，如果我這麼做，妳的漫畫題目就變成了馬店長，這樣真的好嗎？」

「啊，這可能不太好……」

他們兩個人不知道嘆了第幾次氣時，有人敲了敲門，廣瀨探頭進來說：

「店長，萬事通老兄來了，他說要找你，正在內用區等你，沒問題嗎？要不要對他說，你不在店裡？」廣瀨問。

志波回答說：「你告訴他，我馬上就過去。」

志波無奈地站了起來，光莉問：「我可以和你一起去嗎？」

「可以是可以……中尾太太，妳為什麼看起來這麼興奮？」

「因為自從上次之後，就沒再見到他。」

那天，當野宮心情平靜之後，光莉覺得機會難得，想要好好打聽一下，沒想到老二接到工作的電話離開了。不知道為什麼，那天之後，他就再也沒有來過，光莉一直惦記著他，不知道他發生了什麼事。

「因為我很關心他啊。」

「是喔，但我看妳臉上明明寫著『素材』這兩個字。」

「呃……哪有這種事？」

被發現了。雖然光莉這麼想，但仍然笑著掩飾。

「呃，因為還沒有為上次的事向他道謝，而且那天的便當錢也沒還給他。」

「喔，我已經把錢還給他了，妳不必擔心。」

「啊？」光莉忍不住驚叫起來。這是怎麼回事？他們在外面見了面嗎？光莉立刻發揮了想像力，志波對她說：

「我看是時候了。妳現在是店裡最資深的店員，四年了，沒想到妳可以撐這麼久。」

「嗯？」

「雖然之前努力隱瞞。唉！」

志波嘆著氣，走出了休息室。光莉歪著頭納悶，跟著他一起走去內用區，發現老二正在那裡吃便當。和上次一樣，他在炸豬排飯上堆了韓國泡菜，而且正平竟然坐在他對面。

老二仍然穿著連身工作褲，但渾身泥巴，好像剛從山上下來，一頭凌亂的頭髮上還有綠色葉子，從挽起的袖子下露出肌肉飽滿的手臂上有很多刮傷痕跡。

「喔，不好意思，把你叫來這裡。」

「那倒是沒問題，你去做了什麼，把自己弄成這樣？」

「啊？喔喔，我來這裡的路上，去山上幫了點忙，結果人家送給我山豬肉，說是作為謝禮，你要嗎？」

「我不要。」志波說。正平笑著說：「我喜歡吃。」

「那就分你一半。正平老爹，我乾脆也去你家吃，我們可以吃烤肉。」

「喔，好啊。」

「啊，正平老爹，你也認識萬事通老兄嗎？」

正平之前不是說，他也不認識嗎？站在志波身後的光莉驚訝地問，老二這才看到她，微微低頭打招呼說：「妳好。」然後對志波說：「不好意思，我以為只有你一個人。」

正平也慌忙說：「喔喔，對不起。」然後住了嘴。

「沒事沒事，我覺得不可能一直隱瞞她，所以就帶她一起過來了。」

志波轉頭看著光莉說：

「光莉，這個人是我哥哥。」

「啊？」

光莉一下子忘了「哥哥」這兩個字的意思。

「他叫二彥，是比我大兩歲的哥哥。」

光莉看了看志波，又看了看老二，眼角掃到正平臉上露出了奸詐的笑容。不，這不重要，重要的是，他們根本長得不像。完全不像。天然費洛蒙發生裝置和這個邋遢的男人是兄弟？

「啊，那『Tsugi』這個名字……」

「喔，那是綽號。我們家有五個兄弟，分別叫一彥、二彥、三彥、四彥，彥來彥去太麻煩，所以就叫老大、老二、老三、老四。我們的父母是不是很懶？」

志波有點難為情地說明，光莉陷入了混亂。因為資訊量實在太大了。

「請等一下，店長，你剛才說有五個兄弟？所以還有幾個人和你長得很像？啊，既然有五個兄弟，所以第五個就叫五彥嗎？」

「老五是女生，名叫樹惠琉。」

「不好意思，我有點搞不清楚了。」

光莉搖搖晃晃地在老二對面的椅子上坐了下來，老二一頭亂髮後方的眼睛露出愉快的眼神。光莉看到他的眼睛，終於知道了之前看到他時，為什麼覺得有點不太對勁。因為老二只有眼睛和志波很像。

「不會吧？沒想到共同點竟然是眼睛……」

「光莉，妳是不是嚇到了？我第一次知道時也大吃一驚。」

正平哇嘿嘿地笑了起來，用力揉著老二沾到枯葉的腦袋。

「門司港最危險的男人和最可疑的男人竟然是兄弟，簡直太不真實了。」

「你明明最先發現這件事，還真敢說。」

光莉一問之下才知道，原來正平比任何人更早發現他們兩兄弟的關係。真不愧是門司港的地頭蛇。

「你們三個人為什麼隱瞞這件事？」

光莉為自己的觀察力感到悲哀，忍不住嘟著嘴問。

「因為怕麻煩。」老二說。

「妳知道當他的兄弟有多麻煩嗎？雖然剃了鬍子之後，我們或許長得有點像，問題是曾經有女人拿著剃刀追著我跑。」

「哇，好可怕……」光莉的身體忍不住顫抖，但又並不感到意外。因為她幾乎每天都見識到志波的粉絲失控的狀況。

「你不要把責任都推到我身上，我當你的弟弟也不輕鬆啊，曾經有不良少年莫名其妙地要找我打架，還有人逼我還我根本沒欠過的錢。」

「總而言之——」兄弟兩個異口同聲地對光莉說。

「當作互不認識最輕鬆，所以如果可以，希望妳也不要說出去。」

「我也覺得這樣比較好，否則只會造成不必要的轟動。」

「我知道了，我不會說出去。」

他們說得沒錯，光是小金村大樓的住戶知道這件事，就會天下大亂。至少有三名婦人會摩拳擦掌，覺得必須好好照顧小三的哥哥。

「啊，老三，有人要我把這個交給你。」

老二從紙袋裡拿出一個很大的保鮮盒，打開蓋子一看，裡面整齊地排放著牡丹餅，半沙半顆粒的紅豆餡發出了光澤。
「哇，看起來好好吃。」
光莉忍不住說道，老二帶著得意的表情說：「那是我妹妹的拿手菜。我今天早上之前都在老家，妹妹是三彥的狂粉，叫我把這個帶給老三。如果不趕快交到老三手上，我就會挨罵，所以只好來這裡找你。」
「我很愛吃我妹妹做的牡丹餅，但她也不需要做這麼多。」
據說他們兩兄弟的妹妹樹惠琉——而且好像真的叫這個名字——今年十七歲。志波看著和他年齡相差很多歲的妹妹親手製作的牡丹餅，露出了和平時不同的哥哥樣子。光莉看著他，忍不住想，如果他的粉絲俱樂部的人看到他現在的表情，一定會陷入瘋狂。
「哥哥，你吃了嗎？既然你也在，要不要一起吃？」
「她逼我吃了一大堆形狀不好看的，快撐死我了，但我可以再吃幾個。」
「中尾太太、正平老爹呢？我一個人吃不了這麼多。」
於是他們四個人拿著去便利商店買回來的紙盤和免洗筷，一起吃著牡丹餅。甜味典雅的豆沙餡，和富有彈性的糯米太好吃了，的確有可以稱為拿手菜的水準。光莉也很不客氣地吃了起來。

「原來那個肌肉男正在努力練摔角。」

老二才說吃了幾乎快撐死的牡丹餅，又剛吃完炸豬排丼，但此刻又像餓了一整天般，大口把牡丹餅塞進了肚子。

「他接待客人很不錯，這家便利商店失去了一個理想的人才。」

「對啊，而且他身材也很不錯，原本還指望他可以接我的班，成為門司港的地頭蛇。」

正平也以驚人的速度吃著牡丹餅，完全無法想像他是老人。

「其實他並不想辭掉這裡的工作，但既然要認真練摔角，就很難兩者兼顧，這也是無可奈何的事。」

志波優雅地把牡丹餅送進嘴裡，突然停下了筷子，露出了開心的笑容說：

「對了對了，他說了很令人高興的話。」

光莉看著志波的臉。

「他說，來這家便利商店的所有人，都努力活好自己的每一天，原本以為他失去了摔角之後，是無足輕重的存在，但後來覺得能夠為努力活好每一天的大家盡點力，似乎有資格繼續留在這裡。」

「是喔。」光莉瞇起了眼睛。野宮之前說，他從小到大，都忙著練摔角，來這家店是他人生第一次打工。雖然一開始對很多事都很陌生，但這個高大的大男孩努力接待客人。光莉仍然記得他每次聽到客人稱讚，說他的服務很貼心時，臉上露出的燦爛笑容。

「以前，也曾有一個女生說了相同的話。」志波深有感慨地說。

「你是說她啊。」正平充滿懷念地說，老二大口咬著一個特別大的牡丹餅，看向停車場的方向。

「我聽了那個女生說的話，下定決心要努力做好這份工作，很希望能夠對別人人生的某一段碎片有所幫助。」

光莉覺得志波的聲音充滿溫柔。她完全無法想像，這個人是帶著這樣的想法投入工作，對照漸漸適應工作後，滿腦子只想著順利完成工作的自己，不由得感到羞愧。她覺得自己也必須改變意識。

「就是因為她當年說了那句話，才有今天的我。真的很慶幸有便利商店這個地方。」

志波靜靜地、好像在對自己說話。他的臉上沒有平素的可疑，也沒有半點強烈的性感，有一種宛如隱藏在美麗的玫瑰深處的一滴甘露般的夢幻，光莉認為這才是他這個人的本質。喜歡他的那些人，或許都在追求這滴甘露。

同時，光莉也知道，他是真心喜歡這份工作。

「呃，我也喜歡這份工作，但是我不要再連續上班了。」

光莉之所以半開玩笑地這麼說，是因為她知道自己不該是碰觸到那滴甘露的人，只有在他心目中特別的人，才有資格碰觸。雖然光莉缺乏觀察力，但至今為止的人生經驗，讓她了解到這件事。

志波把甘露藏進了花瓣深處，「嗚！」了一聲，摸著胸口笑了起來。

「妳不要這麼說嘛！我也會努力面試。」

「老三，你最好戴上面具，不管是馬的面具或是菩薩的面具都好。」

「哥哥，你不要和中尾太太說一樣的話。」

「要不要乾脆穿布偶裝？我有朋友在活動公關公司，我可以幫你問一下。」

「正平老爹，怎麼連你也這麼說？」

光莉聽著這些和樂融融的談話，露出了笑容。她有預感，接下來的打工生活會更愉快，這兩個充滿神秘的兄弟檔一定有更多驚奇、神秘和故事，她想要一探究竟，因為他們充分刺激了她的創作欲望！

啊啊，我的生活可以這麼充實嗎？光莉咬著牡丹餅，呵呵笑了起來。

第2章

希望的便利商店咖啡

桐山良郎這個人的身體，有八成是雞蛋三明治和咖啡構成的。正確地說，是嚴選軟嫩蛋香三明治和經典咖啡，都是連鎖便利商店「柔情便利店」的人氣商品。

每天去任職的希之丘補習班上班之前，良郎都會先去柔情便利店買午餐。每天買的東西都一樣，也每天都去同一家便利商店購買——就是位在大坂町路中央的「柔情便利店門司港小金村門市」。

下午一點半過後，午餐時間的忙碌已經告一段落。隨著自動門緩緩打開，他走進店內，熟悉的旋律響起。涼爽的空氣頓時籠罩了良郎的全身，微微冒汗的肌膚吐著氣，放鬆了下來。良郎聽著店內低音量播放著最近播出的連續劇主題曲，筆直走向冷藏櫃。冷藏櫃陳列著飯糰、義大利麵等各式各樣的食物，他毫不猶豫地拿起了雞蛋三明治。他確認了今天麵包和雞蛋的色調也一如往常地協調後，拿起兩個三明治，走向收銀台。熟悉的三十多歲女店員——名牌上寫了「中尾」的姓氏——已經拿著中杯熱咖啡的紙杯在等他。中尾接過三明治後，用熟練的動作操作收銀機。良郎看到她鎮定自若的臉，心不在焉地暗忖，不知道她怎麼看我這個客人。昨天隨手打開電視，電視節目上正在討論「便利商店店員為印象深刻的客人取綽號」的話題。據說店員叫整天穿同一件衣服的客人「紅Ｔ」，也有客人因為每次只說香菸的號碼，所以「三十九號」就變成那個客人的綽號。既然這樣，每天固定買雞蛋三明治和咖啡的自己，或許也有什麼綽號，像是「早餐套餐」，搞不好是更簡單的「四眼男」。

良郎想著這些無聊的事，結完帳，接過紙杯和裝在塑膠袋裡的雞蛋三明治，平時向來只說「謝謝」的中尾，突然對他開口說話。

「打擾一下。」

「是、是，有什麼事？」

雖然明知道中尾不可能知道他剛才在想什麼，但還是覺得很丟臉，說話的聲音也忍不住變尖了。中尾仍然露出柔和的笑容，遞給他一張紙。

「下週開始要換新的咖啡機，這是通知客人的宣傳單。」

良郎接過那張紙，微微瞪大了眼睛。中尾眉開眼笑地說：「你果然知道。」

「由幸香咖啡全面監製，是不是很厲害？」

「是啊，那當然。」

幸香咖啡是博多內行人才知道的名店，喜歡喝咖啡的人，沒有人不知道。那家店的老闆曾經在義大利名店「古希臘咖啡館」拜師學藝，親自在當地購買咖啡豆，並且親自烘焙的特製咖啡香氣四溢，味道濃醇。雖然目前帶有像水果般的酸味，或是清新感的咖啡逐漸成為市場的主流，但提供傳統深焙咖啡的幸香咖啡仍然很受消費者的喜愛，甚至有熟客特地遠道而來，只為了享受一杯特製咖啡。

良郎自認在咖啡方面有獨到的見解，幸香咖啡的特製綜合咖啡在眾多咖啡中，也具有至高無上的地位。在充滿昭和情調的店內，享受一杯幸香咖啡特製綜合咖啡，再來一份熱蛋三明治的時光無可取代。

「沒想到幸香咖啡的老闆竟然會點頭答應。」

幸香咖啡老闆熟悉的臉出現在宣傳單中央。雖然上了年紀，但仍然很有威嚴。他對「幸香咖啡」這個品牌感到驕傲，聽說至今為止，有多家公司提出合作的意願，將該店的咖啡商品化，但他始終沒有點頭。

「簡直難以相信，到底是怎麼辦到的？」

「據說是二世古說服了他，就是那位指導師。」

中尾意味深長地說完，呵呵笑了起來。中尾平時接待客人時都發揮了符合她年齡的穩重，但不時會有一些像年輕小女生的舉動。良郎瞥了她天真無邪的笑容，說了聲「喔」。

「聽說那家店的咖啡很讚，我也很期待。」

「那家店很有名，只不過還很難說。」

良郎隨手把宣傳單還給了中尾。「哎喲？」中尾瞪大了眼睛，良郎一口氣對她說：「那家咖啡店老闆每天會微幅調整烘焙狀態和萃取時間。雖然不懂咖啡的人會說太苦之類的，但並不是只將充分烘焙的咖啡豆泡得很濃而已，咖啡很細膩，如果用機器做出口味很像的咖啡，會讓多年來的咖啡玩家傷心，到時候可能會說幸香咖啡這個品牌終究無法抵擋金錢攻勢。為什麼要做這種影響店家格調的事？身為那家咖啡店的粉絲，實在很遺憾。」

中尾一雙大眼睛不停地眨。良郎看到她不知所措的樣子，才終於回過神，抓了抓頭說：「對、對不起，因為我太愛那家咖啡店，所以有點太激動了。」

「不不不，原來你對那家店這麼有感情。」

親切的中尾笑得整張臉都擠成一團，用開朗的聲音說：「但我相信咖啡一定很好喝，到時候請嘗一嘗。」她不卑不亢的待客態度，讓良郎感到羞愧。自己太情緒化了。「不好意思。」他用幾乎聽不到的聲音再次道歉，離開收銀台，走向咖啡區。

他放好咖啡杯，等待咖啡完成。通知咖啡完成的音樂響起，他正打算拿架子上的塑膠蓋時，一個塑膠蓋已經遞到他面前。轉頭一看，長相很輕浮的男人在超近距離看著他。

「嗚啊！」

他手上的咖啡差點掉在地上。

「桐山先生，午安，準備去上班了嗎？」

費洛蒙族出現了。

那個人用會在耳中留下餘音、充滿磁性的聲音問，微微露出了潔白的牙齒，右眼眼尾那顆很小的痣躲進了微笑紋。良郎從來沒有親眼見過英俊的男明星或是男偶像，但他猜想八成就是像志波那種類型的人。他們八成全都是掌控費洛蒙的家族後裔。

「桐山先生？怎麼了？」

志波的臉更加靠近，良郎心跳加速。不要隨便靠得這麼近！良郎努力想要氣定神閒地回答，不讓對方察覺自己的慌亂，但說話時還是結巴起來。

「沒、沒事。」

「來，蓋子給你。」

良郎不想再說話，點了點頭，接過蓋子，手忙腳亂地蓋在冒著熱氣的杯子上。

雖然幾乎每天都會見到志波，但還是會緊張。志波正在他身旁拿著抹布，動作優雅地擦著櫃檯。

「那、那我先告辭了。」

「好，慢走。」

志波露出柔和的笑容，目送良郎走去一門之隔的內用區。其他店也有這種內用的空間，但這家便利商店的內用區總是整理得很乾淨，坐在這裡用餐很舒服。目前也有一個像是清潔業者的女人穿著花卉圖案的圍裙，正在用拖把拖地板，看到良郎後，面帶微笑向他打招呼：「午安。」良郎覺得她有點像住在大分老家的母親。

那個女人可能原本就快打掃完了，她俐落地收拾了拖把，從通往大樓深處的門離開了。室內沒有其他客人，良郎決定坐在吧檯座位的角落。他把咖啡放在沒有一滴水的乾淨吧檯上，把上班用的公事包放在高腳椅上，拿著袋子走向烤麵包機。他拆開一包三明治，放進烤麵包機，用一千瓦烤五十秒。麵包表面染成焦黃色後，拿著三明治走回了座位。

他咬了一口剛烤好的三明治，滿嘴都是表面香脆，內側柔軟，散發出香氣的麵包和溫熱的炒蛋。今天還是這麼好吃。麵包隱約的甜味和小麥的香氣，還有雞蛋的柔嫩、鹹度，以及微微刺鼻的芥末都搭配得完美無缺。他轉眼之間，就吃完了一包中的兩片三明治，伸手準備去拿咖啡時，忍不住小聲說：「沒錯！這款三明治，真的會讓人想要喝幸香咖啡。」

柔情便利店的嚴選軟嫩蛋香三明治和幸香咖啡的熱蛋三明治很相似，加熱之後，味道就更像了。柔情便利店的經典咖啡和雞蛋三明治當然很搭，但良郎每天都覺得，如果搭配幸香咖啡的特製綜合咖啡，吃起來一定更加有滋有味。二世古應該也是因為這款雞蛋三明治，才會想到幸香咖啡。

「怎麼可能？」

他苦笑著說，但是內心深處確信就是這麼一回事。二世古的咖啡品味和自己很相似。良郎喝了一口咖啡，不由得想起對這裡的咖啡感到驚豔的那一天。

咖啡機出現在便利商店已經有好幾年的時間，但柔情便利店比其他連鎖便利商店晚了三年才引進咖啡機。良郎喝了柔情便利店在做好充分準備後才粉墨登場的咖啡，忍不住感到很高興。充分烘焙的咖啡豆散發的香氣和濃醇，正是自己喜歡的味道。便利商店終於能夠以親民的價格，提供如此高品質的咖啡了。他甚至為此感動不已。那天之後，他每天都會買柔情便利店的咖啡，某天走進其中一家便利商店喝到的咖啡，和其他家柔情便利店的咖啡味道雖然相似，但有明顯地不同。豐富而又清澈的味道就像是提升了一個等級。他太驚訝了，忍不住問了店員：「柔情便利店換了咖啡豆嗎？」

店員——現在回想起來，那個人就是中尾——對他嫣然一笑回答說：「可見你是第一次來本店。你是不是發現味道不一樣？其實使用的是相同的咖啡豆，每家店都使用經典咖啡專用咖啡豆。」

「但是味道完全不一樣。」良郎繼續追問。中尾開心地瞇起眼睛，好像在說悄悄話般小聲告訴他：「因為只有我們這家店會挑豆。」

「原來是這樣。」良郎忍不住發出驚嘆。挑豆就是挑出碎裂或是被蟲咬的咖啡豆等瑕疵豆，以及大小不均的豆子，可以去除雜味和異味，有助於提升咖啡的味道。但是考慮到便利商店咖啡每天的銷量，這項工作未免太耗勞力了，這家便利商店真的這麼做嗎？但是中尾一臉得意地問：「是不是很好喝？每天晚上都要挑豆，還會放在篩子上挑選豆子的大小，有沒有經過這個步驟，味道會有很大的差別。只不過並不是我在做這件事，而是這家店的店長。」

真的有這麼熱心的店長有耐心做挑豆的工作？良郎產生了和第一次喝到幸香咖

啡的獨家綜合咖啡時相同的感動。原來有如此熱愛咖啡的人！但是，當中尾告訴他，那個人就是店長志波時，他很懷疑自己的眼睛。一個渾身散發出粉紅色光環的男人在便利商店角落被一群老婦人包圍，那些老婦人都差不多七十歲左右，不，甚至有人超過了那個年紀，但她們露出像補習班女學生般的表情，圍著那個男人。

「佳子，妳換了口紅嗎？好可愛。」

那個男人說話時露出妖豔的笑容，簡直就像玫瑰盛開。那個像是叫佳子的人用氣音叫了聲：「對啊。」周圍的其他老婦人都「哇啊！」地尖叫起來，興奮的叫聲完全不符合她們的年齡，良郎難以相信眼前看到的景象。這裡是牛郎店嗎？他揉了揉眼睛，看了兩次，確定是在柔情便利店店內，而且那個男人和中尾一樣，穿著柔情便利店的制服。

「呃，請問這是在拍電影嗎？」

「不，這是本店的日常。」

中尾若無其事地說，良郎陷入了混亂。這種好像偶像在辦握手會的狀態是日常？而且被那群老婦人包圍的人，是這家便利商店的店長？

「我無法理解眼前的狀況，所以聊回剛才的話題，為什麼要特地做那種事？」

眼前的景象就當作沒看到。他努力切換思考後問中尾，中尾忍俊不禁，發出了噗哧的笑聲。

「啊，不好意思。那是因為聽從了顧問的意見。柔情便利店的堀之內會長稱他為指導師，二世古指導師。」

柔情便利店原本只是一家小超市，堀之內達重將那家小超市發展為在九州各地都有分店的連鎖便利商店，會長也成為九州家喻戶曉的名人。堀之內會長老當益壯，經常出現在柔情便利店廣告中。「溫柔待客，情同一家，柔情便利店。」他用完全不像是八十多歲老人的音量說出這句廣告詞的身影令人熟悉，可以立刻浮現在腦海中。

「那位指導師二世古說，既然使用了這麼好的咖啡豆，就不能少了挑豆的步驟，所以由本店開始實驗性地實施。」

良郎再次把咖啡杯舉到嘴邊。他真的花費這麼多時間做這種事嗎？不，只要喝一口這裡的咖啡，就不用懷疑這件事。良郎嘆了一口氣表示接受了這件事，中尾微微皺起眉頭說：

「但是，如果所有的店都進行這項作業就會虧本，無法以一杯一百五十圓的價格提供給客人，所以今後將會加強烘焙後的挑豆作業。」

正如中尾所說，幾個月之後，柔情超市所有店的咖啡都更好喝了，但是，志波並沒有停止挑豆作業，目前門司港小金村門市的咖啡還是比其他店略勝一籌。

他因為這家店的咖啡味道產生感動，開始光顧這家店之後，偶爾會和中尾、志波聊天，在和中尾聊天後得知，原來那個叫二世古的人並不是柔情便利店的店員，只是普通的客人。

「堀之內會長想要直接了解顧客的意見，所以設置了郵政信箱。寄到郵政信箱的信件不需要透過任何人，就直接送到會長手上。二世古會持續寫信寄到郵政信箱，曾經發生很多故事。」

據說那個姓二世古的顧客會被尊稱為指導師，是因為他提議便利商店可以推出副食品。中尾有一個正在讀高中的兒子，她抱著雙臂，深有感慨地說：「做副食品很辛苦，做餵給嬰兒吃的食物真的非常辛苦。我老公很會做菜，但是他說每次做副食品就很頭痛。這種時候，我們就會買現成的副食品，但有時候家裡的副食品剛好吃完了……啊，所以二世古就向會長提議，希望可以在便利商店賣副食品。」

他在信中說，便利商店也必須為嬰兒的飲食提供方便。那封信寄到了會長手上，會長也回應了他的要求。

柔情便利店的所有分店都設置了販售奶粉、尿布、副食品的嬰兒專區，除此以外，還顧慮到老人和兒童的需求，開始販售味道清淡、食材口感柔軟的便當。柔情便利店是因為一位消費者的來信，逐漸成為溫柔待客的便利商店。堀之內會長也在那件事之後，很期待收到二世古的信。

「二世古……」

良郎把玩著手上的杯子嘀咕著。

這個人讓良郎成為這家門司港小金村門市的常客。他不知道這個二世古是什麼樣的人，之前志波不經意提到「他可能和你的年紀差不多」，所以只知道那個二世古和自己年紀相仿。

二世古雖然和自己的年紀差不多，卻具有可以影響連鎖便利商店決策的實力，這次更說服了以頑固出名的咖啡店老闆，想必他並非徒有品味而已，也具有行動力。不知道他到底是什麼樣的人，真希望有機會見識一下。總覺得既然二世古能夠讓柔情便利店這家連鎖便利商店逐漸邁向成長，想必可以精準地判斷自己目前的狀況，向自己提出建議，指出自己少了什麼，又需要什麼。

天底下怎麼可能有這麼好的事？

良郎苦笑著站了起來，拿著第二份三明治，走向烤麵包機。他像剛才一樣加熱後，回到了座位。他喝著已經不怎麼冰的咖啡，吞下了三明治，視線看向店外。

午後熾烈的陽光灼燒著柏油路面，地面冒著熱氣，汽車吐著廢氣一駛而過，路上沒什麼行人，一個女人撐著幾乎無法發揮任何作用的小陽傘快步經過。雖然經常有人說，中元節後，暑氣就會漸漸消退，但即將迎接九月的現在，仍然是盛夏的日子。新聞每天都報導有多名民眾因為中暑昏倒。今年的氣候異常，造成前所未有的酷暑。雖然整天都聽到類似的話，但良郎眼前的景象和去年完全沒有變化。無論窗外的景象、手上的咖啡、三明治的顏色都沒有改變。自己也一樣。等一下搭電車去職場，為傍晚之後上課作準備，向中學生傳授不知道已經教了幾十次的小論文必勝法。晚餐不是去定食屋填飽肚子，就是去超市買出清的折扣熟食回家。去年的今天，也和現在完全一樣。明年的今天，也會看到同樣的景象嗎？他很不願意過這樣的生活，但又不知道該怎麼辦。

他看到一名身穿運動背心的少年衝進柔情便利店，運動帽下的臉都紅了。接著，一輛小貨車駛入了停車場。應該就是那個偶爾會遇見的廢品回收業者，小貨車的車斗上載著洗衣機和方形鐵罐。一個大鬍子男人從駕駛座走了下來，袖子挽到上臂的淡綠色連身工作服的後面，用白色的字寫著「萬事通老兄」的標誌。良郎每次看到，都覺得這家公司的名字很奇怪。男人瞇眼抬頭看向天空後，邁著輕快的步伐走進了柔情便利店。內用區通往柔情便利店的門很快就打開了，剛才的少年走了進來。他坐在和良郎相反側的吧檯座位，在塑膠袋裡摸索著，拿出了寶特瓶裝的碳酸飲料，和今天上市的少年漫畫週刊，眉開眼笑地撫摸著去年被改編成動畫的漫畫主角高舉著劍的封面。良郎偷瞄少年，猜想他一定也是這部漫畫的忠實粉絲。少年打量封面片刻後，翻開了雜誌，不顧汗水從太陽穴流了下來，一頁又一頁翻閱，轉眼之間，就沉浸在漫畫的世界中，臉上露出了滿足的表情。

良郎忍不住把手伸進放在公事包深處的素描簿。這時，突然飄來一股咖哩味，轉頭一看，剛才的大鬍子男人剛好走進來。男人打量室內，「嗯」了一聲，獨自點了點頭，在良郎旁邊坐了下來。後方的桌子都沒人坐，為什麼偏偏坐在自己旁邊？良郎露出責備的眼神看向男人，男人完全不以為意，把手伸進剛才帶進來的塑膠袋內。他喜不自勝地從塑膠袋內拿出了大塊褐毛和牛黑咖哩，與小包裝的福神漬醬菜，又從第二個塑膠袋內拿出一公升寶特瓶裝的礦泉水。他把半包福神漬醬菜放在冒著熱氣的黑咖哩醬汁角落，然後得意地看著紅色的福神漬醬菜和黑色醬汁後，開始細細品嘗般吃了起來。不知道他是不是餓壞了，或是很愛咖哩，他不時閉上眼睛，滿臉陶醉地頻頻點頭。時而只吃福神漬醬菜，時而和咖哩醬汁混著吃，用不同的方式品嘗，然後露出滿足的表情吃著咖哩。因為他吃得太津津有味，良郎忍不住看著他出了神。

良郎幾乎每天都吃雞蛋三明治，他對此感到滿足，但是看著男人的樣子，覺得偶爾吃咖哩似乎也不錯。平時從來不會引起他興趣的深色咖哩醬，和色彩過度鮮豔的福神漬醬菜，都強烈地刺激他的食欲。

男人從頭到尾都很享受地吃完咖哩後，咕嚕咕嚕地開始喝水。喝完水之後，再次把手伸進袋子，拿出了和良郎一樣的嚴選軟嫩蛋香三明治。男人撕開塑膠包裝，拿出三明治，然後就像在拆解般，把麵包拆成兩塊。良郎還來不及思考他的意圖，他就把剛才剩下的福神漬撒在露出的炒蛋上。色彩鮮明的福神漬醬菜和淡黃色炒蛋形成鮮明的對比，良郎忍不住發出了「呃！」的聲音。他到底想幹什麼？

男人轉頭看著良郎，好像這才發現他的存在。男人看了看皺著眉頭的良郎，又看了看自己的手，突然揚起嘴角笑了起來。他一身黝黑的皮膚和被鬍子覆蓋的臉比想像中更年輕，露出了天真無邪的笑容，突然開了口。

「過敏嗎？你會對食物過敏嗎？」

「啊？沒、沒有啊。」

「既然這樣，那你就把那個拿過來。」

男人指著良郎拿在手上，還沒有吃完的三明治。良郎乖乖地遞上三明治，男人說著：「打開、打開。」在他的催促下，良郎把三明治拆解成兩片，男人把福神漬醬菜撒在他的三明治上。「嗚哇！」良郎驚叫起來，男人對他說：「吃吃看，你趕快吃，很好吃。」

男人用熟練的動作闔起自己的三明治，張大嘴巴咬了一口，在咀嚼時，發出了嘎滋嘎滋的聲音。良郎看到他吃得眼尾擠出了微笑紋，把自己手上的兩片三明治闔了起來。猶豫了一下，咬了一口，然後戰戰兢兢地咀嚼著。

「是不是很讚？」

男人的鬍子上都沾到了炒蛋，良郎對他緩緩點了點頭。呵呵呵。良郎情不自禁笑了起來。味道很好吃，酸酸甜甜的口感很棒。以前從來沒有想過這種吃法，但又覺得好像曾經吃過，最後想起了住在老家的母親經常做的特製塔塔醬。原來這種口感很像母親加了切碎黃蘿蔔的特製塔塔醬。

「雖然山葵漬醬菜也很讚，但因為顏色和味道的關係，我決定加福神漬醬菜。」

男人吃完三明治，咕嚕咕嚕喝著剩下的水。他輕輕鬆鬆喝完了一公升的水，心滿意足地嘆了一口氣。他俐落地收完垃圾，說了聲「我先走囉」，就轉身走向門口，但又立刻轉過頭說：

「我懂！」

良郎注視著男人離去的身影，不知道男人在說什麼，納悶地歪著頭。男人大聲地說：「蛋香三明治加熱再吃！我懂！」說完之後，這次真的走了出去。陽光照在「萬事通老兄」幾個字上，然後他的身上消失在小貨車內。車子緩緩駛入了車道。

良郎茫然地注視著這個精神抖擻的神秘男子，然後突然想起似地吃著手上剩下的三明治，輕輕笑了起來。這種搭配真的挺有意思。

「搞不好和咖哩也很搭。」

內用區內殘留的咖哩味似乎和炒蛋很合，良郎打算下次買和剛才的男人相同的組合。他心滿意足地吃完之後，一看手錶，發現電車的發車時間快到了，他慌忙站了起來。

這個世界上，到底有多少人能夠從事自己夢想中的工作？有時候會針對中學生做問卷調查，詢問他們未來的夢想，但不知道其中有幾個人實現了夢想。

下了班，快到末班車時間的電車內沒什麼人。良郎深深坐在座椅上，茫然地看著映照在對面車窗上的自己。面露疲態的臉上毫無霸氣，臉上冒著油。三十三歲應該算是大叔的年紀了，原本計畫在這個年紀時，已經實現夢想，人生邁向顛峰，但是現實生活中，找不到小時候理想中的自己。

車窗中的自己回到了小時候的樣子。自己是一個沒有特色的孩子，無論運動還是讀書，甚至相貌都很普通，再加上個性文靜的關係，學生時代從來不曾成為矚目的焦點，所以向來對自己缺乏自信，「我這種人」已經變成口頭禪。但自己有一件值得驕傲的事，那是他深信有朝一日可以實現的夢想。

他想成為漫畫家。

那是他在小學四年級時決定的夢想。有朝一日，要畫很多大家都愛不釋手的漫畫。以前的繪畫曾經得過獎，在還不懂事的時候，只要有時間，就會在紙上畫畫。

這是最適合自己，也是唯一的目標。這比成為接力賽選手，或是考試得到全年級第一名更有意義，也更能夠充分做自己。

但是，夢想遲遲沒有實現，從平凡的高中畢業後，考進一所平淡無奇的大學，然後成為補習班老師。他當補習班老師並沒有特別的原因，就只是朋友推薦，然後就被錄取了，就只是這麼簡單而已。但是，他打算遲早要辭去補習班老師的工作。他在工作之餘，仍然沒有放棄追夢，等到夢想成真，就毅然地辭職。這是他原本的規劃。

也許是因為決心不夠堅定，才影響了夢想的實現。

「桐山老師，你為什麼會來當補習班老師？」

他想起幾十分鐘前，學生問他的話。

上完課後，他像往常一樣目送學生離開，對著紛紛坐上家人車子的學生說再見時，幾名女學生走過來圍住了他。她們相互使著眼色，露出不懷好意的笑容，其中一個人下定決心似地說：

「因為你上課很無聊，應該說，你根本沒打算讓這堂課變得生動有趣，感覺只是為了薪水上課。」

良郎雖然知道那個女生在說什麼，卻完全無法理解，臉上的笑容也僵住了。那個女生見狀，滿臉不屑地說：「我以後絕對不要像你這樣。」

周圍的其他女生放聲大笑起來。良郎看著她們發自內心感到高興，卻又令人厭惡的笑臉，覺得寒意從頭頂竄向腳底。良郎抓了抓頭，總算擠出了笑聲。「這樣啊，真對不起，我以後會注意。」那幾個女生露出不屑的表情離開了。良郎雖然面帶笑容目送她們離開，但兩腿不停地顫抖。

他自認對補習班老師的工作盡心盡力，但終究只是暫時餬口的工作，而且是應付小孩子，所以內心有點看不起這份工作。沒想到被那些學生看穿了。

良郎從口袋裡拿出手機。螢幕上是今天公布的漫畫大賽決賽的名單，上面並沒有良郎的筆名。自己的作品無法進入決賽已經多久了？

所有這些事，應該都在暗示自己必須面對現實，差不多該放棄夢想了——不，現在放棄甚至有點太晚了，所以可能是警告。良郎收起手機，輕輕嘆了一口氣。為了追尋無法實現的夢想，不願面對現實的大叔，最後成為一無所有的可憐蟲。雖然他很不想承認，但這就是目前的自己。真是太悲哀了。

他有一股衝動，很想把放在公事包裡的素描簿拿出來撕得粉碎，但另一個自己大叫著住手。他的手放在皮包內，一動也不動。

電車抵達門司港車站後，可能也是剛下班準備回家、穿著套裝滿臉疲憊的女人，以及身穿制服的學生都下了車。良郎等他們都下車後，才緩緩走上月台，在驗票口前轉頭看了一眼。電車的車頭就像一張臉，出現在正前方，良郎注視著那張紅色和黑色的扁平臉。

門司港車站是縱向貫穿九州鹿兒島本線的起站，從北九州市門司區一直延伸到鹿兒島市。因為是起站，所以鐵軌始於這個車站。良郎雖然對鐵路不熟，但覺得應該很少有機會能夠近距離看到電車的臉，很多觀光客都對走出驗票口後，就可以立刻看到的這片景象感到很稀奇，紛紛用相機拍下。

良郎畢業後找到工作，剛搬來這裡時，也曾經對這片景象感到震驚，看得出了神。站在鐵路的起點，感覺自己的未來也從這裡開始無限延伸，內心感到無比喜悅。

但是，現在只覺得這裡是終點站。門司港車站既是起站，也是終站，同樣地，自己的未來並不是即將展開，而是到此結束了，所以自己日復一日過著同樣的生活。

電車的發車時間到了。鈴聲響起，電車的臉緩緩離去。良郎搖了一下頭，走出了車站。

夏日溫熱的夜風拂過臉頰，有一股海水的味道。白天的時候，這裡擠滿了觀光客，現在已經人影稀疏。良郎走進車站前的便利商店，買了一罐啤酒，走向和租屋處相反方向的海邊。

門司港車站的車站大樓建於大正時代，是屬於新文藝復興式的獨特建築，充滿懷舊味道的建築被指定為國家重要文化財，車站周圍有好幾棟和車站大樓一樣，具有歷史價值的古老建築，包括車站大樓在內，這些建築物平時都會被燈光照亮，但現在時間已晚，每棟房子都靜悄悄地佇立在那裡。良郎打開啤酒罐，慢慢喝著走向海邊，和好幾對眺望夜晚大海的情侶擦身而過。

平時很少喝啤酒，他皺起眉頭，仰望著夜空。群星璀璨，海浪的聲音溫柔地傳入耳中。他突然停下腳步，看向大海的方向，看到了海峽對岸，下關的燈火。剛搬來這裡時，他曾經搭過在門司港和下關之間往返的渡船，渡船也在兩地之間的巖流島停靠。良郎向來認為宮本武藏和佐佐木小次郎之間的決戰[4]是老掉牙的歷史往事，但是踏上巖流島，心情就格外激動。他站在捕捉了武藏和小次郎刀劍相向瞬間的雕像前無法動彈。我要成為出色的漫畫家，能夠畫出這種可以成為雕像的精采瞬間。

4 佐佐木小次郎為日本戰國時代到江戶時代初期的劍術家，號巖流。與知名的劍豪宮本武藏相約在小倉藩的領地舟島上決鬥，最後小次郎戰敗並死於島上。當地人將「舟島」改名為「巖流島」，藉以紀念小次郎。

我要畫出讓少年讀者全身起雞皮疙瘩，忍不住倒吸一口氣的精采場景；畫出讓讀者長大之後，不經意回想起，仍然會覺得回味無窮的場景。

嘿嘿嘿。他聽到了討厭的笑聲。那是自己無意識的聲音。他用力仰起頭，試圖用流入喉嚨的啤酒帶走這種聲音，但被喝不習慣的啤酒泡沫嗆到了。他雙手撐在腿上，彎下身體用力咳嗽。這時，聽到有人問：「這不是桐山先生嗎？」他擦了擦嘴巴後轉頭一看，發現志波在幾個老婦人的簇擁下站在那裡。他沒有像平時一樣穿柔情便利店的制服，而是簡單的襯衫和牛仔褲的打扮，但那些老婦人個個衣著優雅。牛郎、金主這些字眼一直在良郎的腦海中打轉。志波晚上也在牛郎店上班嗎？

「桐山先生，你怎麼會在這裡？」

「我還想問，你怎麼會來這裡？」

幾個老婦人語氣開朗地問良郎：「你是小三的朋友嗎？」良郎每次都很納悶，這些老婦人到底從哪裡冒出來的，志波身旁隨時都有一、兩個老婦人，她們是靠競標的嗎？

「他是便利商店的客人。」

志波回答說，穿著和服的女人驚叫一聲「啊！」似乎想了起來。

「就是蛋香三明治的年輕人。」

她怎麼會知道？良郎驚訝不已，嘴巴一張一闔，卻說不出話。其他幾個老婦人見狀，紛紛說著：「真的是他。」她們似乎都認識良郎，但是良郎完全不認識她們。

志波看到他努力回想的樣子，微笑著對他說：

「這幾位太太負責管理內用區。」

「喔喔。」良郎叫了一聲。仔細一看，才發現那個很像老家母親的女人也在其中。

「原來是管理的業者，我經常在那裡用餐。」良郎鞠躬向她們打招呼。

「哎喲，你誤會了。」很像他母親的婦人在臉前搖著手說：「我們是小金村大樓的住戶，那裡是小金村大樓住戶專用的聊天室，現在開放給所有人一起使用。」

「這樣啊。」良郎挑起了眉毛。他之前就知道，那棟大樓的樓上是高齡者專用公寓。原來是樓上的住戶經常在店裡出沒。

「雖然當初是為了小三才開始，沒想到意外讓生活很有動力。」

呵呵呵。幾個老婦人笑了起來，志波用很有磁性的聲音說：「妳們真的幫了很大的忙，隨時都整理得很乾淨，大受客人好評。」

「只要有你這句話，我們就心滿意足了，沒想到你還請我們吃飯，說是作為感謝。」

聽說志波今天請她們吃河豚，現在準備回家。雖然已經確定他們並不是牛郎和金主的關係，但還是覺得他們之間的關係很奇怪。

「啊，對了對了，你偶爾也要吃一些其他東西才行，否則會營養不良。」

其中一個人好像突然想起般說道，其他人紛紛用力點頭。「至少要加一份沙拉。喝蔬菜汁也不錯。」她們就像良郎的母親般七嘴八舌，良郎感到無地自容。一個人吃飯時，他只想著盡可能快速填飽肚子，希望可以把節省下來的時間去做其他事——用來畫漫畫，但是即使現在和她們說這些也沒用。「那我就先告辭了。」他決定離開這裡。明天之後，就不再去那家便利商店了。雖然無法喝到好喝的咖啡有點可惜，但自己無法再踏進那家便利商店了。當他轉過身時，志波對他說：「聽說藝術家都會把吃飯的優先順序排在很後面。」良郎忍不住停下腳步，轉頭看向志波。志波滿臉歉意，又有點不好意思地說：

「我很喜歡你的畫，其實我有時候會在後面偷看你的畫。」

雖然他說話的語氣就像是甜蜜的告白，但良郎因為喝了酒而發燙的身體一下子冰冷。喉嚨深處發出了好像風從縫隙中鑽進來的聲音。志波語帶熱忱地說：

「不知道可不可以用很有味道來形容，很有溫度，很溫柔，我覺得很棒。有自己熱中的興趣真的很棒。」

那到底是什麼感情？分不清是憤怒還是羞恥的感情像岩漿般衝向喉嚨。他似乎又聽到了補習班那些女學生的笑聲。笑聲越來越大，包圍了他。志波在笑聲的遠方笑著。

「少囉嗦！」

良郎用力甩著手，想要撥開眼前的東西，大聲咆哮起來。

「少囉嗦！少囉嗦！你根本搞不清楚狀況，別說這種不負責任的話！」

良郎大吼大叫，連他自己也大吃一驚。那幾個老婦人都瞪大了眼睛，連經過附近的情侶也都看著良郎。良郎全身發抖，再次開口說。

「我很努力過日子，我也有我的壓力！像你這麼堅強的人無法理解，但我已經很努力了！」

只要情緒一激動，眼淚就會流下來。他從小就想改掉，但遲遲改不了的老毛病又出現了。良郎用力咬著嘴唇，然後轉身跑走了。強忍的淚水流了下來，他覺得自己很沒出息。都一把年紀了，到底在幹什麼！

他跑得上氣不接下氣，缺乏運動的雙腿也已經吃不消了。當他停下腳步時，已經來到了公寓附近。他肩膀用力起伏喘著氣，擦拭著一下子噴出來的汗水和淚水。

心情和身體不同，反而格外冷靜。良郎拖著疲憊的身體回到了家中。

他在廚房喝著水，第三杯喝到一半時，終於吐出一口氣。他拿著杯子，走去自己的房間，坐在從學生時代就開始使用的黑色書桌前，低下了頭。桌上放著他昨晚畫到深夜的畫稿，主角少年劍士英勇地揮動著手上的劍。

「別人總是看不起我。」

他的指尖輕輕撫摸著少年劍士的臉。

良郎起初只是喜歡畫畫，後來從小學三年級時轉學到班上的茂木口中，得知了「漫畫家」這個職業。從東京搬來這裡的茂木已經公開向大家宣示「我以後要成為漫畫家」，繪畫工具也都是職業級。G筆、圓筆、網點紙、肯特紙。茂木知道如何運用這些專業的繪畫工具，而且他畫《週刊少年Jump》中的英雄也都畫得維妙維肖。良郎第一次看到那些正統的繪畫工具和精緻的繪畫，茂木讓良郎的夢想更加明確。也許沒有遇到茂木，以後也會建立這樣的夢想，但正因為遇到了茂木，所以才能夠完全投入夢想。在他眼中，和自己追求相同夢想的茂木始終都是高高在上的存在。

上了高中後，兩個人都開始向出版社投稿，每次都是茂木獲得更接近得獎的成績。小學生時代就很細膩而緻密的繪畫更加富有張力，角色的形象也燦爛奪目。出版社很快就為茂木安排了編輯，認為他很有可能在學生時代就可以出道。良郎為自己有這樣的朋友感到驕傲。

不知道從什麼時候開始，良郎成為茂木眼中的負擔。茂木不再請他協助描線，也不再和他分享畫稿。當良郎察覺到茂木不再和他討論漫畫時，茂木已經進入了不同的圈子。茂木成為一位住在博多的漫畫家的助理，有時候甚至會蹺課去找那位漫畫家。良郎對茂木的變化感到不知所措，茂木一臉凝重地來向他道歉。

「因為我覺得和實力有落差，或者說身處的狀況差異太大的人討論，也無法得到理想的回答，而且你不是也很累嗎？你聽我聊漫畫的事時，不是都必須不懂裝懂嗎？」

茂木從東京搬來大分的鄉下城鎮已經多年，但是仍然說了一口優美的東京話，他字斟句酌地對良郎說了這番話。他的態度無法掩飾內心對良郎的憐憫。

良郎無法畫出像茂木那樣的畫。無論再怎麼刻苦練習都沒有進步，每次得到的評價都慘不忍睹。雖然曾經兩次進入決賽，但遲遲沒有顯著的成長。自己缺乏茂木那樣的才華，除非轉世投胎，否則一輩子都無法畫出像茂木那樣很有品味的優美繪畫，也無法創造出像他那樣亮眼的作品。既然這樣，就只能用自己的方式畫畫，與其努力想要畫自己根本畫不出的作品而痛苦，還不如在自己原本繪畫的基礎上追求進步。良郎帶著這種想法努力創作，他以為茂木也理解自己的這種想法，沒想到並非如此。

「桐山，我相信你有其他的……其他的才華。嗯，所以我覺得你不應該因為和我在一起，而走上不屬於你的路。我也想和能夠更深入討論的人在一起。」

「……你之前不是說，我的作品很有趣嗎？」

良郎用顫抖的聲音問。茂木總是稱讚良郎的漫畫，良郎聽了不知道有多高興。他知道自己無法像茂木那樣在短時間內成為漫畫家，但是至少可以讓他成為助理，扮演輔助的角色。雖然良郎努力說服茂木，但茂木搖了搖頭說：

「你畫得很差，但個性太強，而且我不想讓形同外行的人碰我的畫稿，會影響我作品的品質。」

良郎對茂木毫不留情的拒絕感到錯愕，茂木又繼續對他說：「你的想法這麼天真，根本不可能在商業雜誌上闖出名堂。我是真心想要成為漫畫家，並不是玩玩而已。」

「我也不是玩玩而已，我是認真的。」

我一直都是很認真想要成為漫畫家。良郎原本想要這麼說，但這句話卡在喉嚨說不出來。因為茂木笑了起來，那是他的喉嚨深處不由自主地發出的笑聲。

「你別鬧了，真是誤會大了。你知道自己的實力只是小學生塗鴉的程度嗎？之前能夠進入決賽，根本是奇蹟。」

茂木當著良郎的面笑個不停，笑累了之後，終於收起了笑容，丟下一句「我們就各自在適合自己的領域好好努力」，就轉身離開了。他們從此分道揚鑣，良郎沒有再和茂木說過一句話。茂木協助的博多漫畫家很快就出了名，目前的連載漫畫作品總是作為雜誌的封面廣告，而且還改編成動畫，很受小孩子的喜愛。茂木在二十五歲之前，應該都一直擔任那位漫畫家的助理，在那位漫畫家作品的背景和路人角色中，經常可以看到茂木的筆觸，但從某個階段之後就完全消失了，也從來不曾看過茂木的筆名出現在漫畫雜誌上，不知道茂木目前在哪個領域闖蕩。

他拿起了桌上的筆，但手無法動彈。之前廢寢忘食地創作，想要投稿參加下一次大賽，但如今已經感受不到昨晚之前的熱忱。

即使遭到輕視，即使沒有任何成績，他無論如何都無法放棄畫漫畫。他盡了最大的努力，只是也該放下了，必須重新認真思考自己的人生，否則未來恐怕會比之前更悽慘。

少年劍士看著良郎，良郎對著少年劍士說了聲「對不起」。也許我不該再繼續畫下去，最近發生的一切和過去的創傷糾結在一起，讓他痛苦不已。也許該結束了。

少年劍士不發一語，良郎對著他有點難過的臉微微鞠了一躬，離開了桌前。那天晚上，他沒有泡澡就鑽進了被子。

***

良郎決定回老家。他辭去了補習班的工作，退了公寓的租約，決定回去老家大分。他把所有家當都寄回老家，當他站在空蕩蕩的房間正中央時，差一點哭出來。自己這幾年在這裡到底混了什麼？

應該再也不會來這裡了。良郎拎了一個小旅行袋走出公寓，漫無目的地走在街上。他打算換幾班電車回老家所在的大分，但內心有點依依不捨，無法直接前往門司港車站。

他信步來到紅磚色彩鮮豔的舊門司海關前，茫然地眺望著大海。海面在夏日陽光的照射下閃著粼粼波光，美景當前，良郎忍不住瞇起了眼。雖然眼前是令人心情舒暢的景象，但他的心情越來越鬱悶。即使回到老家，等待自己的也將是和這裡無異的無聊生活。放棄了夢想和工作，接下來該怎麼辦……？

「喂，原來你在這裡！」
身後突然傳來一個粗獷的聲音，良郎回頭一看，發現一個騎著紅色三輪車的老人正看著他。那個老人衣著古怪，經常在門司港車站周圍出沒。記得補習班的學生都叫他紅老爹……良郎正想著這些事，聽到那個老人叫他「老師」。
「老師，小三很擔心你，說最近都沒有看到你。」
誰是小三？而且這個紅老爹為什麼認識我？良郎驚訝地看著他，紅老爹說：「你去看看他吧。那個帥哥說之前對你說了很失禮的話，整天無精打采。」
良郎這才知道，紅老爹口中的「小三」就是志波，然後想起那些老婦人也都這麼叫他。
那次之後，他就沒去過門司港小金村門市——也沒去其他柔情便利店。紅老爹應該就是在說這件事。你別多管閒事。他正想對紅老爹這麼說，但又很快閉上了嘴。反正自己馬上就要離開這裡了，隨便敷衍他一下就好。他對紅老爹鞠了一躬，紅老爹露出了滿意的笑容，原本就很嚴肅的臉顯得更有威嚴，良郎緊張了一下。
「太好了，那你要記得去喔。」
良郎連續點了好幾次頭，但隨即逃也似地走向門司港車站。他毫不猶豫走進驗票口，在電車出發之後，也完全沒有回頭。

時間過得很快，轉眼之間，離開門司港已經一個月了，良郎在老家過著他預料中的無聊生活。年邁的父母起初很高興地迎接兒子返鄉，但很快就開始數落他「趕快去找工作」、「都是因為你單身，所以才會這樣」。雖然他也有去就業服務站找工作，但遲遲沒有理想的工作，他也很無奈。

即使在家裡感到心煩，想要出去走走，徒步範圍內也一無所有。放眼望去，只有農田、山和幾棟農民的房子，到底要怎麼打發時間？門司港雖然並不是大城市，卻是一個方便的城市。只要搭不到一個小時的電車，就可以到博多，生活上也沒有任何不方便。想要喝柔情便利店的咖啡，走出家門不到五分鐘就可以買到。以前覺得這一切太理所當然，所以完全沒有感覺，但現在回想起來，才知道當時的生活奢侈而幸福，因為現在最近的便利商店，開車也要二十五分鐘。

他躺在自己房間的床上看著天花板，整天只想著，到底走對哪一步，才能避免落入今天這樣的未來。如果沒有遇見茂木？不該擁有成為漫畫家這種不知天高地厚的夢想？但是無論怎麼想，自己應該都會被漫畫吸引。

「我真是個傻瓜。」他自言自語著。

「喂，良郎！」這時，傳來母親里美的聲音，「你來幫我一下！我要把儲藏室裡的沙發丟掉。」

良郎看向窗外，發現天空漸漸染成了橘色。為什麼要在這種時間清理儲藏室？但是如果這麼說，里美就會發脾氣。良郎嘆了一口氣，走了出去。

「媽，要我幫什麼……」

他抓著頭走進儲藏室，聽到有人大叫一聲：「找到了！」他驚訝地一看，發現竟然是之前在柔情便利店吃咖哩的大鬍子男人。

「太好了，我就猜想你一定住在這一帶。」

男人在說話的同時跑了過來，不停地拍著他的背說：「我一直在找你。」

「好痛，好痛，請問這是怎麼回事？」

良郎很驚訝那個男人竟然還記得自己，但不知道他為什麼要找自己。站在破掉的合成皮沙發前的里美也問：「這是怎麼回事？」

男人語氣開朗地說：「我一直在找他啊。我向來很會玩躲貓貓或是尋寶遊戲，所以我就知道一定可以找到。」

男人不知道在高興什麼，張大嘴巴笑了起來，幾乎可以從他張大的嘴巴看到他的喉嚨深處。他對里美發出指示說：「啊，要先把這個搬上車，阿姨，妳搬那邊。」良郎摸著隱隱作痛的後背，覺得這個人切換狀態也未免太快了。

「媽、媽，你認識這個人？」

「他是偶爾會來這裡的萬事通先生，這一帶有很多老人，很需要可以幫忙做體力活的年輕人，你這個人沒有力氣，完全派不上用場。」

里美挖苦完之後問良郎：「你怎麼會認識志波？你們是朋友？」良郎還沒有回答，那個男人泰然自若地點了點頭說：

「我們是蛋香三明治之友。」

「志波？」

這樣就算是朋友嗎？良郎很想吐槽，但更在意里美剛才提到的名字。

良郎知道這個姓氏，他還來不及問「該不會？」男人就回答說：「他是我弟弟，店長是我弟弟。」

「一點都不像。」

良郎根本來不及把內心的想法吞下去，就脫口說了出來。真的完全不像。完全無法想像那個簡直就是性感聚集體的男人，和眼前滿臉鬍子的男人是兄弟。男人似乎很習慣別人這樣的反應，點了點頭說：「我們是同父同母，是如假包換的親兄弟，啊，你可以叫我老二。」

良郎還來不及回答，男人——老二就和里美一起把沙發搬了出去。里美在儲藏室外叫著：「良郎，你也一起幫忙。」良郎慌忙抱起了腳凳。

大沙發全都裝上老二的輕型小貨車之後，里美指著堆在儲藏室角落的紙箱問良郎：「這些要怎麼處理？他也會幫忙回收廢紙，要請他帶走嗎？」

良郎一時語塞。那兩個紙箱內裝了良郎至今為止的畫稿，原本打算在里美照顧的農田角落燒掉，但遲遲下不了決心，於是決定眼不見為淨，就搬去了儲藏室。

「你自己無法動手處理吧？」

「呃……嗯，是啊。」

里美看著大紙箱說：

「你到了這個年紀還仍然喜歡的事，如果能夠成為你的工作，不知道該有多好。只不過事情沒這麼容易，但人生就是這麼一回事，只有少數人能夠靠自己喜歡的事養活自己。」

里美有感而發，良郎低下了頭。里美很清楚自己的兒子廢寢忘食地投入喜愛的漫畫。

「學會放下也很重要。」

聽到母親溫柔的聲音，良郎正準備點頭。

「也可以不要放棄。」

他轉頭看向聲音傳來的方向，看到了那張大鬍子的臉。他大口喝著寶特瓶裝的運動飲料問：「不能繼續嗎？你們是不是在討論畫畫？即使是現在，只要一邊工作一邊畫，不就可以繼續嗎？」

「我沒有才華。」

「俗話不是說，能夠堅持的事就是才華嗎？」

老二滿不在乎地說。

「人生勝利組都說，無論任何事，如果無法堅持就不會成功。即使沒有任何回報，你也能夠堅持到現在，不就是一種才華嗎？」

良郎咬著嘴唇，然後費力地擠出一句話：「我真的、沒有才華，我真的畫得很爛，沒辦法成為漫畫家。」

「是嗎？至少我弟弟說你畫得很好，他說很喜歡你的畫。不知道為什麼，他給人很可疑的感覺，所以他說的話，你可能也無法相信。」

「哎喲，那不是和你一樣嗎？一開始大家都很緊張，說來了一個奇怪的人。」

「哈哈，妳說得對。」老二聽到里美這麼說他，笑著回答：「搞不好我們家有可疑的基因。」

「既然是基因，那你弟弟也一定是個好人，現在大家都很期待你來這裡。」

「是嗎？」老二眉開眼笑地回答後，轉頭看著良郎說：

「總之，我弟弟說的是真心話，只是似乎讓你產生了誤會。他想向你道歉，結果你搬家了。我弟弟為這件事耿耿於懷，說搞不好是因為他的關係，導致你搬家了，所以就委託我來找你。太好了，終於找到你了。」

老二露齒而笑，然後握著良郎的手說：

「我們去兜風，我載你去門司港。」

雖然老二很輕鬆地邀約，但即使走高速公路，從這裡去門司港也要將近三個小時。

「等、等一下，你突然提出這種邀約，我也很傷腦筋，而且天也已經黑了。」

「有什麼關係嘛，反正我明天還要來這裡，你就在那裡住一晚，這樣就沒問題了吧。」

老二回頭看了一眼自己的小貨車，車斗上已經裝滿了東西，里美說，這裡還有其他人也在等他上門回收廢品。

「至於住宿，你可以住我弟弟家。偷偷告訴你，他住在小金村大樓四樓，雖然房租很優惠，但房間很大、很漂亮，阿姨，我可以借用一下妳兒子嗎？」

老二問，里美很乾脆地回答：「沒問題啊。他整天悶悶不樂地窩在家裡，連我的心情也變差了。啊，如果去門司港，記得帶河豚最中餅回來，我喜歡吃。」

意想不到的發展讓良郎慌了神，但老二仍然緊緊握著他的手不放。一個小時後，良郎坐在小貨車的副駕駛座上，沿著高速公路向門司港前進。

「你為什麼能夠找到我？」

良郎看著車窗外流動的風景問，老二得意地笑著說：

「我不是說了嗎？我很擅長找東西。」

「我才不相信，我在那裡的時候，沒有告訴任何人要去哪裡。」

雖然補習班老闆知道他的老家，但志波他們應該不知道良郎在哪裡上班，所以他很驚訝，老二究竟是怎麼找到他的，老二瞥了他一眼說：

「紅老爹。他告訴我，你把租的房子退租，離開了門司港。任何事只要問他，幾乎都可以知道答案。」

良郎想起那張滿臉鬍子、看起來很可怕的老爹，忍不住發出「嗚啊」的聲音。雖然他的衣著很滑稽，但該不會是某個掌管門司港的組織成員之一，在那裡從事間諜活動？

「只不過紅老爹也不知道你老家在哪裡，結果我弟弟說，可能是大分的人，他似乎是從你說的方言猜到的。」

那天晚上情緒失控，大吼大叫時說了方言嗎？良郎完全不記得了。

「我因為做這個工作的關係，會去九州各地，所以最近都在大分縣內活動，想要找到你的下落。除了大分這個提示以外，其他都只能瞎猜，但最後還是被我找到了，是不是很了不起？」

一定是動物的直覺。老二又補充了這一句，然後張大嘴巴笑了起來。看到他這麼陽剛的動作，忍不住再次懷疑他真的是志波的兄弟。不，正因為是志波的兄弟，才會有這種特殊能力。

「對了，你也給我看一下，我猜你八成放在那個行李袋裡。」

良郎抱著腿上裝了換洗衣服的行李袋，老二說得沒錯，裡面的確放了一本素描簿。他打開行李袋，拿出素描簿，輕輕撫摸著褪色的素描簿封面。

離開門司港的那一天，他最後並沒有去舊門司海關。這次機會難得，所以他打算去所有充滿回憶的地方道別，於是抓了一本最有感情的素描簿。

「這是我搬來門司港後馬上買的素描簿。」

他是在商店街上的一家舊文具店買的，文具店老闆看起來很不好相處，但是當他結完帳時，老闆對他說：「這一帶有很多風景都很值得一畫，你可以多畫一些。」

「因為我是在山裡長大，所以只要附近有海，就會很高興。」

生活在新的環境，自己或許也會改變。他至今仍然記得當初的興奮。翻開素描簿，每一頁都是門司港的風景。許多小孩子在和布刈潮風公園玩巨大的章魚溜滑梯，還有和布刈公園的夜景。在三宜樓前睡覺的貓，以及海響館的企鵝。老二在等紅燈時把頭伸了過來，看向素描簿，立刻發出了興奮的聲音。「喔噢！」

「是不是畫得很差勁？」

「不會喔，很不錯，很可愛啊。」

不知道是因為他說話方式很直接，還是他個性使然，良郎很坦然地接受了他的評價。

「謝謝，可惜無法成為職業漫畫家，因為我的畫缺乏在商業雜誌上和別人競爭的特色。」

他不由得想起了茂木之前說的話，內心有點難過。雖然茂木當時說話很不客氣，但並沒有說錯。

「我不是很了解，」老二微微歪著頭說，「畫畫成為工作，或是靠畫畫謀生，呃，還有你說在商業雜誌上和別人競爭？這些事那麼重要嗎？」

老二說話的聲音聽起來發自內心感到不可思議。

「當然重要啊，」良郎大聲說道，「這不是很正常嗎？我從很久以前，就夢想自己成為漫畫家，要讓小孩子喜歡我的畫。」

「所以你的意思是，你的夢想就等於剛才我說的那些嗎？」

良郎愣在那裡，老二抓著凌亂的頭髮說：「無論是變成工作，或是謀生，說起來不是夢想的額外贈品嗎？」他說話的語氣很輕柔，有點像在自言自語，良郎說不出話。

「才、才華……」良郎費力地擠出這兩個字。

「我不是說你的畫很棒嗎？還有我弟弟。」老二回答，「要每個人都喜歡當然沒這麼簡單，但現在至少有兩個人說你的畫『很棒』，這種個人意見，你不需要嗎？」

這根本是理想論。良郎想，但是他無法反駁。

他說不出話，只能一頁一頁翻著素描簿，注視著以前全心全意畫的那些畫。翻到一半時，老二突然大叫一聲「啊啊！」然後急忙把車子停在路肩。良郎不知道發生了什麼事，轉頭一看，發現他雙眼發亮地說：「你翻回剛才那一頁，再讓我看一次！」良郎搞不懂是怎麼回事，只好往回翻。

「呃，是這裡嗎？」

良郎翻到宮本武藏和佐佐木小次郎對戰場景的素描。他看到巖流島上的那座銅像時，迫不及待地畫了下來。他缺乏素描銅像的技術，只能用自己的方式畫下來。

老二眉開眼笑地注視著那幅畫說：

「很棒，太棒了，那是不是稱為風格？我覺得很有你的風格，我超愛這兩個人。」

「是喔，原來你喜歡武藏和小次郎。」

老二繼續開車上路後說：「其實是我爸爸喜歡，只要他心情好，一定會表演巖流島之戰。」

「表演？什麼意思？」

「他說是在模仿他小時候看的連環畫劇，用捲起的紙拍著桌子就演了起來。『這時，載著武藏的小船才悠悠而來！啊呀啊呀，武藏，你怕了嗎？等待已久的小次郎拔出長劍，把劍鞘丟在沙灘上！然後武藏大喝一聲，小次郎，必輸無疑！』差不多就是這樣。」

老二聲音洪亮，好像真的在演戲，然後笑著說：「我也演得挺不錯嘛。我聽了不下好幾十次，所以超崇拜他們。」

老二指著良郎放在腿上的素描簿，一臉嚴肅地說：「畫得很不錯，很溫柔，很有溫度，我真心認為很不錯，你不是希望用漫畫吸引小孩子嗎？連環畫劇也不錯啊。」

「喔喔，連環畫劇。」

當今的時代根本不需要這種簡直是昭和年代遺物的東西。良郎忍不住笑了起來，但也同時有當頭棒喝的感覺。還有其他可以讓小孩子喜愛的繪畫工作嗎？

「嗯，不一定要連環畫劇。」

良郎聽到老二說話的聲音，不由得一驚。

「搞不好還有其他的。」

真的有嗎？良郎沒有答案。

海風從敞開的車窗吹了進來，他看向車窗外。

「啊啊，已經到門司港了。」

小貨車駛入柔情便利店門司港小金村門市的停車場，老二在關掉引擎的同時，志波就從店裡衝了出來，一看到坐在副駕駛座上的良郎，露出了宛如鮮花盛開般的笑容。良郎看到應該是對熱戀中的女人露出的笑容，不禁愣了一下，原本漸漸遺忘的「費洛蒙族」這個名字再次在腦海中甦醒。雖然他哥哥好像沒有這麼多費洛蒙，但費洛蒙族可能和血緣沒有關係。

「哥哥，謝謝你！」

「我真是太了不起了。」

「我完全沒有想到你真的可以把人帶來。」

志波對著慢吞吞走下副駕駛座的良郎深深鞠了一躬。

「對不起，我之前說了很失禮的話。」

「別、別這麼說，那次我也太情緒化了……對不起。」

志波看到鞠躬的良郎手上拿著素描簿，鬆了一口氣說：

「啊啊，真是太好了，我還很擔心自己害你放棄畫畫了。」

「沒這回事。」

老二大步走進便利商店，把良郎和弟弟留在原地，很快就買完了東西，從內用區探出頭說：「喂，良郎，趕快來吃飯，我肚子餓死了。」

「哥哥，我的呢？」

「沒你的份，你自己去買。」

「好過分。」

良郎聽著他們兄弟的對話，忍不住笑了起來。雖然兩個人屬於完全不同的類型，但好像真的是親兄弟。

「良郎，動作快一點，咖啡都冷了。」

「啊啊，幸香咖啡！你為我買了嗎？」

便利商店門口豎著「幸香咖啡全面監製咖啡登場！」的旗子，因為良郎很久沒有踏進柔情便利店，所以至今還沒喝過。

「我馬上過去！」

良郎慌忙跑進內用區，發現熟悉的四人座桌子上，放了兩杯熱咖啡和兩包蛋香三明治，當然還有福神漬醬菜。

「喔喔，你竟然懂這樣的搭配。」

良郎很想馬上去烤三明治，但必須先嘗嘗咖啡的味道。他在老二對面坐下後，伸手拿起紙杯。有壓花加工、散發出高級感的紙杯上印了幸香咖啡的標誌，他用指尖撫摸著，然後拿下了塑膠蓋，嗅聞撲鼻而來的香氣後，微微歪著頭。

「咦？」

「你喝看看。」

回頭一看，發現志波站在不遠處看著他。良郎的視線從志波露出意味深長笑容的臉上回到了紙杯上，然後喝了一小口，剎那之後，他的全身忍不住抖了一下。像葡萄酒般濃郁的香氣飄進鼻腔，像水果般的酸味在嘴裡擴散。柔和的苦味之後，留下淡淡的新鮮咖啡櫻桃甜味。

「這、這不是精品咖啡嗎？」

這種清澈的味道絕對就是精品咖啡。幸香咖啡的老闆是深焙至上主義，他真的推出了這款咖啡？這不是和幸香咖啡之前的味道完全不一樣嗎？

他喝了一口，忍不住歪著頭，然後又喝了一口，發出了低吟。他熟悉的幸香咖啡和目前舌尖上的咖啡味不一樣。

「有一部分咖啡愛好者很不滿，說幸香咖啡為了錢賣掉了招牌。」

志波似乎一直在觀察良郎，他突然說道。良郎轉頭一看，發現他露出了難過的表情說：「聽說有些狂熱的咖啡迷衝去店裡表達抗議。」

那些人這麼激動？良郎感到驚訝，但也並不感到意外。因為自己當初得知這件事時，也曾經有過同樣的想法，而且眼前這杯咖啡中清澈的酸味，也許會讓那些喜歡幸香咖啡濃醇味道的人覺得遭到了背叛。

「不要用成見品嘗，這杯咖啡超猛，味道也調整得和三明治相得益彰。」

老二不知道什麼時候去烤了三明治，把烤好的三明治遞到良郎面前。良郎看著他充滿自信的臉，接過三明治，戰戰兢兢地咬了一口，慢慢咀嚼，然後喝了一口咖啡。沉默片刻的良郎露出了柔和的微笑。

「啊啊，為什麼？」

雖然咖啡的味道大不相同，但這杯咖啡的靈魂完全沒變，所以完全沒有破壞麵包的香氣和炒蛋的甜味，咖啡的味道也沒有被稀釋。

「為什麼這麼好吃？」

這是全新的味道。為什麼有辦法做到？

「是柔情便利店的高層說要訂精品咖啡。」

志波告訴良郎。幸香咖啡的老闆得知高層的要求後說樂意之至，他說很高興到了這個年紀，還可以用自己喜愛的事物挑戰。還說既然接下了這個任務，就要研究出讓更多人喜愛的味道。

良郎看著手上的杯子。幸香咖啡的老闆是有點駝背的老人，而且很瘦，良郎之前去店裡遇到他時，他還聳了聳肩說，現在去醫院都要掛好幾個科。這樣的老人冒了這麼大的險嗎？而且完成了挑戰嗎？

「柔情便利店每天的客人平均至少有八百人，其中大約有一百五十人左右會買咖啡，以所有的店來計算，人數相當龐大，我當初很懷疑，是否有辦法讓這麼多客人都感到滿意，但是結果證明，這杯咖啡目前非常受歡迎。雖然也有批評的聲音，但營業額很出色。」

良郎咬了一口三明治，又喝了一口咖啡。只能用感動這兩個字來表達的感情在內心深處翻騰。就連老人都持續新的挑戰，為有機會挑戰感到高興，最後成功了。

「老闆太厲害了，他目前出國去採買咖啡豆，說要在自己的店裡推出最頂級的精品咖啡，你不覺得超讚的嗎？」

良郎手中的紙杯空了。他看著紙杯，覺得自己太沒出息了。自己有辦法像幸香咖啡的老闆那樣追求極致嗎？剛才品嘗的咖啡太厲害了，自己的作品有辦法呈現一絲一毫這種厲害嗎？自己根本無法做到，充其量只是半瓶醋而已，卻好像是多了不起的漫畫家受到了傷害。

他從行李袋中拿出素描簿，看著舊素描簿片刻，叫了一聲「店長」。志波不知道什麼時候下班了，他脫掉了制服。老二津津有味地吃著里美送他的醃黃蘿蔔，另一隻手拿著啤酒罐。這傢伙的動作也太快了。

「店長，還有老二，你們真的覺得我的畫不錯嗎？」

「當然啊。」志波點了點頭，「雖然我都是從你背後偷看到的，所以不敢說得太大聲，但我絕對不會說這種無聊的謊，我每次都覺得你畫得很棒。」

「啊，老三，你有沒有看過那幅？那幅畫讚極了。良郎，你給他看。」

良郎順從地打開素描簿，志波一看到武藏和小次郎，和他哥哥一樣眉開眼笑。

「哇，老爸說他小時候看到的連環畫劇，一定就是這種感覺。」

「我也覺得。」

他們兄弟兩人看著良郎的畫時，臉上的表情充滿喜悅。良郎也在不知不覺中露出了笑容。他想起自己持續畫畫，就是想要看到這樣的表情。他一直想要畫出能夠打動別人的畫，也許並不需要拘泥於少年漫畫。

「要不要繼續畫下去呢？」

兄弟兩人沒有漏聽他的小聲嘀咕，雖然兩兄弟完全不像，但都露出了相同的眼神，異口同聲地說：「很好啊。」

「要不要找地方去喝酒？桐山先生，我請客，也為上次的事向你道歉。」

「我想吃河豚。」

「我只請桐山先生的份，哥哥，你要自己出錢。」

良郎和這對奇妙的兄弟一起走在深夜的門司街道。涼爽的海風溫柔地吹來。良郎融入了這片熟悉而又美麗燦爛的街道，久違地放聲大笑。

他不經意地轉頭看向後方，看到了燈火通明的柔情便利店。那杯咖啡一定能夠為自己帶來勇氣，無論身處何方，只要走進柔情便利店，就可以獲得勇氣。他感到有點高興，向在風中飄揚的旗子輕輕鞠了一躬。

第3章

憂鬱的草莓百匯

院子裡傳來美智代好像尖叫般高亢的聲音。「真是受不了，老公，你根本搞不清楚狀況，這樣怎麼有辦法好好長？」美智代的聲音越來越激動，梓嘆著氣，闔起了正在看的書，從落地窗探出頭問：

「媽媽，怎麼了？」

「梓，妳聽我說，昨天爸爸說他想種我買回來的植物，所以就請他幫忙，沒想到他隨便亂種一通。」

美智代穿著園藝專用的粉紅色運動服，鼓起了戴著寬簷草帽下的圓臉。「妳看！」院子內有一片她精心呵護的開心農場，花、香草和蔬菜都分區種植，她用園藝鏟子指著的方向是香草區的位置。香草區內種了各式各樣的香草，但梓看起來都一樣，所以即使美智代要她看，她也不知道有什麼問題。

「妳說爸爸隨便亂種，是沒有種進泥土裡嗎？」

雖然梓沒有看到植物的根露出泥土，但她想不出還有其他理由，於是就這麼問，美智代心浮氣躁，大聲地說：「當然是因為不適合啊！我之前不是曾經告訴妳，混植香草時，必須考慮到彼此是否適合嗎？妳看看檸檬香蜂草和迷迭香的位置！爸爸還說包在他身上，結果卻搞成這樣！簡直難以相信。」

雖然美智代很生氣，但梓還是搞不懂哪裡出了問題。原本打算追問，但最後還是把話收了回去，因為這樣只會讓美智代的怒火越燒越旺。美智代的興趣是園藝，只要別人不把她的園藝當一回事，就會立刻觸動她憤怒的開關。一旦她動了怒，梓當然也會遭到池魚之殃，而且也曾經多次成為二度延燒的受害人。「爸爸做事太馬虎，這樣真的不行。」梓表達了這樣的意見後，逃回了自己房間。

她倒在床上，拿起丟在枕邊的手機，然後躺在床上用「香草、相合」的關鍵字搜尋。

「原來是適合的生長環境不同。」

有些香草喜歡乾燥，有些喜歡潮濕，而且種植在陽光充足的位置，或是陰暗的位置，也會對香草的生長產生影響。如果將適合生長環境不同的香草種在一起，就會導致枯萎，或是發育不良——是喔是喔，原來是這樣。她原本心不在焉地邊看邊滑，手突然停了下來。

「哇，薄荷太可怕了。」

她正在看標題是「危險的香草」的專題。

「薄荷因為生長太旺盛，所以很難與其他香草一起混植，如果不妥善調整，會導致其他香草枯萎，最後花盆中只剩下薄荷。如果直接種在地上，就會生長滿地下走莖，不斷擴大繁殖範圍。」

「這樣喔。」梓小聲嘀咕著，然後又點去了其他網站，看到有人繪聲繪影地分享了家中的薄荷直接種在地上，結果導致薄荷侵蝕了鄰居家的院子，造成和鄰居之間糾紛的情況。梓大致了解到，薄荷似乎具有驅蟲、殺菌作用和抗炎症作用等很強大的功效，但也是很難處理的植物。薄荷不是經常放在蛋糕和冰淇淋上面作為點綴嗎？梓腦海中想像著。把薄荷葉吃進嘴裡時，會有強烈的清新感，讓口腔重新變得清爽，家裡的牙膏好像也是薄荷味。這麼強烈的味道，有這麼強的生命力也不令人意外。梓關掉了網頁，手機恢復了待機狀態，待機畫面是梓和另一名少女站在鬱金香花田前比著勝利的姿勢。梓打量著站在自己身旁的那個人的漂亮臉蛋。

「就像美月。」

村井美月是一個絕對正確的女生。美月說的話絕對不會錯，有時候甚至可以駁倒老師。她的成績總是名列前茅，而且是排球社的王牌選手。每個學期都會擔任班級幹部，是班上的意見領袖。無論是文化祭還是音樂發表會，只要按照美月的意見進行，一切都很順利，所以大家都對她刮目相看。美月在梓所屬的三年三班，有絕對的影響力。梓覺得美月就像薄荷。

梓又想起其他同學。田口那由多。如果美月是薄荷，那由多是什麼呢？是被薄荷驅逐，還是被薄荷吸收，成為朋友？不，應該都不是。她那兩道意志堅強的濃眉和黑色眼眸，都不會受到薄荷的影響。

「嗯，沒問題。」

她很強悍。梓小聲嘀咕時，肚子立刻一陣翻騰。最近經常會有這種突發性的腹痛，她摸著肚子，就像獨角仙的幼蟲般縮成一團。美月的臉、那由多的臉，然後一個看起來很溫和的男人的臉浮現在腦海。她甩了甩頭，說著「不是啦、不是啦」，忍著遲遲沒有消退的腹痛，不禁有點想哭。

我真是個勢利鬼。

走進教室前，梓深呼吸了一次，然後揚起嘴角，輕輕發出了「一」的聲音。嘴角持續保持上揚。這是梓每天的小儀式。

打開教室的門，比她早到學校的同學都看了過來。她愣了一下，但看到所有人臉上都帶著笑容，她鬆了一口氣。

「早安！」

「梓，早安。」

幾名女生聚集在教室最前方，圍在美月周圍。美月有一張略顯成熟的瓜子臉，一雙長眼睛，富有光澤的黑髮綁在腦後。身材高眺，渾身散發出好像寶塚歌舞團男角般的清秀，和其他女生在一起時，有一種鶴立雞群的感覺。梓想起了昨天在網路上看到的內容，覺得美月果然就像薄荷。

「美月，早安。昨天『虛擬世界』的演唱會怎麼樣？」

梓問，美月頓時露出興奮的表情說：

「超棒！歌單簡直太神了。」

虛擬世界是目前當紅的另類搖滾樂團，樂團的所有成員都穿著有點髒髒的兔子玩偶裝演奏硬式搖滾，對國、高中生有極大的影響力，美月也不例外地成為虛擬世界樂團的狂熱歌迷。

「哇，美月，好羨慕妳！妳竟然可以買到門票。」另一個女生說。

「羨慕吧？」美月有點得意地說，「加奈子奇蹟似地買到了兩張票，所以約我一起去，真希望時間可以倒轉，讓我回到昨天。加奈子，對不對？」

美月把手搭在身旁的加奈子肩上說，加奈子喜出望外地點了點頭。

「真的超讚，快結束的時候，我太激動了，忍不住抱住了美月。」

「對啊對啊，而且加奈子哭得稀哩嘩啦。」

「對啊，因為我太感動了嘛。」

加奈子附和著美月，悄悄瞥了梓一眼。梓假裝沒有察覺她意味深長的視線，不卑不亢地說了聲：「太好了。」雖然臉上帶著笑容，但心裡覺得加奈子很可憐。因為之前從來不曾聽說加奈子是虛擬世界樂團的粉絲，所以一定是為了美月，才去買演唱會的門票。

「梓，下次想和妳一起去。妳也很愛虛擬世界吧？」

加奈子聽到美月這麼說，立刻露出了陰鬱的表情，梓仍然帶著笑容點了點頭說：

「嗯，絕對要去，我超期待可以和妳一起去聽演唱會。」

加奈子看著梓的視線漸漸帶著不悅。梓也假裝沒有察覺，走向窗邊最後排的自己座位。加奈子整天巴結美月，隨時都在美月周圍打轉，而且很討厭從小和美月玩在一起的梓。

加奈子一定很想取代我的位置。梓心想。一旦成為美月的好朋友，就代表在這個班上，不，在整個年級都不必擔心被人欺負。加奈子整天繃緊神經，對別人察言觀色，一定很羨慕我目前的處境，所以不惜用演唱會門票或是各種手段想要取代我，但事情可沒有她想的那麼簡單。

梓和美月從出生的時候就認識了。她們的母親從高中時代就是好朋友，看以前的照片，梓的身旁一定有美月。美月比梓大九個月，所以家裡還有梓出生的當天，她們一起的合影，所以她們真的是一出生就認識的朋友。

梓個子嬌小，發育也比較緩慢，所以之前在很多方面都落後於人。小朋友在玩捉迷藏時都不找她，玩辦家家酒時也沒有人理她，她經常為這種事哭哭啼啼。相反地，美月從小就很有領導能力，也許是因為這個原因，梓從懂事的時候開始，美月就經常保護她、照顧她。美智代也經常把「妳跟著美月就好，也要聽美月的話」掛在嘴上，所以她從來不覺得美月對自己發號施令有什麼不對勁。在梓眼中，美月幾乎就是不可違抗的對象。

梓把從書包裡拿出來的筆袋和課本放進課桌抽屜內時想著。她們的母親至今仍然是好朋友，彼此都稱對方是一輩子的閨密，而且期待自己的女兒也能夠繼承她們之間的友情。兩位母親充滿夢想地談論著傳承到下一代的友情時，美月一臉無奈地笑著對梓說，我們的友情和她們的不一樣，她們這樣混為一談太傷腦筋了。我會把妳視為一輩子的好朋友，和她們沒有關係。因為我們太合得來了。

雖然梓當時點了點頭，但梓認為其實兩位母親的說法更正確，她和美月只是抓著母親的友情而成為朋友，如果不是從小玩在一起，她和美月不可能是現在的關係。雖然美月說她們很合得來，但其實無論興趣、性格和假日休閒的方式都完全不一樣。梓其實根本不喜歡「虛擬世界」，覺得一群沒有表情的兔子很噁心，他們唱的歌也很吵，但因為不能違抗美月，所以無法說出真心話，只能被迫喜歡那個樂團。

所以我一輩子都要在美月的身後打轉，一輩子聽她的話嗎？這樣真的好嗎？

教室內的氣氛產生了變化。梓抬起頭，看到那由多剛好從前面那道門走進教室。她一頭又粗又黑的頭髮剪得很短，穿著運動服，乍看之下，會以為是男生。那由多沒有和任何人說話，就走到位在教室正中央的自己座位坐了下來。

「她又沒穿制服。」

加奈子叫了起來。梓看了過去，發現圍著美月的幾個女生皺著眉頭。

「老師為什麼都不糾正她？這根本違反了校規。」

那幾個女生肆無忌憚地大聲說著已經聽過好幾次的內容。那由多沒有穿制服，而是穿運動服來學校。美月周圍的那些跟班看到這一幕，就有人提「制服」的事，之後美月就會數落她們，這一幕不知道已經上演了多少次。今天也一樣，美月低聲說著：

「喂喂喂，那並不算違反校規，因為是學校指定的運動服，所以並沒有問題。」

原來校規規定，可以穿學校指定的運動服上學，只有學校有特別活動時，必須穿制服。梓直到最近才知道這件事，當然是因為那由多才有機會知道。

那由多從三月開始就變得有點奇怪，她把原本一頭及腰的長髮剪短，而且不再穿制服上學，每天都穿運動服，還經常遲到、早退和缺席。她原本就不是社交型的性格，但現在比之前更加拒人千里。即使問她怎麼了，到底發生了什麼事，她也堅稱沒事。美月和她的跟班起初也很關心她，但發現她堅持不說出理由之後，就開始感到不耐煩，兩個月後的現在，開始指責那由多。她們的理由是，那由多破壞了班上的和諧，周圍人都很擔心她，她卻完全不解釋。

老師什麼都沒說，想必那由多有正當的理由。梓看著坐在斜前方的那由多的後背。那由多明明聽到了加奈子的聲音，但無動於衷，完全沒有任何反應。她為什麼可以這麼堅強？梓很想問那由多，頭髮或是制服的事都不重要，梓只想知道那由多為什麼在這種狀況下，仍然能夠抬頭挺胸，她想知道那由多堅強的理由。

加奈子不悅地說：「她把我們當空氣欸。也不向我們道早安，太離譜了。」

梓聽了加奈子的話，忍不住感到生氣。難道她不知道以為別人必須主動向她打招呼才很奇怪嗎？如果希望別人向她打招呼，就應該主動開口。

「對啊，她以為她是誰啊。」

「抬頭看我們。」

美月的其他跟班也都跟著起鬨，其他幾個小圈圈的人非但沒有制止，反而笑著看好戲。梓聽到有男生嘀咕：「女生超可怕。」

「大家不必理會啦，既然人家不願意，我們也沒辦法強迫。」

美月嘆著氣說。加奈子嘟著嘴說：「美月，妳心太軟了，所以田口才會得寸進尺。」

「但是現在別人會誤以為我們一群人在欺負她，明明不是這麼一回事，被誤會不是很討厭嗎？對不對？」

美月擠出笑容，加奈子和其他人瞪著剛才小聲嘀咕的男生。梓看著這一幕，忍不住感到生氣，不知不覺握緊了拳頭。

美月也認定別人要主動向她打招呼。她認為這是理所當然。

「梓，妳怎麼在發呆啊？」

突然聽到有人問話，梓回過了神。抬頭一看，美月不知道什麼時候離開了其他人，站在她旁邊。

「妳剛才看著田口，怎麼了？」

「呃，沒、沒什麼特別意思。」

梓完全沒有想到被美月看到了，不知所措地回答。美月對她說：

「妳千萬不要表現出對她有興趣的樣子，否則她想要加入我們的時候，就會把妳視為突破口，到時候妳一定會很痛苦。」

梓感到很驚訝，但並沒有表現在臉上，只是語氣柔和地問：「所以妳並不打算讓她加入我們嗎？」美月一臉驚訝地說：「當然啊，妳這種天真的想法，會讓別人有可乘之機。妳別忘了，我已經多次向她表達了友善，但是她一直拒絕。每次遭到拒絕，我就很受傷，必須了解這一點。」

美月說話很大聲，那由多應該也聽到了。梓露出焦急的神色，美月笑著對她說：「話說回來，妳在緊要關頭很敢說。」梓聽到她這句話，知道自己臉上的表情很僵硬。腹部的腸子在扭動，她摸著肚子。好痛，好痛。

「雖然我知道妳沒問題，但還是會擔心。知道嗎？」

「喔……嗯。」

「總之，妳不必理會她！妳太善良，很容易被人利用，知道嗎？」

我一輩子都要聽美月的話嗎？這樣真的對嗎？肚子陣陣疼痛不已，但梓緩緩點了點頭。在點頭的同時，忍不住想，真的要這樣嗎？啊啊，肚子好痛。

週二傍晚去便利商店，是梓不為人知的樂趣。那天不用上補習班，美智代這天下班的時間都會比較晚。她急急忙忙換好衣服，拿起皮夾，跳上腳踏車。她每週都去柔情便利店門司港小金村門市。

她騎車經過走路只要三分鐘的那家便利商店，看到騎車十分鐘左右的那家便利商店也過門而不入。雖然要騎二十分鐘才能到柔情便利店門司港小金村門市，但她有非去那裡不可的理由。因為她不想被任何人知道她去了便利商店。

梓繼承了圓臉的美智代的基因，所以看起來也肉肉的，再加上皮膚很白，從小就有男生嘲笑她是白大福。每次遇到這種事，美月就挺身而出，而且安慰她「妳根本不胖」。但是，幾個月前，美智代的一句話，改變了這種情況。

「梓和美月在一起，看起來更胖了。美月，妳要提醒梓，叫她別再吃零食了。」

「包在我身上。」美月回答。梓的確很愛吃甜食，也許的確吃太多了。那天之後，美月開始嚴格限制梓吃的東西。在家的時候，美智代盯得很緊，梓和美月上同一家補習班，所以也不能在外面買零食吃。只有美智代和美月都鞭長莫及的這一天，梓才能夠盡情地吃她最愛的便利商店甜點。而且柔情便利店門司港小金村門市旁設置了內用區，內用區很乾淨，也很舒服，只要坐在內用區吃完，就不會留下在外面偷買零食吃的證據。對梓來說，簡直是最棒的便利商店。

熟悉的招牌出現在前方，梓踩著踏板的雙腳更加用力。啊啊，不知道今天有沒有春令草莓百匯。

她把腳踏車停在停車場，走進便利商店內。通知有客人進店的音樂響起，站在收銀台內的男人輕聲對她說：「歡迎光臨。」梓毫不猶豫地走向甜點櫃。

「嘿嘿嘿，今天有貨。」

梓找到了她想要的商品，忍不住自言自語。她一直很想吃的「春令草莓百匯」整齊地排放在貨架上，旁邊還有她一直很想吃吃看的「草莓鮮奶油銅鑼燒」。她毫不猶豫地各拿了一個，然後走向飲料區，拿了一瓶她很喜歡的寶特瓶裝奶昔，走向收銀台。
只要靠近，背脊就會起雞皮疙瘩的男人——店長站在收銀台內，露出可疑的笑容。雖然現在已經見怪不怪，但起初梓只要看到渾身散發詭異氣氛的店長站在收銀台內，就會想要閃避。梓在結帳時想，如果美月知道這件事，可能會叫自己不要去那種有可疑人物的店家。應該說，如果被她看到，一定又會罵自己，而且還會去向美智代告狀，美智代就會扣自己的零用錢。梓這麼小心謹慎，就是避免發生這種事。
她拿著塑膠袋，走向一門之隔的內用區。一個小學生坐在四人座的桌子角落玩掌上型遊戲機，桌上放著還沒吃完的炒麵。梓坐在離小男生有一段距離的吧檯旁，把渴望已久的甜點放在吧檯上。猶豫了一下，拿起了銅鑼燒。放了一整顆甘王草莓的銅鑼燒拿在手上有點份量，從外皮的縫隙可以看到粉紅色的鮮奶油，和富有光澤的紅豆餡。這種對比太賞心悅目。她打開袋子，咬了一大口。
蓬鬆的外皮和鮮奶油，還有煮得很鬆軟的紅豆完美地融合在一起，交織出富有層次的甜味。甜味的深處是甘王草莓的新鮮酸味，梓忍不住用力閉上眼睛。
啊，太好吃了，真幸福。
這是梓每週一次的秘密樂趣，任何東西都無法取代。她充滿陶醉地吃完了銅鑼燒，喝了一口奶昔。因為媽媽也禁止她喝飲料，所以覺得格外好喝。啊。她嘆了一口帶著甜蜜的氣，把手伸向今天重頭戲的蛋糕百匯。她打開塑膠蓋，端詳片刻。草莓醬汁滲入了切成黃豆形狀的海綿蛋糕，被鮮奶油和草莓醬汁浸沒的海綿蛋糕上，有三顆巨大的甘王草莓，砂糖就像雪花般撒在上面，最後用開心果碎屑點綴。梓如癡如醉地看著眼前這杯刺激食欲的可愛蛋糕百匯，然後拿出手機拍了一張照。當很想吃甜食的時候，就可以看著照片過乾癮。她喝著奶昔，從各種不同的角度拍完之後，才終於開動。微酸的草莓散發出柔和的甜味，她陶醉不已。這時察覺有人從便利商店那裡走過來，她不經意地看了一眼，立刻「啊！」了一聲。因為走進來的人正是身穿運動服的那由多。那由多也發現了梓，也「啊啊」了一聲。

「妳、妳好。」

「嗯。」

如果是班上其他女生，一定會坐在梓的旁邊，但那由多打量內用區後，在吧檯的另一側坐了下來，打開無糖冰咖啡的易開罐，大口喝了起來，簡直就像完全忘記了梓的存在。她看起來很成熟，梓的目光被她吸引。

「呼！」那由多嘆了一口氣，放下那罐咖啡後，察覺了梓的視線。「怎麼了？」

「不，那、那個，妳很厲害，我沒辦法喝黑咖啡。」

梓不知道該說什麼，就隨口說了腦海中浮現的想法。「如果不加牛奶和糖，我就喝不下去。雖然很喜歡咖啡果凍和冰摩卡。」

那由多滿臉不可思議地看著梓，然後瞇眼笑了起來。

「妳一看就知道很愛吃甜食。」

那由多看向梓的蛋糕百匯和奶昔，梓緊張起來。

「啊、那個！妳不要告訴任何人！」

梓大聲說道，正在玩遊戲的小男生看著她。那由多也一臉錯愕的表情。

「我希望妳不要告訴別人我在這裡吃甜食，因為我媽禁止我吃甜食。」梓吞吞吐吐地告訴了那由多。那由多問：「為什麼？」雖然只有短短幾個字，但她的語氣很強烈，梓覺得自己沒辦法回答，但那由多又接著問：「是醫生不讓妳吃嗎？」

「怎麼可能？不是這樣。因為……我很胖，所以我媽說不能再吃零食。」

梓在說出口之後，覺得很丟臉，於是低下了頭。

「只是這樣啊。」梓聽到那由多洩氣的聲音，抬起了頭，看到那由多對著她微笑。

「如果是這樣，我不會告訴任何人，妳可以開懷大吃。但是，檜垣，妳根本不胖。」那由多看著梓的身體說。「可能是因為妳的線條很圓，所以才會這麼覺得。」那由多直截了當的說話方式，讓梓忍不住竊喜。她比任何人更清楚，自己的體重在標準範圍內。雖然和美月那種模特兒身材相比，自己看起來有點胖，但絕對沒有太胖。

「謝、謝謝。」

「這沒什麼好謝的。啊，妳不必擔心，我也不會告訴村井。反正我根本不和她說話。」

梓聽到那由多補充的這句話，腹部又絞痛起來。

「那個……美月、她、呃……」

要向她說對不起嗎？因為我從來沒有制止美月她們的那些冷言冷語，但是想說的話都卡在喉嚨。即使如此，梓仍然結結巴巴地想要說出口，那由多再度露出無趣的表情，喝完了剩下的咖啡。

「無所謂，那種事根本不重要。」

那由多冷冷地說道。梓抖了一下。那由多喝完咖啡後站了起來，把空罐丟進垃圾桶。梓一直看著她，她轉過頭說：

「不管別人說什麼，我都無所謂。因為比起在意別人的臉色，我還有更重要的事，我不希望以後為了自己在意那種無聊的事，而忽略了眼前重要的事感到後悔。」

那由多斬釘截鐵地說完後，轉身走了出去，不一會兒，就看到她騎著腳踏車離去的背影。梓目送著她離去，回想著那由多剛才說的話。我整天在看別人的臉色嗎？既覺得不是這樣，但又覺得有可能。剛才聽到那由多說那番話時，最先想到了美月。我是不是整天對美月察言觀色，看她的臉色？對，的確是這樣。正因為對美月察言觀色，所以才會說那種話。

「桐山老師，你為什麼會來當補習班老師？」

去年暑假的時候，梓對補習班的男老師這麼說。

我為什麼要說那種話？不，是當時的形勢所逼。美月很討厭補習班那個看起來很溫和的男老師，每次都說他「沒有霸氣，對工作沒有動力」。我們父母花那麼多錢，我們信任補習班的老師，特地跑來上課，他用那種偷工減料的方式上課，根本大有問題。我無法原諒他的上課態度。自從美月不知道從哪裡得知那個老師的興趣是畫畫之後，就很生氣地說：「他竟然熱中上課以外的事，太奇怪了。」

美月不僅在學校是意見領袖，在補習班內也是核心人物，沒有人敢批評美月表達的意見，所以那天美月說，要一起去找老師當面談判，要求他改進上課態度時，沒有人敢制止，大家一起包圍了桐山，梓當然也是其中之一。

但是，當桐山一臉親切地問她們：「有什麼事嗎？」前一刻還說著「不知道老師會露出什麼樣表情」，等著看好戲的女生都畏縮起來。雖然她們贊同美月的意見，但是沒有人發自內心覺得桐山上的課有問題，只是一起湊熱鬧而已。

梓很喜歡桐山上的課。桐山雖然不像其他老師一樣常常說笑話，談吐也不夠精采，但是上課不會趕進度，講解很仔細，很適合梓的個性，只不過梓不敢對美月說這種話。因為她以前從來沒想過要反抗美月。

當一群人圍著桐山時，開始觀察其他人的反應。梓暗暗希望事情就這樣不了了之，沒想到加奈子對她咬耳朵說：

「梓，妳偶爾也要表現一下，不要整天躲在美月背後依賴她，太有心機了。」

梓驚訝地轉頭一看，發現加奈子露出不懷好意的笑容看著自己。我才沒有依賴美月。她正準備這麼回答，想到加奈子以外的同學可能也都這麼想，就閉上了嘴。因為我和美月從小就認識，也是美月的好朋友，所以表面上大家都不會對我有意見，但可能內心都對我感到不滿。美月可能也這麼想，沒有理由斷定，美月不會覺得我很有心機。

美月可能也對我感到不滿。這麼一想，就突然感到害怕。當她回過神時，已經開了口。

「因為你上課很無聊，應該說，你根本沒打算讓這堂課變得生動有趣，感覺只是為了薪水上課。」

梓平時總是站在美月旁邊，好像是美月的附屬品，沒想到竟然搶先發話，其他人頓時發出驚叫，接著就像打開了開關，七嘴八舌地開始指責桐山。梓肩膀起伏，用力喘著氣，美月拍了一下她的背。

「梓，我果然沒看走眼。妳把我想說的話全都說了出來，不愧是從小一起長大的朋友！」

美月高興地說，梓對她露出僵硬的笑容，內心覺得這是理所當然的事。因為平時就好像鸚鵡學舌般，把美月說的話當成是自己的話。

桐山露出很受打擊的表情，但仍然笑著說：「我以後會注意。」然後對她們說：「回家的路上要小心。」送她們離開了補習班。雖然其他人對這樣的結果露出失望的表情，但梓發自內心鬆了一口氣。太好了，幸虧沒有造成什麼嚴重的後果。她覺得似乎減輕了她說的那些話的份量。

但是，桐山辭職離開了補習班。雖然補習班的其他老師說是因為家庭因素，但梓認為並不是這麼一回事。桐山一定是因為被她們這幾個學生批評，才會決定辭職，而且不是別人，是自己開了第一槍。我改變了桐山的人生。她很懊惱地向美月提起這件事，美月說：「這樣很好啊，我們當時做了對的事，妳說的話也完全正確，才會有這樣的好結果，妳完全不需要有罪惡感。」

但是，梓不止一次捫心自問，當時為什麼會中了加奈子的激將法，為什麼美月說要去找桐山理論時，自己沒有制止美月？我覺得桐山老師是個還不錯的老師。如果自己這麼說，可能會有不一樣的結果。

聽到「嘎噹」一聲，梓回過神。她轉頭一看，發現那個小男生已經吃完飯，準備離開了。小男生俐落地收完垃圾，走了出去。梓緩緩看向自己的桌前，發現已經不冰的蛋糕百匯還在眼前。之前那麼想吃，但現在已經失去了興致。她把剩下的裝在塑膠袋裡，塞進了垃圾桶。

隔週二的傍晚，梓又在柔情便利店遇見了那由多。這天是那由多比她先到，正在喝無糖汽水。梓還來不及開口，那由多就向她打招呼：「妳好。」

「啊，妳好。」

那由多從上週五到今天一直向學校請假，班導師說她感冒了，但正在喝寶特瓶裝汽水的那由多看起來完全不像生病的樣子，而且一身T恤、短褲的輕鬆打扮。

內用區內只有她們兩個人。那由多坐在吧檯角落，梓在另一端坐了下來。她們的座位和上週一樣。梓把剛買的甜點拿出來後想了一下說：「妳沒來學校上課。」

那由多聳了聳肩說：「因為太忙了，沒空去學校。」

那由多輕輕打了嗝，梓看著她的側臉，覺得她看起來有點疲累。梓想問她為什麼，但最後沒有問出口，而是問她：「要不要一起吃草莓閃電泡芙？」

「啊？」那由多似乎感到傻眼。

「柔情便利店的閃電小泡芙有四個，要不要一人一半？妳看。」

梓出示了稍大的盒子，裡面整齊地排放著淋了淡桃紅色巧克力的閃電泡芙，然後「嘿嘿嘿」地對那由多笑著。那由多沉默片刻，口齒不清地說：「只要、一個就好。我不太喜歡吃甜食。」

「嗯，我猜到了，因為妳每次都喝無糖飲料，但這個閃電泡芙不怎麼甜，妳可以吃看看。」

梓打開盒子，向那由多招了招手，那由多在她旁邊的座位坐了下來。梓不由得高興起來，把閃電泡芙的盒子遞到那由多面前時笑了起來。那由多小聲說了「謝謝」，拿起了閃電泡芙，咬了一口說：「好甜……但很好吃。」她臉上的表情也變得柔和了。

「聽說感到累的時候，吃甜食很有效。妳看起來有點疲累。」

那由多微微瞪大了眼睛問：「是嗎？」梓也吃著閃電泡芙回答說：「因為妳一直用力眨眼睛，我媽媽累的時候，也都是眼睛很不舒服。」

「是喔，我自己都沒發現。」

那由多小聲地說。她的語氣和臉上的表情都很放鬆柔和。梓想起那由多最近總是面色凝重，雖然一定是因為班上不友善的氣氛造成的，但是否還有其他重大的理由？只不過即使問那由多原因，她也一定不會告訴自己，於是梓請她再吃一個閃電泡芙。

「是不是很好吃？妳再吃一個。」

「啊？不用了，這樣就把妳的份吃完了。」

「別擔心，我還買了牛奶布丁。」

「妳真的很愛甜食，那……我就不客氣了。」

那由多伸手拿第二個閃電泡芙時，有點難為情地說：「沒想到竟然這麼好吃。」

梓忍不住笑了出來。

那由多吃完兩個閃電泡芙，喝完汽水後，從高腳椅上站起來說：「好，休息結束。檜垣，謝謝招待，偶爾吃一下也不錯。」

「不，不必客氣。」

那由多把寶特瓶丟進垃圾桶，梓看著她的背影，猶豫了一下問：「妳來這裡是休息嗎？」那由多轉過頭時，梓又慌忙補充說：「如果妳不想說，不說也沒關係。」

那由多看著梓的眼睛，點了點頭說：

「對，是休息。因為媽媽說，如果不去外面呼吸一下新鮮空氣，線就會斷掉。」

「呃……要這麼拚嗎？」

那由多的表情嚴肅起來。片刻之後，點了點頭說：

「但這是我想做而做的事，所以沒關係。」

聽到那由多好像在宣示般的這句話，梓無法再繼續問下去。因為她覺得不該隨便侵犯別人的隱私。

「加油。」梓認為這是自己唯一能說的話，「我猜想妳目前面對的是不時需要喘口氣的嚴峻狀況，不要給自己太大的壓力。所以，那個、星期二的這個時間，我都會來這裡，妳再來陪我吃點心。」

雖然梓不認為自己能夠對那由多喘口氣有什麼幫助，但還是這麼對她說。那由多好像在看什麼不可思議的事物般盯著梓後，靦腆地笑了起來。梓看到她的笑容，不由得一驚。

「謝謝，那下週二見。」

那由多揮了揮手，走了出去。梓回想起那由多剛才對自己露出的笑容，輕輕笑了起來。

下一週和下下週的星期二，梓都去柔情便利店和那由多見面，兩個人一起吃點心。春季限定的草莓系列商品從貨架上消失，取而代之的是初夏的陽光夏日百匯和茂木枇杷果凍。那由多幾乎不再去學校，臉上總是帶著疲憊，但是看到梓，就會露出一絲笑容，然後她們一起吃甜點。

「檜垣，妳真的很愛吃甜食。」

「嗯，我超愛。」

這一天，她們一起吃著「軟綿綿泡芙」。內用區內除了她們兩個人，還有一個身穿工作服的鬍子男，正大口吃著便當。梓背對著那個男人，吃著泡芙，那由多問她：「妳不去其他糕餅店嗎？還有咖啡店。」門司港也是觀光勝地，有很多甜點店，但梓搖了搖頭，失望地笑了笑說：

「媽媽說，在上高中之前，不可以一個人去那種地方。」

雖然媽媽還說，只要和美月一起去就沒關係，但現在禁止她吃零食，當然不可能再和美月去。雖然她很想吃水果百匯、鬆餅，還有很多其他甜食，但只能暫時放棄。

「便利商店的甜點都很好吃，所以我並不在意，而且我超愛柔情便利店的甜點。」

梓覺得柔情便利店的甜點無論是常年性商品還是季節性商品全都很好吃，尤其是季節限定的當令水果系列有很多名品。在隨時可以造訪的便利商店，就可以吃到這麼高水準的甜食簡直太奢侈，她完全沒有任何不滿。

「而且……」

梓低下頭，停頓了下來。她猶豫了一下，最後還是告訴了那由多。

「不瞞妳說，我長大之後……想在柔情便利店工作。」

那由多納悶地問：「妳想在便利商店上班？」

「不，和妳想的不太一樣，我想做的是柔情便利店的『商品開發』，我想在那裡的甜食部門工作，我想要開發最出色的甜點。」

梓從幼稚園開始，就夢想以後成為糕點師，她也曾經在寫作文時提到，要打造一家像糕餅之家的店，父母和美月都知道她的夢想，但是梓現在覺得即使自己不開店也沒關係。

「很棒啊。」

聽到那由多輕鬆的聲音，梓戰戰兢兢地看向身旁，那由多嘴角沾到了鮮奶油，一臉贊同地點了點頭說：

「我覺得很棒，就像是全九州的柔情便利店都變成了妳的店。」

「沒錯！」梓露出欣喜的表情。她完全沒想到那由多馬上領悟了她的意圖，忍不住探出身體說：「雖然好好經營一家店也不錯，但在便利商店工作更棒，我很期待每週來這裡吃便利商店的甜點，我想要開發出能夠讓像我一樣的人期待的甜點。」

這是梓第一次和別人分享逐漸明確的夢想，而且聽到對方稱讚說「很棒」，簡直太高興了。那由多看到她的樣子，露出了微笑。

「妳有自己的夢想，真是太棒了。」

那由多的笑容有點落寞，梓忍不住問：「妳沒有夢想嗎？」那由多微微皺起眉頭，似乎有點為難地說：「我現在沒辦法想這些事。因為整天忙著處理眼前的事，完全沒空想以後的事。」

那由多抓了抓臉頰，一臉無助地說，和平時的樣子判若兩人。雖然梓一直忍著沒問，但覺得現在可能是詢問她目前遇到狀況的好機會。

「請問妳目前很努力在做的……是什麼事？」

梓吞吞吐吐地問，那由多露出了愁容。

「啊，對不起，如果妳不想說也沒關係。」

果然問了不該問的問題。梓慌忙補充了一句，那由多搖了搖頭說：

「不是妳想的那樣，如果是妳，說出來也沒關係。不，也不太對，我其實想要告訴別人。」

那由多有點無助地說完，嘆了一口氣。

「其實我覺得超累，明明是自己決定的事，我太差勁了。不瞞妳說──」

「妳在幹嘛？」

聽到這個冷冷的聲音，梓和那由多都忍不住抖了一下。美月站在出入口的門前，然後大步走了過來，粗暴地拍掉了梓手上還沒吃完的泡芙，然後打了梓一記耳光。整個內用區都聽到了耳光的聲音。

「竟然瞞著我偷偷摸摸，太差勁了。」

梓茫然不知所措。美月轉頭看向那由多，靜靜地叫著她的名字：

「田口，妳整天蹺課不來學校上課，竟然在這裡和梓一起吃零食，搞不懂妳這個人在想什麼。妳要怎麼胡作非為都無所謂，但可以請妳不要把其他人捲進去嗎？別人會很困擾。」

梓摸著被打的臉頰，看著怒氣沖天的美月的側臉。美月為什麼會來這裡？也許是第六感發揮了作用，她一轉頭，立刻找到了答案，忍不住咬著嘴唇。因為她看到加奈子站在停車場角落。

「……加奈子、告訴妳的嗎？」

梓小聲地說。美月瞥了她一眼說：

「對，加奈子告訴我，妳偷偷和田口見面，整天說我們的壞話。」

我們從來沒有聊過美月和其他人，只是在一起吃點心而已。

「我們只是一起吃點心，這樣不行嗎？」

那由多明確告訴美月，美月冷笑一聲。

「當然不行啊，妳放棄了上學的義務，即使來學校，也若無其事地破壞班級的氣氛，妳這樣的人，怎麼可以在這裡逍遙自在？妳放棄義務，只主張權利也太奇怪了。」

美月沒有停止數落，滔滔不絕地說：

「而且，妳會對梓造成不良影響。梓以前不是那種會瞞著父母和我偷偷吃零食的卑鄙小人，現在卻會做這種事，這就是最好的證明。至於說我們壞話的事，也一定是妳一個人在說，梓只是聽而已。不好意思，妳以後不要再找梓了。」

美月語氣堅定地說完後，抓起梓的手腕，用力拉著她說：「走吧，今天的事我就睜一隻眼，閉一隻眼，也不會把妳吃零食的事告訴美智代阿姨。走吧。」

梓被抓住的手腕和臉頰都很痛，即使加奈子站在遠處，也可以看到她臉上露出得意的笑容。那張臉很惹人厭。美月的表情很可怕，站在美月身後的那由多看起來很難過。美月的聲音在梓的腦海中嗡嗡作響，吵死人了。梓甩開了美月的手。

「我喜歡和那由多在一起，我無法聽妳的話。」

美月頓時表情僵硬，嘴唇發抖。

「什麼意思？妳不聽我的話？」

「美月，妳要向那由多道歉，妳要為妳剛才說她對我造成不良影響道歉。是我主動約她見面的。」

梓知道自己的聲音在發抖。這是她第一次反駁美月，而且竟然要求美月道歉，連她都無法想像自己會說出這種話。美月也無法相信梓的態度，但用力注視著梓，似乎想要搞清楚是怎麼回事。梓沒有逃避她的視線，繼續要求她：

「美月，妳趕快道歉。」

「要吵架就去外面。」

一個低沉的聲音說道。就是剛才津津有味地吃便當的男人，他撿起了掉在地上的泡芙，用下巴指了指外面說：「到外面去吵，這裡還有其他客人。」梓轉頭一看，發現紅老爹也站在便利商店的出入口。看到梓正看著他，露出搞笑的表情說：「不要吵架，有話好好說，愛與和平。」

「妳們去外面說。」

男人把泡芙丟進垃圾桶後，做出好像趕蒼蠅的動作。美月最先採取了行動。

「我以後不會再照顧妳了，我無法原諒妳。」

美月撂下這句話後，衝了出去。她跑過加奈子的面前離開了，梓茫然地看著加奈子慌忙追上去。

「啊，不好意思。」

聽到那由多向男人道歉的聲音，梓轉過頭，男人不以為意地回答：「這裡是公共場所，所以要小心。紅老爹，你進來啊，你剛才為什麼不制止？」

男人用輕鬆的語氣說，紅老爹氣定神閒地說：「因為如果我出面，會把女生嚇哭。」他在說話的同時走了進來。他剛才不知道在哪裡看到了這裡發生的事，走過來問梓：「妳沒事吧？剛才那記耳光很用力，如果她再動手，我就會出面制止。」

聽到紅老爹發出哇嘿嘿的響亮笑聲，梓才終於回過神。那由多探頭看著她問：

「妳沒事吧？」

「啊，對不起……那由多，對不起，美月剛才……」

「檜垣，妳沒有必要道歉，但是妳剛才對村井說那些話沒問題嗎？」

那由多擔心地問，然後看向美月離去的方向。

「妳不需要為我說話。」

梓回過神後，全身開始發抖。心跳的速度感覺比平時快了一倍。自己闖禍了。

明天之後，無論去學校還是補習班，日子都會很不好過。因為自己將成為美月攻擊的對象。

「謝謝妳。」

那由多握著梓發抖的手，她有點粗糙的雙手握住了梓的手。

「我剛才很高興，謝謝妳為我說話。」

平時無論別人怎麼說那由多的壞話，她總是抬頭挺胸看著前方，此刻眼角滲著淚水。梓看到這一幕，覺得自己做對了，知道自己選擇了以後不會後悔的路。

「但是對不起，我現在還無法去學校，所以妳可能會變得很孤單。」

「不，沒事，沒關係。」

我是憑自己的意志這麼做。雖然梓想對那由多露出笑容，但是無法順利笑出來，只能微微歪起嘴角。

「妳之前也努力撐過來了，我應該也可以做到。」

淚水從那由多的眼中滑落，同時響起了手機鈴聲。

「啊，是我、我的手機。」

那由多擦了擦眼淚，從口袋裡拿出手機。一看螢幕，立刻臉色大變，按下了通話鍵。

「喂，媽媽？……嗯……對，我知道了，我馬上回去。」

那由多簡短說了幾句後，對梓鞠了一躬說：

「對不起，我必須馬上回家，對不起，雖然我不想在這種時候離開。」

「妳不要介意，但是發生什麼事了？」

那由多把手機放進口袋，拿出了腳踏車鑰匙，聽到梓這麼問，咬著嘴唇，然後費力地說：

「病危。我爸爸……是癌症末期，他希望在家裡走完最後一段路，所以我和媽媽一直在家裡照護他。」

那由多說的這些話都離梓太遙遠，她無法輕易理解。病危、癌症、末期、照護。這些都只有在書上和電視中看到、聽到的悲傷字眼，竟然都用在那由多的爸爸身上？

「總之，我要回家了，對不起。」

那由多立刻跳上腳踏車離開了。梓把那由多剛才說的話和她之前的行動連結在一起，才發現她背負了沉重的壓力，因此內心一定有很多眼淚。光是想像一下她身處的狀況，就感到胸口發痛。

「她之前說，很期待每週二。」

聽到男人的說話聲，轉頭一看，鬍子男人和紅老爹站在梓的身後。男人被鬍子遮住的半張臉看起來很溫柔，紅老爹的眼睛有點紅。

「我們是她的喘息朋友，我們曾經問她，她和我們這種大叔在一起喝咖啡開心嗎？她說星期二和朋友在一起充分享受了甜點，所以其他時候就不需要了。」

「你們……知道那由多的情況嗎？」梓問。

「知道啊。」男人說，「她全身散發出家中有病人的人特有的感覺，臉上的表情也漸漸難掩疲憊，所以猜想她家中病人的情況可能不太理想。」

「我也知道，只是這種事不能到處宣揚。」

兩個男人都重重地嘆著氣，梓注視著那由多離開的方向。

「我……完全沒有發現。」

「妳這種年紀的人當然很難發現，這很正常。」

淚水在梓的眼眶中打轉。

「我真是太差勁了。」

因為我不知道，因為那由多沒有告訴我。那又怎麼樣呢？那由多的行動有點異常，就被班上的同學攻擊，但是我沒有勸阻那些同學，只是袖手旁觀。我也加深了那由多的痛苦。

無論剛才被打耳光，或是平時腹部的絞痛都不是多大的痛苦。梓覺得自己很沒用，對沒用的自己感到生氣。她心痛不已，只能咬牙忍耐。

梓去學校，同學開始明目張膽地無視她，而且就像以前對待那由多一樣，開始對她冷言冷語。前一天還玩在一起的同學翻臉像翻書，對她露出嘲笑的表情。加奈子大聲地說：「我之前就看她不順眼。」美月沒有制止加奈子，只是在一旁看好戲。雖然巨大的變化讓梓很受打擊，但她也作好了心理準備。那由多之前經歷過所有這一切，而且還承受了必須照顧來日不多的父親的壓力。我有什麼資格可以發牢騷？梓在遭到孤立的教室內，沒有低下頭，而是抬頭看向前方。想到那由多，內心就漸漸平靜下來，然後她發現一直困擾她的腹痛問題消失了。以後一定不會再痛了。我克服了。

暑假開始了，她完全不了解那由多的狀況。雖然不必去學校，但仍然會在補習班遇到美月和其他同學，所以狀況並沒有改變。美月似乎向美智代告狀說：「梓單方面提出不想再和我當朋友了。」美智代總是不給她好臉色看。「美月都哭了，她說一直把妳視為最好的朋友，妳竟然這樣背叛她，而且還背著美月偷吃零食。妳怎麼會做出這麼過分的事？」梓不知道該怎麼向美智代說明，最後什麼都沒說，只是在家的日子也不好過，但是梓仍然每天好好生活。

除了週二，梓在其他日子也去了柔情便利店，但是都沒有見到那由多，但好幾次見到鬍子男──他說他叫「老二」──和紅老爹，也和他們成為會相互打招呼的朋友，只不過他們也不知道那由多的近況。不知道那由多在忙什麼？不知道她最近好不好？

八月返校日時，梓才終於得知那由多的狀況。

「田口因為家庭因素轉學了。」

暑假期間的教室就像浮島般浮躁不已，到處發出喧鬧的聲音，但是班導師布川的話讓教室恢復了原本的重量，所有人都安靜下來。

「因為她爸爸生病了，所以她一直努力照顧爸爸。不久之前，她爸爸去世了，所以她就跟著媽媽搬回了位在長崎的老家。」

布川的女兒還在讀小學，也許他同樣身為父親有很深的感觸，在說話時紅了眼眶。

「她說不想留下遺憾，要全力支持爸爸對抗病魔，所以和她媽媽兩個人一直很努力。我之前向她提議，要把她的情況向各位同學說明，讓你們也了解她的狀況，但她說一旦遭到同情，會影響她的動力。」

她剪短頭髮，是因為長頭髮會影響照護。穿運動服來學校，是為了活動方便。布川靜靜地說著之前沒有告訴大家的情況，在說話時頻頻摸著自己的臉。所有學生都默默低下了頭，只有坐在梓前方的加奈子坐立難安，不時瞄向美月。

梓有一種魂不守舍的感覺，努力忍著想要哭出來的衝動。她在內心對已經無法再見面的那由多說話。對不起，我增加了妳的痛苦，無法助妳一臂之力。我很想當面向妳道歉，但是甚至無法親口向妳說對不起，我好難過。

「妳早就知道了嗎？」

放學後，梓正準備回家，美月和其他人叫住了她。她們一臉很不客氣的表情把梓團團圍住，梓感到呼吸困難。啊，我真想向桐山老師道歉。梓的腦海角落閃過這個念頭。

「什麼事？」

「我們在問妳，妳是不是早就知道了田口的事？既然妳知道，為什麼不告訴我們？」

說話的並不是美月，而是加奈子不滿地質問梓。梓知道她們想怪罪自己，但是無法接受。她們的言下之意，就是田口雖然很可憐，但是沒有人告訴她們，她們怎麼可能知道？沒有人告知，就要她們察覺，不是太強人所難了？

梓無視加奈子，看著站在加奈子旁邊的美月。美月不發一語，瞪著梓。梓和她四目相對。

「美月，謝謝妳一直和我當朋友。和妳在一起，曾經有很多愉快的回憶，但是我不喜歡妳的這種行為。即使妳看不順眼的事，對方可能有自己的堅持，只要帶著理解和體貼……」

梓還沒有把話說完，美月就甩了她一記耳光。聽到響亮的耳光聲音，加奈子揚起單側嘴角，露出得意的笑容。梓仍然注視著美月。

「我勸妳最好改掉這種遇到不順心的事就動怒的毛病，否則有一天，加倍的憤怒和暴力會回到妳身上。」

美月又想伸手打她，但最後忍住了。美月的臉扭成一團，緩緩放下了手。梓看著她說：

「美月，再見。」

梓走過美月和加奈子之間，準備離開，加奈子抓住了她的肩膀。

「妳別走，話還沒說完呢。」

「如果妳們怪罪我，就可以徹底消除內心的罪惡感，那就隨妳們高興。」

她撥開加奈子的手離開了，邊走邊輕聲對自己說：「沒事，沒事。」她的心跳加速，雙腿不爭氣地發著抖。只要稍微鬆懈，可能就會腿軟癱倒在地。梓其實害怕得想哭，但是她想著那由多，克服了內心的害怕，而且也說了自己想說的話。

「世上無難事，只怕有心人。」

她對自己說完這句話笑了起來。那由多也像自己一樣，一次又一次克服難關嗎？如果是這樣，我也一定可以做到。

走出校舍，仰望天空。像棉花般的積雨雲飄浮在淡藍色的天空中。在天空中飛翔的鳥好像在吃棉花糖。

「真想吃柔情便利店的蘇打冰淇淋。」

梓心情愉快地說。

柔情便利店的貨架上開始出現了秋天的商品，梓每週二傍晚在柔情便利店獨自享受甜食的習慣仍然持續。

自從暑假和美月她們分手之後，梓做了很多事，也發生了很多事。首先，梓改變了準備報考的學校。之前美月和梓的母親都迫切希望兩個女兒就讀她們當年遇到好友的女子學校，梓也聽從了建議，但是她最近告訴父母，自己想報考比那所學校入學門檻更高的學校。美智代強烈反對，數落她要趕快和美月和好，但爸爸贊成梓的意見，還勸媽媽說，父母不可以阻礙兒女的人生，梓目前正在用功讀書，希望可以順利考上新的志願學校。她和美月她們已經不是平行線，而是漸行漸遠。美月似乎認定梓很快就會向她道歉，但梓什麼都沒說，若無其事地每天繼續上學。日子一天一天過去，美月的情緒越來越差，當她得知梓改變了報考的學校時，就像暑假返校日那天一樣，跑來質問梓，是不是想要擺脫她。梓搖了搖頭說，我只是不想走別人為我決定的路，而是要走自己選擇的路。美月聽到她這麼說，流下了眼淚，之後就把梓當成空氣。

雖然在學校遭到了孤立，但最近也有同學主動和梓說話。

「看到妳之後，就覺得如果不和妳說話，只是遠遠地在旁邊很丟臉。」

梓聽到同學這麼說，不由得感到高興。

梓騎著腳踏車，來到柔情便利店門司港小金村門市的停車場，停好腳踏車後，像往常一樣走向甜點區。看到貨架上陳列著地瓜甜點，忍不住眉開眼笑。她猶豫了一下，拿了烤地瓜塔和地瓜泡芙，也拿了每次必不可少的奶昔。在收銀台結帳時，每次都只有最低限度交談的店長開了口。

「呃……歡迎光臨。」

「喔。」

「雖然突然說這種話，妳會覺得很奇怪，但可不可以請妳等一下再吃這個甜點？」

店長用很有磁性的聲音對她說，梓覺得後背有一種癢癢的感覺。她經常覺得班上的男生都像小孩子，整天像猴子一樣很吵，但那些男生長大之後，也會像眼前這個男人一樣，散發出這種詭異的性感嗎？不，絕對不可能。

「為什麼？」

梓問了一句。店長微微皺起眉頭，似乎在思考該怎麼回答。就連這種小動作也有一種魅惑的感覺，梓怔怔地想，這或許就是所謂的輕蹙柳眉吧，只是她之前查了字典，也搞不太清楚這四個字到底是什麼意思。

「呃，妳認識大鬍子的叔叔嗎？不是紅老爹，而是穿著淺綠色工作服的那個人。」

「喔，你是說老二嗎？他怎麼了？」

「他說想和妳一起吃甜點，所以要我轉告妳，等他來了之後一起吃。他應該馬上就到了。」

梓覺得有點奇怪，但還是點了點頭。偶爾和別人一起吃也不錯。她結完帳，走去內用區，坐在吧檯座位旁看著外面，看到行道樹的葉子變紅了。紅老爹騎著他的紅色三輪車經過，可能正在發觀光宣傳單，他看到梓，向她揮了揮手，梓也向他揮手。

差不多十分鐘後，一輛小貨車駛入停車場，小貨車的車身上有和老二工作服背上相同的「萬事通老兄」標誌。老二也看到了梓，向她揮了揮手。

「咦？」

梓也向他揮手時，以為自己看錯了。她跳下高腳椅衝了出去。

「怎麼可能！怎麼可能！」
她大聲叫著跑了過去。那由多也興匆匆地從副駕駛座上跳了下來。
「檜垣，好久不見！」
那由多笑得很開心，梓撲上去緊緊抱著她。
「為什麼？妳為什麼會在這裡？妳不是搬去長崎了嗎？」
「因為我拜託了萬事通老兄。」
那由多比最後一次見面時稍微胖了一些，看起來很健康的臉頰泛著紅暈，抬頭看著老二說：
「我看到他在長崎工作，於是就叫住了他。我一直惦記妳，也想和妳好好聊一聊，所以我請他載我來這裡。」
「這一路上超辛苦。」老二聳了聳肩說，「像我這樣外型可疑的男人要帶著讀中學的女生趴趴走，先是要我出示身分證明，而且沿途都要持續報告。」
老二拿出手機，喀嚓喀嚓拍下了梓和那由多抱在一起的樣子。
「現在要報告妳們順利見面了。」
他似乎在傳訊息給那由多的媽媽。

「老二叔叔，對不起，但是我無論如何都想和梓見面。」

「我沒問題啦，反正是工作。」

老二若無其事地說。梓看到他們對話的樣子，差一點落淚。開朗的表情、無憂無慮的聲音。她覺得看到了那由多真正的樣子。

「檜垣，」那由多轉頭看著梓，笑著說：「我一直想要向妳道謝。之前我很期待每週二能夠見到妳，我們見面後一起吃零食，然後就覺得有繼續努力的動力了，而且我也的確堅持到最後。」

那由多說著說著，流下了眼淚。

「妳沒有問我發生了什麼事，但是陪在我身旁，和我一起吃甜食，光是這樣，就給了我莫大的幫助，所以我能夠毫無後悔地送走爸爸。謝謝妳……」

那由多的淚水不停地流下，梓再次抱緊了她。

「我也要謝謝妳，和妳在一起之後，我從妳身上學到了堅強。我很努力喔，從那天之後，我一直很努力。」

那由多在梓的臂彎中連續點了好幾次頭。梓發現自己也哭了，兩個人抱了很久。

接著，她們像之前一樣，坐在吧檯座位前吃甜點。那由多說，因為梓的關係，她愛上了甜食。她大口吃著烤地瓜塔笑著說：「太好吃了。」梓看到她爽朗的笑容，也跟著笑了起來。

「我還沒有適應長崎的學校，每次覺得很煩、很寂寞時，就會去柔情便利店。在柔情便利店買甜點吃，就好像和妳一起分享，是不是很奇怪？」

那由多靦腆地抓了抓臉。梓對她說：

「一點都不奇怪，我也一樣，我在吃甜點的時候就會想，如果妳在我身旁，這種時候會說什麼。」

「那我們一樣。」

那由多和梓一起笑了起來。雖然她們相隔兩地，但兩個人都吃著同樣的甜點，想著對方。

「妳上次不是說，以後想要為柔情便利店開發商品嗎？當時我只是輕鬆地說，我覺得很不錯，但現在希望妳無論如何都要實現這個夢想。」

那由多又繼續說道：「到時候如果我情緒低落，就會去柔情，只要吃妳製作的甜點，應該可以很快走出低潮。只要有柔情在，我隨時都可以和妳相遇。」

梓悄悄把那由多這句充滿真心誠意的話收進了內心深處的寶物箱。她知道自己之後一定會經常想起這句話。

「我絕對會成功，我絕對要做出可以帶給別人動力的甜點。」

「那希望可以更積極開發和菓子。」

聽到低沉的說話聲，她們轉過頭，看到老二笑著對她們說話。

「我很愛吃和菓子，所以很希望可以增加牡丹餅或是丸子之類的商品。」

「和菓子啊。」

「啊，我媽媽也很愛吃和菓子。」

「這樣啊，那我會努力。」

梓和那由多一起吃著甜點，幸福的甜味讓她們很自然地露出了笑容。她們深信，只要有柔情便利店，只要來這裡，無論相隔多麼遙遠，都可以把她們連在一起。

「檜垣，妳下次來長崎玩，就住在我家裡。」

「我好想去！那我也要拜託老二叔叔。」

「等一下、等一下，我不能每次都當保姆。」

梓好久沒有這樣放聲大笑了。

第 4 章

OPEN

彆扭老頭的柔嫩雞蛋鹹粥

早上起床後，就沒有見到妻子的身影。

大塚多喜二走去客廳，餐桌上放著包了保鮮膜的煎蛋和鹹鯖魚，廚房的鍋子裡有味噌湯。他重新加熱後，獨自吃著早餐，晾在陽台的衣服散發出洗衣精的味道，從敞開的落地窗飄了進來。他瞥了一眼窗外，今天似乎也是晴朗的好天氣。他想起天氣預報說，這一陣子都是秋高氣爽的好天氣。年紀比他女兒更小的氣象主播面帶笑容說，這種天氣最適合出遊。對完全沒有出遊計畫的自己來說，這種預報根本不重要。

他很快吃完早餐，把碗盤放進廚房的洗碗盆中。他打開電視，聽著電視的聲音看報紙，只有在不知不覺中開始看的晨間連續劇播出時，他才會看電視。主角的父親很輕浮，一副很通情達理的樣子，大家都很喜歡他。多喜二為這件事感到不滿。那個父親看到女兒自由自在地做自己，非但沒有管教，反而好像對女兒帶給自己麻煩感到樂在其中。難道這個父親沒有身為父親、身為男人的尊嚴嗎？教育兒女失敗，不是身為父親的恥辱嗎？電視上的女兒氣急敗壞地咆哮著，那個父親在一旁說一些無聊的笑話。就是因為不像父親的樣子，所以女兒才不把你放在眼裡。

「真可惡，這齣戲太爛了，越看越火大。純子，妳說對不對？」

他忍不住問道，然後立刻閉上了嘴。因為妻子純子去超市上班了。她在熟食部門打工，所以大清早就出門了，中午過後才會回來，但之後又要去參加婦女會的活動，所以回來之後，又會匆匆忙忙出門，直到傍晚，才終於可以見到人。

在只有電視聲的寬敞客廳內，多喜二輕輕嘆了一口氣。自己的日子為什麼會過得這麼空虛？

他大學畢業後，進入一家汽車零件工廠，一直工作到六十歲退休，退休之後，公司又續聘了他五年。男人絕不能讓妻兒為生活發愁。他帶著這樣的信念工作了一輩子，假日加班是理所當然的事，和客戶的應酬也從來不缺席。家裡的事全都交給純子——連獨生女七緒也都是純子一個人帶大的，但這是夫妻的分工，所以也很正常。男主外，女主內，這是天經地義的事。雖然年輕的下屬曾經笑他，說什麼「這是哪個時代的觀念？」，但是自己在外面全力打拚，讓純子在家裡當了幾十年的家庭主婦，七緒也就讀了理想的大學。家裡有一定的存款，然後搬來這棟高齡者專用的公寓作為人生最後的家，而且地點就在被稱為是「銀髮族最想移居的鄉間城市」的北九州。

北九州市依山傍海，是充滿大自然風光的城市，公共基礎建設很完善，物價也很低，有新幹線停靠的車站，離博多也很近，完全不會有窮鄉僻壤的感覺。多喜二很希望退休之後，能夠在一個安靜而又方便的地方頤養天年，北九州完全是他理想中的城市。尤其位在門司區的門司港周圍十分理想，街道兩旁有許多歷史悠久的建築物，遠方是一片清澈的大海，海鮮很美味。雖然和他從小出生、長大的名古屋完全不一樣，但他覺得可以在這裡生活，一定可以和純子兩個人勤儉持家，平靜地過日子。當初這麼決定時，深信自己第二人生充滿夢想。

問題是為什麼會變成現在這樣？多喜二看著報紙，思考著這個問題。

歸根究柢，就是純子搬來這裡之後，整個人都變了。純子以前溫柔婉約，默默而忠實地守著這個家，和現在的她簡直判若兩人。如果是以前的純子，絕對不可能沒有和多喜二商量，就自己決定去超市打工，以及參加公寓內婦女會的活動。以前她甚至不去參加學校家長會的懇親活動，當然一方面是因為多喜二會不高興。因為多喜二認為女人必須守護家庭，怎麼可以拋下家人，自己去吃吃喝喝？但是，自從搬來這裡之後，無論是超市的慰勞會，還是婦女會的聚餐，她都積極參加，以前把多喜二放在第一位，現在經常把他一個人留在家裡。

「媽媽做好所有的家事，而且還煮好飯才出門，你為什麼要有意見？」

三年前結婚的七緒對他這麼說。七緒目前住在大阪，但也許是因為沒有孩子，所以很自由，每個月都會來這裡一次，發現多喜二對純子感到不滿，就言詞犀利地嗆他。「爸爸，你之前太束縛媽媽了，你要尊重媽媽的人格，讓她自由。」

多喜二並不覺得自己限制純子，也沒有否定她的人格。正如自己做了一個在外工作的男人該做的事，當然希望純子要盡一個家庭主婦應有的責任，這哪裡有什麼問題？但是，當多喜二表達自己的主張時，七緒提到了「熟年離婚」這個字眼。她說像多喜二這種向來不顧家庭的男人會被老婆拋棄。多喜二一笑置之，不知道她在鬼扯什麼，但是純子沒有笑，只是滿臉歉意地說：「請你讓我做自己想做的事。」

太可笑了，簡直就像在說，我一直在欺壓純子。我每年都帶她去旅行，也從來不限制她買衣服、去髮廊，她明明很自由，但是為什麼要把我說成好像是一個壞老公？

多喜二看到純子在七緒背後縮著身體的樣子，把原本打算說的話吞了下去，然後對她說：「隨妳的便。我有自己的第二人生，妳應該也有妳的第二人生，我很清楚這件事。」

但其實他無法真正了解，所以每天早上，不滿就在內心翻騰。到底該如何宣洩內心的這些鬱悶？

「那就去喝杯咖啡。」

獨自留在空無一人的家裡，心情會越來越憂鬱。多喜二拿著錢包出門了。

當初就是看中了這裡的街道很漂亮，所以門司港的確很適合散步，也有很多漂亮的咖啡店，只不過一個大男人走進咖啡店，總是感到不太自在。

之前發現公寓後方有一家小咖啡館後，就經常去那裡喝咖啡。上了年紀的老闆獨自經營那家店，店裡總是小聲播放著爵士樂，店內的裝潢很老派，也許是因為這家店缺乏上傳到社群網站上的亮點，沒有那種引人注目的花俏，所以沒有太多客人，多喜二正是看上了這一點，只不過遲遲無法和老闆熱絡起來。老闆喜歡釣魚，牆上掛滿了魚拓和在釣魚船上拍的照片，而且經常和老主顧口沫橫飛地聊著去哪裡釣到了什麼魚。多喜二沒有釣魚的經驗，完全無法加入他們的談話。今天老闆也和幾個人大聊特聊釣到了多少小竹筴魚的話題，多喜二坐在窗邊的座位，點了綜合咖啡，又看了一次在家裡已經看過的報紙。

到底要怎麼培養興趣愛好？

多喜二看著報紙上的銀髮舞蹈學校特集的內容，思考著這個問題。以前他滿腦子都只有工作，這樣就可以填滿一天的時間，他也從來不覺得空虛，但是現在很希望有什麼事可以讓自己打發時間，如果這個興趣可以讓自己也像他們那樣開懷大笑，當然就更好了。

咖啡送了上來，他悠閒地喝了起來。他不經意地看向店外，看到一個年輕媽媽推著嬰兒車經過。如果七緒生了孩子，就可以幫忙照顧孫子……他怔怔地想像著，但立刻打消了這個念頭。七緒似乎已經決定不生孩子，但他不知道其中的原因，七緒只說是和她老公討論後作出的決定。

「我有自己的人生，我不會為了讓你高興而生孩子。」

公司的下屬也有人選擇了不生孩子的人生，下屬告訴他，有些頂客族夫妻刻意不生孩子。多喜二知道每個人的人生不同，他也無意否定別人的人生，但是為什麼從女兒口中聽到這件事，就感到內心很寂寞呢？他努力思考了措詞，只說了一句「有小孩子很不錯」，七緒就生氣了。

「爸爸，雖然你經常說養育我長大，但是你從來沒有照顧我。只要拿錢回家就沒事了嗎？我的入學典禮、運動會，還有人生中的所有重要的事，你都有參與嗎？這種人竟然說有小孩子很不錯，完全沒有說服力。」

我一直覺得女兒很可愛，而且也自認很努力。多喜二感到很不是滋味，苦味在嘴裡擴散，他忍不住皺起眉頭，剛好和車窗外一個騎腳踏車的少年四目相對。少年從短袖和短褲下露出的手腳都很細，腳踏車把手上掛了一個塑膠袋。少年看到多喜二，露出驚訝的表情，加快速度離開了。他可能以為多喜二在瞪他，多喜二急忙站了起來，但少年轉眼之間已經離開了。

「真是太對不起他了。」

多喜二抓了抓頭，坐了下來，然後想起之前好像見過那名少年。他看向窗外。

多喜二在這裡並沒有朋友，更不可能認識小孩子，但仍然覺得他很面熟。到底在哪裡見過他？

這時，傳來大笑聲，多喜二轉頭看了過去，發現老闆和熟客捧腹大笑著。老闆察覺了多喜二的視線，笑著說：「啊，不好意思。」一名男客向他鞠躬，用輕鬆的口吻說：「抱歉、抱歉。」多喜二一口氣喝完了杯子裡的咖啡後站了起來。

「我把錢放桌上，謝謝款待。」

以後不會再來這家店了。多喜二帶著近似焦躁的感情，走出了咖啡店。

多喜二和純子吵架了。

純子說，要和公寓婦女會的成員一起去三天兩夜的旅行。

「會長能瀨太太說，大家一起去鹿兒島旅行，志波也一起去。志波說會安排一輛可以坐很多人的小巴，慰勞我們平時認真打掃，所以自己不用花多少錢。」

小金村大樓婦女會雖然美其名是有志之士組成的團體，但其實就是志波的粉絲俱樂部，全都是便利商店店長的狂熱粉絲，婦女會會長能瀨是志波的僱主，也是這棟大樓業主的太太。婦女會的主要活動內容是協助便利商店的營業，負責內用區和停車場的打掃工作，當然都是出於自願，沒有支薪。純子整天喜孜孜地做這種根本賺不到一毛錢的事。多喜二曾經對此表達不滿，但是純子質問他：「難道你希望我在這棟公寓沒朋友嗎？」多喜二只好閉上嘴。

「雖然人際關係很重要，但不需要在外面連住兩天吧？而且帶年輕男人一起去旅行成何體統？」

「什麼叫和年輕男人去旅行，不要說得這麼難聽，但是也沒錯，之前不是在電視上看到歌迷和偶像一起去旅行嗎？我無法否認我們這次旅行的性質也差不多。」

多喜二想起樓下便利商店店長的臉，忍不住咂著嘴。那種陰柔的男人怎麼看都覺得噁心。

「那種男人利用女人都不眨眼，我看過幾百、幾千個人，也用過不少人，所以很清楚，那種男人絕對不是什麼好貨色……」

「別說了，你已經說過無數次了。而且你之前也這麼說健吾，他不是很不錯嗎？」

健吾是七緒的老公，從事攝影師這種浮誇的工作，整天在全日本飛來飛去。結婚前來拜訪時，他的頭髮比七緒更長。他們的婚姻生活仍然維持著，而且七緒看起來也很開心，但多喜二至今仍然沒有接受他。八成是因為男人沒有穩定的工作，所以他們放棄生孩子。最好的證明，就是七緒特地聲明，他們選擇不生孩子。

「踏入社會之後，當然要在像樣的公司上班，只有那些沒辦法走上事業正軌的男人，才會去當攝影師還是便利商店的店長，想當初我身為加賀美模具工廠的廠長……」

「可以別再說了嗎？在大公司上班就很了不起嗎？順利升遷就很偉大嗎？那只是滿足了你的自尊心，更何況你現在已經退休了，這種事已經失去了意義，你也該丟下這些了。」

純子直視著多喜二反駁，多喜二說不出話。純子的法令紋變得很深，臉頰上有兩顆黑斑，皮膚鬆弛，眼尾的魚尾紋也很明顯。在她的臉上，只有兩隻黑眼睛像以前一樣閃閃發亮，顯得有點不協調。多喜二忍不住想，我的老婆長這樣嗎？她不是應該更年輕活潑嗎？

不知道純子如何理解多喜二的沉默不語，她低頭道歉說：

「對不起。剛才離題了，我只是想和朋友一起去旅行，志波就像是額外的贈品，即使他不去也沒關係。我又沒有經常出去玩，這次你就讓我去，不要再有意見了。」

「隨妳的便。」多喜二又只能說這句話。

旅行當天，純子雖然顯得有點尷尬，但還是收拾好行李出門了。小巴停在便利商店的停車場，多喜二站在陽台上，看著婦女會的成員坐上車。圍在志波身旁眉開眼笑的女人都一臉神采飛揚，個個打扮得花枝招展。這棟公寓的男人都太不爭氣了，看到自己的老婆迷上年紀可以當兒子的男人，難道不覺得丟臉嗎？只不過自己也一樣。

不知道是否察覺到多喜二的視線，志波準備上車前，抬頭看向多喜二。兩個人四目相對。

「我會負起責任，照顧好你太太，請不必擔心！」

志波爽朗地說，然後露出燦爛的笑容。多喜二看到他那張從容不迫的臉，就忍不住火冒三丈。這傢伙說什麼鬼話！

「我才不擔心呢！」

雖然臉頰快抽筋了，但多喜二還是努力揚起嘴角說。如果現在大發雷霆就輸了。多喜二維持著臉上的笑容，走回室內。

他坐在整理乾淨的客廳沙發上，閉上了眼睛，在樓下的嘈雜聲消失之前，都一直坐在那裡，直到安靜下來之後，才終於站起來。

他來到位在一樓的便利商店——柔情便利店。男店員正在收銀台內接待客人，女店員正在甜點區的貨架前補貨。多喜二打量店內。

多喜二幾乎不曾走進便利商店買東西，他不滿便利商店所有商品都以定價販售，而且他記得以前曾經在雜誌上看過，便利商店的便當類商品中有很多添加物。以前最多只有出門在外時，走進便利商店買罐咖啡，或是借用廁所時買包喉糖。他也叮嚀純子和七緒，去超市或折扣商店買東西更節省，盡可能不要在便利商店買東西。只有懶人才會在那種地方買東西，正常過日子的人，根本不需要走進便利商店。

他買了一罐咖啡，走去純子和其他人每天都要打掃三次的內用區。不知道是否還有其他沒有參加旅行的人，還是由便利商店的店員打掃，今天也像平時一樣乾淨整齊，放在三個地方的花瓶內插著波斯菊。

「哼。」

多喜二用鼻子哼了一聲，坐在吧檯座位上，慢慢喝著咖啡，思考著要怎麼打發這三天的時間。對了，要不要聯絡老同事，然後去和他們見面？搭新幹線只要幾個小時就到名古屋了，今晚要不要去東櫻的爐端燒店喝兩杯？這麼問的話，或許會有幾個人會來參加。他正準備站起來，但又立刻重新坐了下來。上個月才去參加恩師在名古屋舉辦的葬禮，當時就有人說自己在住院，有人說自己退休了，所以無法前來。有些人搞不清楚狀況，即使出席了葬禮，也不是談論有關恩師的回憶，而是滔滔不絕地說自己生病的事，和長照的事，大家都變得很消極，正因為知道他們以前的樣子，所以看了很不是滋味。臨時聯絡這些人，到底誰會抽出時間來赴約？甚至可能完全沒有人響應。

「我的人生是不是太無趣了？」

多喜二小聲地說，然後覺得應該就是這樣。雖然自認為一輩子勤勤懇懇，但光是這樣可能還不夠。只不過事到如今，又該怎麼辦呢？妻子不理自己，女兒責怪自己，也沒有半個知心朋友。

身後傳來動靜，他回頭一看，發現一名少年從便利商店那一側的門走了進來。看到少年曬得黝黑的臉，多喜二「啊」了一聲。走進來的竟然就是前幾天隔著咖啡店窗戶看到的少年。喔，原來是這麼回事。因為經常在這家便利商店的內用區看到他，所以才覺得他面熟。多喜二想起傍晚出門散步時，這名少年經常在這裡。

少年瞥了多喜二一眼，兩人四目相對，但少年似乎並不記得他。少年打量室內後，在四人座的桌子旁坐了下來。他從塑膠袋中拿出咖哩便當和寶特瓶裝的水果汽水開始吃飯。

週六上午就吃便利商店的便當。

多喜二忍不住輕輕搖頭。這孩子的父母到底是怎麼回事？少年看起來像是小學中年級的年紀，他的父母怎麼忍心讓年幼的孩子吃這麼簡陋的早餐？更何況既然多喜二已經記住了他的長相，就代表這個孩子的飲食幾乎都在便利商店打發。正在發育的孩子必須吃父母用心做的、更有營養的食物。

少年當然不知道多喜二的這些想法，他很快吃完早餐後，收拾了垃圾，丟進了垃圾桶，然後從書包中拿出了掌上型遊戲機，把耳機塞進耳朵後，開始玩遊戲。多喜二不時瞥向少年一臉無趣的表情，咬著嘴唇。真是太可悲了，秋高氣爽的假日早上，竟然在便利商店吃便當、玩遊戲。

一陣吵鬧的笑聲，幾名少年騎著腳踏車進入停車場。他們停好腳踏車後，走進了便利商店，很快就來到內用區。

「啊，光海也在。」

一名身材高大的少年發現了正在玩遊戲的少年說。

「真的欸，真的是光海。」

三名少年圍著光海坐了下來。太好了，有朋友來找他玩了。多喜二稍微鬆了一口氣，其中一名少年打了光海的頭說：

「你在這裡幹嘛！」

「有空的話就要練習啊！練習！」

三名少年你一言我一語地說著，光海露出生氣的表情說：「走開啦！不就是運動會嗎？哪有什麼好整天練習、練習的。」

「我們的目標不是班級冠軍嗎？什麼叫哪有什麼好練習的？」

多喜二聽了他們的談話，得知下下週的週日，是他們就讀那所小學運動會的日子。其他同學在放學後都留下來練習，但光海從來不參加練習。這可不行。多喜二覺得是光海的問題，但聽到另一名少年用不屑的語氣說：

「光海，我知道你也很無奈啦。你爸爸今年也一定會因為要上班不能參加，你每次都在辦公室和老師一起吃午餐。」

「啊？什麼什麼？這是怎麼回事？」

「光海的爸爸、媽媽離婚了，他沒有媽媽。他爸爸工作很忙，從來不參加學校的活動，我媽媽說，他爸爸在教學參觀日時，也從來沒有來過學校。」

「啊？真的嗎？那親子比賽的兩人三腳要怎麼辦？我們班不是要在所有比賽中都拿第一名嗎？我爸爸卯足了全力，還去買了新的運動衣！」

「應該會隨便找一個老師搭檔吧？像是養護室的野田老師。」

「慘了，野田老師不是歐巴桑嗎？她跑得動嗎？」

「雖然很想贏，但我也想看野田老師跑兩人三腳。野田老師比所有同學的媽媽更胖。」

三名少年放聲大笑起來。

「太絕了！太好笑了，到時候一定要拍照片。」

多喜二偷偷觀察，發現光海氣得脹紅了臉，拿著遊戲機的手也在發抖。光海用力把遊戲機放在桌上，大叫一聲：「吵死了！這和你們沒有關係！不要笑得像白癡一樣！」

「幹嘛？這樣就生氣了？」

坐在光海旁邊的少年想要摟他的肩膀，光海用力推開了他的手。只聽到啪的一聲，少年頓時變了臉。

「光海，你想幹嘛？」

「啊，真是對不起，我家光海……」

多喜二站起來大聲說道。兩人的怒火一觸即發，突然聽到大人的聲音，頓時慌了手腳。多喜二在幾名少年的注視下露出了微笑說：

「我們已經說好，這次的運動會由我去參加，雖然我比你們的爸爸、媽媽年紀大了些，但兩人三腳這項運動，只要掌握訣竅就可以贏。」

光海瞪大了眼睛。多喜二眼角瞄到了光海的表情，繼續說道：

「希望運動會那天的天氣放晴，我也很期待。」

「喔，是、這樣啊。」

幾名少年眨著眼睛，然後對光海丟下一句：「你要好好練習啦！」然後就離開了。多喜二揮手目送他們騎上腳踏車離去的背影。

「呃，那個……」

聽到小聲說話的聲音，回頭一看，光海一臉驚訝地站在那裡。

「啊，不好意思，我忍不住多嘴了。」

原本只想旁觀，沒想到最後還是忍不住站了起來。他抓了抓頭說：「因為聽他們說話實在太生氣了，所以忍不住說了莫名其妙的謊，對不起。」

自己太莫名其妙了，竟然對小孩子的爭執這麼生氣。多喜二有點沮喪，聽到光海說：「謝謝你。」他驚訝地抬頭一看，發現光海露出了一絲笑容。

「雖然我嚇了一跳，但看到他們害怕的表情太好笑了，謝謝你。」

光海把桌上的遊戲機放進書包說：「到時候我會說爺爺生病，沒辦法來參加，所以不會有問題。」說完這句話，他準備離開，多喜二慌忙對著他的背影問：

「等、等一下，不能真的去參加嗎？我是說、運動會。」

光海轉過頭，眼睛瞪得圓圓的。多喜二又問了一次：「不能去參加嗎？我已經退休，每天都很閒，可以假裝是你爺爺。」

「不用同情我，我已經習慣了。再見。」

光海舉起一隻手揮了揮，轉身離開了。看著他騎著腳踏車離開的身影，多喜二嘀咕著：「真是傻瓜。」光海當然會拒絕，他怎麼可能相信初次見面的大人隨便亂說的話？自己剛才應該只勸架就好。

只不過多喜二覺得他並不是因為同情而發聲。他很驚訝，原來父母不去參加運動會，小孩子會這麼受傷。七緒之前說得沒錯，多喜二從來沒有去參加過她的運動會，甚至曾經為了和客戶一起去打高爾夫，而不去參加運動會。純子當然每年運動會的早晨都會準備好便當，祖父母也都一起去參加運動會，從來不曾因為沒有家長參加，讓七緒在辦公室和老師一起吃便當，但是他剛才在光海的臉上似乎看到小時候的七緒。也許七緒也像光海一樣，因為父親沒有參加運動會而露出快哭出來的表情……

多喜二把喝完咖啡的空罐丟進垃圾桶，回到了家裡。

隔天中午過後，事態發生了變化。多喜二下樓準備去買罐裝咖啡時，發現光海站在電梯前。

「太好了，終於見到你了。」光海笑著說。

「怎麼了？」多喜二問他。

「因為我記得以前看過你，所以猜想你可能住在這裡，於是就在這裡等，想說可以遇到你。」光海有點得意地說完，稍微移開了視線說：「那個、可以請你參加運動會嗎？」

「喔，」多喜二輕輕叫了一聲，「你為什麼改變了想法？」

「因為他們今天早上來我家說：『我們一起練習。』他們懷疑昨天的事，雖然我不理他們，但還是很火大……」

光海垂頭喪氣地補充說：「我叫他們不必擔心，我們自己會私下練習，所以，呃，如果你願意參加的話。不行嗎？」

光海誠惶誠恐地看著多喜二。

「只要參加兩人三腳就好，那是下午的比賽，所以只要中午過後去一下下就好。」

「不能從早上就去嗎？」

光海聽了多喜二的回答，露出驚訝的表情。

「我已經好幾十年沒參加運動會了，運動會那一天，可不可以讓我當你的爺爺一起去參加。」

「呃，可以嗎……？」

光海的臉頰泛起紅暈。多喜二看著他，不由得高興起來。有人會因為我的加入這麼高興。

「拜託你讓我參加，對了，你不是告訴同學，我們會私下練習嗎？那現在要不要去練習？」

「呃……好啊、好啊！」

光海大聲叫了起來。

「那你去內用區等我一下，我去換運動服，還要換球鞋。」

多喜二邁著輕快的腳步回到家中，在壁櫥裡翻找起來。搬來這裡時曾經斷捨離，把西裝和高爾夫球裝全都丟掉了，但運動服應該沒丟。

「啊啊，找到了，找到了。」

他拿出很久沒穿的運動服穿在身上，然後抓了一條領帶塞進口袋，準備在兩人三腳時當作繩子使用。他急急忙忙穿上球鞋，去樓下找光海。

公寓附近的老松公園是一個安靜宜人的地方，整天閒來無事的多喜二偶爾會去公園內的圖書館，但這是第一次來公園做運動。他打量周圍，發現有不少人在慢跑和健走，騎紅色三輪車的老人正在和外國人一起拍照，多喜二經常看到那個老人，這個老人到底是誰？是這一帶的名人嗎？多喜二歪著頭納悶，但又搖了搖頭，這種事不重要。

多喜二和光海面對面站在有尿尿小童的噴泉前相互自我介紹。

「我叫南方光海，在門司第二小學讀五年級，請多指教。」

多喜二觀察著向自己鞠躬的光海。五年級的學生，這樣的身材是不是太瘦小？曬黑的臉看起來很健康。他抬頭直視多喜二的雙眼露出聰明的眼神。

「我叫大塚多喜二，因為我要假裝是你爺爺，所以可以叫你光海嗎？」

「嗯，那我可以叫你爺爺嗎？」

「當然可以。」

多喜二點頭的同時，克制了差一點上揚的嘴角。爺爺。聽起來太有趣了。沒想到竟然是以這種方式聽到別人叫自己爺爺。

「光海，那我們就開始練習，就用這個代替綁帶。」

他拿出領帶，把光海纖細的腳踝和自己的腳踝綁在一起。他聞到了小孩子的味道，有一種心癢癢的感覺。

「爺爺，你是運動高手嗎？」

「以前是，現在就不知道了。」

現在已經不打高爾夫，這幾年也沒做任何可以稱得上是運動的事。因為肚子越來越大，而且血糖值偏高，所以每天傍晚都會出門散步。

「反正我們先來練習一下是怎麼回事。今天就先練習配合度。」

這天太陽下山之前，他們一直在公園內練習。在練習時，兩個人聊了很多事。光海的父親在安養院擔任個案管理師。因為安養院人手不足，他父親整天都很忙，所以他都一個人吃飯。

「上次我煎荷包蛋時燙傷了，那次之後，爸爸就不准我自己煮東西吃了。」

光海的右手臂上，有一條像粉紅色蛇般的疤痕。光海語帶遺憾地說，因為他打翻了平底鍋。

「所以你每天都吃便利商店便當？」

「爸爸說，那家便利商店的內用區很乾淨，有很多大人，所以很安全。」

「這樣啊。」多喜二小聲嘀咕，便利商店店員和公寓的住戶頻繁出入那裡，的確比較不會有危險。

「雖然有時候也會買回家吃，但一個人在家吃飯也不好吃。」

「沒錯。」

多喜二很了解獨自吃飯的空虛，所以深深點頭。

雖然光海覺得一個人很孤單，卻完全沒有責怪父親的意思，提起父親的時候，臉上也沒有半點不悅的表情。

「雖然爸爸照顧很多老人，但他清楚記得每個人的情況，簡直懷疑爸爸的腦袋裡裝了一台平板電腦。像是瀧川奶奶的餐點要煮得軟一點，沖田爺爺對橡膠過敏。爸爸說，因為這是攸關性命的工作，所以千萬不能馬虎。」

光海的父親工作一定很認真，光海看到了他父親這樣的身影。多喜二瞇起眼看著光海語帶得意地談論父親耀眼的樣子。他們父子的感情很好。

一個人同時兼顧工作、育兒和家事，把所有的事都做得很完美並非易事。多喜二除了工作以外，全都交給純子處理，所以光海的父親必定會忽略某些地方。即使如此，多喜二仍然希望他能夠多花一點心思在光海身上。工作固然重要，但小孩子的運動會一年只有一次，應該可以擠出時間去露一下臉。

多喜二猜想光海的父親可能沒有察覺這件事。因為他必須工作賺錢才能夠養家餬口，同時覺得要讓兒子看到自己努力工作的身影。這些想法太強烈，所以無暇顧及到兒子的心情。多喜二以前也一樣，一直認為努力賺錢，讓妻女在經濟上沒有任何顧慮是最優先事項，完全沒有想到比起工作，兒女的運動會更重要。

「我們的兩人三腳要得第一名。」

多喜二笑著對光海說。

「你們想要爭取班級優勝？那就把這個也列入目標，然後你可以向你爸爸炫耀。」

光海靦腆地笑了起來。也許是因為太認真練習，汗水從他的太陽穴流了下來。多喜二的運動衣也緊貼在後背上，小腿腫脹，幾天之後，可能會肌肉痠痛。

抬頭一看，太陽已經快下山了，天色帶著橘色和紫色，遠方被染成了黑色。第一顆星在天空中閃爍。

「天黑了，今天就先練到這裡。」

「這麼快就傍晚了。請問、我們還可以練習嗎？」

「當然可以，不然明天傍晚，我們就約在這裡見面。」

只要你時間方便就沒問題。多喜二原本打算這麼說，但還沒說出口，光海就露出欣喜的表情說：「太棒了。那我明天一放學就過來！」

「喔，喔喔，這樣啊。」

他的反應讓多喜二覺得很高興，忍不住露出了笑容。

「那我們不見不散，我在這裡等你。」

多喜二帶著舒服的疲勞感回到家中。雖然走進空無一人的家裡有點寂寞，但是想到光海的臉，很快就忘記了。

隔天傍晚，多喜二在玄關穿球鞋時，純子旅行回來了。

「哎喲，你這身打扮是要去哪裡？」

純子拿著行李箱和裝了伴手禮的紙袋，看到多喜二的樣子大吃一驚。她似乎很驚訝多喜二穿上平時根本不穿的運動服，然後又接著問：「發生什麼事了嗎？」

「沒事，」多喜二回答說：「只是稍微出去一下。」

「出去一下？你要去哪裡？」

「去哪裡都沒有關係吧？」

多喜二不悅地說，然後走出玄關，搭了電梯。來到一樓時，發現幾個還沒有回家的婦人正站在那裡聊天。

「啊，是大塚先生。」

婦女會會長能瀨看到了多喜二，向他點頭打招呼。不知道她們去旅行玩得有多瘋，每個人臉上帶著疲色。多喜二也擠出笑容說：

「回來啦？旅行好玩嗎？」

「很好玩，是一次出色的旅行。雖然給各位先生添了麻煩，但很感謝你們心情愉快地送我們出門。」

能瀨很客氣地鞠躬說道，多喜二搖了搖手說：「哪裡哪裡。」純子可能告訴她們，丈夫反對她去旅行。純子以前不是那種多嘴的女人，但現在就不知道了。雖然他很不願意這麼想，但也無可奈何。

「那我出去散步了，改天見。」

多喜二轉身離開時，仍然保持著笑容，但是負面的感情在內心翻騰。他忍不住感到煩躁。之前就猜想純子旅行回到家時，無論是面帶笑容，還是滿臉歉意，自己都會生氣，結果完全不出意料。這難道就是七緒所說的「束縛」嗎？不，純子應該也有不對的地方。雖然純子和七緒覺得她們只是理所當然地做自己該做的事，但她們完全沒有向自己說明，根本就是任性妄為。

「唉，真是討厭。」

雖然他在十年前成功戒菸，但這種時候很想抽根菸，還是去居酒屋邊喝杯啤酒。他正在這麼想，聽到有人叫著：「爺爺！」他大吃一驚，看到光海站在公園門口。光海穿著運動服，滿面笑容看著他。

「你等很久了嗎？」

「沒有，我也才剛到！」

多喜二走過去時，光海說：「謝謝你來陪我練習。」

「你上學的日子能練的時間很短，我們趕快開始吧。」

多喜二摸著光海的頭，發現他頭上已經流了汗。想到他剛才可能一路跑過來，剛才浮躁的心情很快就平靜下來。多喜二露出微笑，決定暫時忘記家裡的事，專心和這個孩子相處。

接下來的日子，每天傍晚，他都和光海兩個人在老松公園內練習兩人三腳。

多喜二渾身肌肉痠痛，尤其兩條腿上貼滿了痠痛貼布。每天泡澡時，就感到渾身疲憊，草草吃完晚餐就上床睡覺，根本沒力氣在晚餐時喝酒，白天也都躺在沙發上養精蓄銳。他想到可以用「滿身瘡痍」來形容自己的狀況，但是一看到光海，就把全身的疲勞拋在腦後，而且他也完全不打算停止練習，因為他一心想著要和這個孩子一起勇奪第一名。

真是太不可思議了。多喜二穿著已經變成制服的運動服，躺在沙發上閉著眼睛。難以相信自己竟然為了小孩子——而且還是素昧平生的小孩子的運動會這麼拚命。

如果以前的自己看到，鐵定會大吃一驚。

「老公，你最近有點奇怪。」

多喜二獨自發出呵呵的笑聲，聽到純子說話的聲音。他睜開眼睛，發現坐在餐桌旁的純子露出詫異的眼神看著他。

「妳今天怎麼在家？」

「我不是告訴你，今天不去上班嗎？」

「婦女會呢？」

「我也告訴過你，今天不是我值班。唉，」純子重重地嘆了一口氣，慵懶地問：

「到底是怎麼回事？你還在為旅行的事生氣嗎？」

「什麼？我早就不放在心上了。」

每次只要和光海在一起，內心的怒氣就會煙消雲散。啊啊，也許一方面是因為可以擺脫那些負面情緒，才會這麼熱中練習。

「妳做妳想做的事，我也只是做我想做的事。」

「但是你好像變了一個人。」

「妳也差不多吧。」

純子嘆了一口氣後沒再說話。兩人陷入尷尬的沉默，多喜二在心裡咂著嘴。自從搬來這裡之後，就搞不懂純子在想什麼，自己才想問純子，到底出了什麼問題。

「我要睡一下，妳也可以像平時一樣，想做什麼就去做。」

純子沒有回答。雖然多喜二覺得自己剛才的話聽起來有點像在賭氣，但這種程度應該沒什麼大礙。多喜二再次閉上眼睛，努力讓自己睡著。

設定了鬧鐘的手機震動，他醒了過來，用力伸了懶腰。他打量室內，沒有看見純子的身影，也感覺不到她在家的動靜。她似乎出去了。

「嗯，反正就是這麼回事。」

多喜二小聲嘀咕後苦笑起來，而且忍不住想，如果是以前，夫妻之間有那樣的對話之後，純子一定會留在家裡，但這只是自己一廂情願的感情。

他站在廚房喝了一杯麥茶走向玄關，穿上球鞋後，像往常一樣趕去和光海約定的老松公園。

練習結束後，光海都會和他一起回到公寓。多喜二回家，光海去柔情便利店買晚餐的便當。光海說他最近很容易餓，所以都會買兩個便當。聽到光海這麼說，多喜二很想對他說：「要不要去我家吃飯？」但這不是自己一個人能夠決定的事，因為多喜二只會做炒飯和炒麵，所以必須拜託純子下廚招待光海，而且還要找時間和光海的父親見面打招呼。光海已經和他約好，在他爸爸下次休假時介紹他們認識。

「爺爺，明天見。」

「好，明天見。」

多喜二簡短地打完招呼後回到家裡，家裡沒有人，也沒有開燈，多喜二出門前用的杯子仍然留在廚房。

「怎麼回事？這麼晚還沒有回家嗎？」

純子說今天不去上班，也不需要值班，到底去了哪裡？這麼晚沒有回家，也沒有聯絡，是不是完全沒把我放在眼裡？他打算先去沖澡，走去臥室拿內衣褲時大吃一驚。漆黑的臥室內，純子躺在床上發出呻吟。

「怎、怎麼？原來妳在家啊？」

多喜二說話的聲音也破音了。

「嗯，老公，我好像、感冒了。」

純子發現多喜二走進房間後，咳嗽著說道。她的聲音沙啞，完全不像她。

「妳怎麼了？中午的時候不是還好好的嗎？」

「那時候身體就有點不太舒服。」
回想起來，純子當時的確有點懶洋洋。她一直在嘆氣，而且說話時也有點自暴自棄。原本以為她只是在賭氣。
「妳為什麼不告訴我？那時候還可以帶妳去醫院看病。」
「我原本以為只要睡一下就好了，但真的老了，一直都好不起來。」
多喜二打開燈，看著純子的臉。不知道是否因為發高燒的關係，她滿臉通紅。
「先量一下體溫。呃，體溫計在哪裡？」
「家裡沒有體溫計，搬家的時候，不知道放去哪裡了。」
這種時候該怎麼辦？多喜二和純子的身體都很健康，至今為止，從來不曾發生病倒在床上的情況。七緒生病時，都是純子全天候照顧，多喜二從來沒有照顧過病人。
「要不要叫救護車？」
「你太大驚小怪了，沒這麼嚴重。只要注意保暖，好好睡一覺就沒事了。」
純子想要笑，結果用力咳嗽起來。她咳得太嚴重了，多喜二很擔心她會嘔吐，不由得手足無措。發燒的時候是不是要冰敷額頭？所以要冰袋，但是家裡有這種東西嗎？
「要找東西幫妳冰敷額頭，該怎麼辦？」多喜二問。

「樓下。」
「樓下？樓下是什麼意思？」
「樓下有冷凍的寶特瓶裝飲料，我可以夾在腋下……」
把寶特瓶夾在腋下？不是額頭嗎？多喜二有點搞不太懂，但純子說要這麼做，那就按照她說的去做。多喜二拿起錢包，慌慌張張下了樓。
他穿越內用區，準備走進柔情便利店時，發現光海正在吃便當。
「咦？爺爺，怎麼了？」
「我剛才回家後，發現我太太生病，躺在床上，所以要買冰枕之類的東西。」
「糟了。」光海站了起來，匆匆扒完剩下的便當說：「我來幫忙。」
「我很會照顧病人，我和爸爸如果有人生病，就會相互照顧。」
光海丟完垃圾後，推著多喜二走去柔情便利店。
「你太太有食欲嗎？」
「嗯，我不太清楚。你這麼一說，我想起來了，她好像午餐也沒吃……早上的吐司好像也沒吃完。她可能什麼都沒吃。」
「你不知道她有沒有吃嗎？」

光海一臉驚訝地問，多喜二抓著頭說：「對不起。」因為他完全沒想到純子的食欲問題。

「你說要買冰枕，所以你太太發燒了嗎？」

「啊，對了，家裡也沒有體溫計。等一下還要去藥局一趟。」

從這裡走去藥局大約十分鐘左右，所以還是先回家一趟。多喜二正在想這件事，光海說：

「有賣啊，這裡有賣啊。」

光海毫不猶豫走向日用品貨架。多喜二之前都覺得在便利商店買東西很貴，所以完全沒有仔細看貨架上有什麼東西，沒想到貨架上有橡膠製的冰枕袋、體溫計和園藝用的澆水壺。

「哇，連這種東西都有賣啊。」

仔細一看，發現還有成人紙尿布和圍裙，以及口服電解水。為什麼便利商店會賣這種東西？他感到驚訝不已，光海說：「因為樓上都是老人專用公寓啊。聽說是為了這些老人提供方便，店長，對不對？」

光海轉頭對著甜點櫃的方向問道，志波探頭看了過來。他雙手都拿著甜點，應該正在補貨。他露出柔和的笑容說：「是啊，包括公寓的住戶在內，這家便利商店的客人有很多都是老年人，所以店內也準備了萬一有什麼狀況時可以用到的商品，以備不時之需。如果是開在學校附近的便利商店，文具和零食類就比這裡更豐富。」

「喔喔。」多喜二點了點頭，這樣的確很方便。

他把冰枕袋和體溫計放進購物籃，然後又買了幾瓶口服電解水，還聽從純子的意見，買了幾瓶冷凍的寶特瓶裝茶。

「她說要夾在腋下，不知道是不是發燒有點迷糊了。」

多喜二小聲嘀咕著，光海說：「因為這樣比較容易退燒，聽說腋下有很粗的血管。」

「這樣啊。」

多喜二不由得感到佩服，光海竟然還知道這種事。

「再來要買吃的。我很推薦這個。」

光海拿來了即食的粥。

「還有賣這種東西啊。」

「爺爺，你好像對什麼都很驚訝。」

光海呵呵笑了起來，多喜二有點難為情地低頭說：「因為我以前很少在便利商店買東西，但是沒想到這麼方便，我必須擺脫成見。」

他想起當初考慮是否要入住這棟公寓時，接待人員曾經說，樓下就是便利商店，生活很方便。當時還很不以為然，覺得樓下有一家整天有人出入的商店哪裡方便？只會很吵鬧而已。

但實際入住後，並沒有覺得吵鬧，大樓的管理嚴格，隨時有人進出便利商店，也沒有造成任何安全上的疑慮。如果接待人員說的「方便」就是指目前這種情況，的確言之有理。

「只要有這種粥，就不必擔心餓肚子了。」

雖然多喜二不太會下廚，但加熱即食食品難不倒他。這時，光海又拿了一樣東西說：「還要加這個。」多喜二發現是茶碗蒸。他似乎從便當區的貨架那裡拿過來的。

「茶碗蒸？」

「我跟你說，這個非買不可。」

光海咧嘴笑了起來，多喜二納悶地歪著頭。

天黑之後，純子燒得越來越嚴重。她一直說很冷、很冷，而且全身發抖，於是就為她蓋了好幾條毛毯，也餵她喝了好幾次口服電解水，頻繁為冰枕換冰塊，冰箱裡的冰塊用完了，於是中途下樓去買冰塊。

「請問你太太好點了嗎？」

上晚班的志波擔心地問。多喜二回答說，她意識很清楚，應該沒問題，志波聲音溫柔，但語氣堅定地說：「如果有任何狀況，請隨時告訴我，我都在這裡。」

志波露出了微笑，之前一直覺得他輕浮，而且有點噁心，現在卻覺得他有點可靠，難道是因為照顧病人缺乏經驗，感到力不從心的關係嗎？

「……謝謝。」

多喜二鞠躬道謝後，匆匆回到家裡。

他守在純子身旁時睡時醒，觀察純子的狀況。純子在三點之後渾身冒汗，於是為她擦了汗。純子說很冷，多喜二用濕毛巾為她擦了擦脖子，純子終於露出笑容說：

「好舒服。啊啊，太舒服了，我覺得已經開始好轉了，高燒也會慢慢退下去。」

「妳怎麼知道？」

多喜二看到原本一臉痛苦的純子露出輕鬆的表情，還是暗暗鬆了一口氣。「你不記得以前常對七緒說，只要渾身流汗，就代表身體打敗了病毒嗎？」純子說話也比剛才有力氣了。

「有嗎？啊，我想起來了。我之前一直以為是迷信。」

「什麼迷信啊，是真有其事。」純子無奈地說。她的聲音有點沙啞，多喜二又遞上了口服電解水的寶特瓶。純子咬著吸管，一口氣就喝完了。

「啊啊，真好喝。剛才還完全吃不出任何味道。」

「要不要再喝一點？還有喔。」

多喜二把吸管插進新的寶特瓶中，遞到純子嘴邊。純子喝了半瓶後，嘴角露出笑容說：「謝謝。老公，你竟然想到用吸管讓我喝。喝起來方便多了，真是太好了。」

「哈哈，是店長給我的。」

多喜二在收銀台結帳時，志波在袋子裡放了幾根吸管，說用了吸管，躺在床上也可以喝，應該會用到。

「雖然我還是搞不懂妳們為什麼那麼迷他，但他這個人可能還不錯。」

「哎喲。」純子瞪大了眼睛，猶豫了一下後開了口。

「老公……旅行的事，對不起。」

「怎麼還在說這件事？我不是說沒事嗎？這種時候別去想這些。」多喜二驚訝地說，純子搖了搖頭說：

「我還要為自己的我行我素道歉。」

「怎麼了？生一場病，就軟下來了嗎？」

多喜二忍不住笑了起來。老婆還是挺可愛的嘛。純子不知所措地皺起眉頭說：

「也許是，但其實不是這樣，雖然我想好好和你談，但又說不清楚。」

「這樣啊……如果妳想說什麼，就說出來吧。」

純子覺得很熱，多喜二把臥室的落地窗打開了一條縫，風和月光都從遮光窗簾的角落擠進房間內。多喜二稍微拉開窗簾，牛奶色的月光照進房間。柔和的月光照在床上的純子臉上，純子的表情平靜多了，和剛才完全不一樣。也許正如她所說，感冒漸漸好轉了。

「老公，你不想睡覺嗎？」

「目前還不想睡，反正明天也沒事，即使睡懶覺，也不會造成別人的困擾。」

多喜二開著玩笑，純子笑了起來，然後用低沉的聲音說：「波江之前不是死了嗎？」

「對啊，真的很為她惋惜。」

豐田波江是純子學生時代的好朋友，多喜二也認識。波江很聰明，也富有行動力，無論在任何場合，都可以發揮領導力，而且能言善道，多喜二不知道被她辯倒多少次。她很熱心，好幾次多喜二和純子夫妻吵架，她都扮演了仲裁的角色。在男尊女卑的時代，她也能夠在職場平步青雲，但是這些事發生在她身上，顯得很理所當然。

波江在年輕時就說工作是她的情人，結果在六十歲生日之前，和一名與她同年的男人結了婚。雖然她當時說，兩個老大不小都沒有結婚的人終於決定牽手走下去，但不難發現他們夫妻感情很好。波江決定提早退休，說要在餘生和丈夫一起完成所有想做的事，要完成自己的夢想清單。她和多喜二夫婦分享了很多夢想，甚至拿出了寫下所有夢想的筆記本和他們分享。要去埃及法老王陵墓，去芬蘭看極光，住杜拜的海上飯店。除此以外，還要親手製作啤酒對杯、挑戰馬拉松等等。但是，在多喜二夫婦搬來門司港的一個月前，波江罹癌去世了。

波江在結婚後不久，就發現罹患了癌症，於是緊急住院。在最後那段頻頻住院和出院的日子中，幾乎沒有實現任何夢想。當接到通知，說波江來日不多時，他們立刻趕去探視。瘦得不成人形的波江躺在病床上，只有雙眼仍然發亮。「我沒有完成任何夢想，雖然有很多夢想，但是都沒有完成。」波江的手上仍然拿著那本寫了夢想的筆記本，只可惜她來不及實現任何夢想。

「波江死了之後，我覺得自己也可能隨時都會死。」

純子娓娓訴說著。

「我們都不年輕了，所以才會討論人生最後的家，然後搬來這裡，但是你真的意識到自己的人生已經漸漸邁向終點了嗎？」

多喜二一時語塞。他身體很健康，完全沒有任何疾病，向來覺得疾病和死亡離自己很遙遠，但是觀察生活周遭的人，就發現並沒有這麼樂觀。有朋友已經離開人世，也有老同事正在和疾病奮鬥。來參加恩師葬禮的朋友，滿口都是老後的煩惱。但是，他一直不想面對，覺得這些事都和自己無關。

「在波江死後，我覺得死亡離我很近，雖然目前身體並沒有什麼大礙，但是沒有人知道什麼時候會出什麼狀況，所以我想要像波江一樣，寫下我的夢想清單，寫下以前想做卻沒有做，希望在死之前可以完成的事。比方說，我想出去工作，想和朋友一起聚餐，和同事一起發工作上的牢騷。」

純子緩緩訴說著。搬來新的地方後，很想活出全新的自己。就好像波江原本很期待退休後的人生一樣，我也希望好好享受搬家後的人生。我忍不住想，萬一像波江一樣就慘了，所以有點著急。

「妳為什麼不告訴我？」多喜二問，純子沉默片刻說：

「……因為七緒罵我，說這樣好像在為死亡作準備，說我只是還沒有走出波江阿姨去世的悲傷。我也有點搞不清楚到底是不是這樣，然後就不知道該在什麼時候和你聊這件事。」

我真的很沒出息。純子的聲音有點落寞。月光映照著她無助的笑容，的確已經上了年紀。多喜二不經意地低下頭，看到自己滿是皺紋的手背，而且不知道什麼時候長了一個很大的老人斑。他用手摸著臉頰，發現皮膚也都鬆弛了。啊，原來我也老了。貼了痠痛貼布的兩條腿也還在痠痛。

「妳的夢想清單完成了嗎？」多喜二問。

「問題就在這裡，」純子嘆了一口氣，「一開始，我完成了自己想到的事，清單上的內容也大致完成了，但是最近越來越不知道，這樣就行了嗎？」

純子又接著說，波江的夢想清單中，有很多是無法她一個人完成的內容，大部分都是和她老公——哲也一起做的事。「當我想起這件事時，覺得自己第一件事就做錯了。」

多喜二注視著她，示意她繼續說下去。純子點了點頭說：

「我覺得搬來這裡之後，應該好好和你談一談，我不應該和七緒談夢想清單的事，而是應該和你聊一聊。」

「這也很難說，剛搬來這裡的時候，我對自己即將展開第二人生充滿了希望。如果妳在那時候和我聊夢想清單的事，我可能會對妳發脾氣，叫妳不要說這種觸霉頭的話。」

多喜二很坦誠地回答。如果當時純子說，也想要像波江那樣，寫下夢想清單，自己說的話可能比七緒更難聽，說她學死人做的事很不吉利。

但是，現在能夠靜靜地接受這件事，而且就像解開了糾在一起的繩結般，終於理解了純子之前的行為。

「這次的旅行很愉快。」

「那不是很好嗎？」

「大家一起體驗了砂浴，也泡了露天浴池，肚子吃得很撐，然後聊了很多，一直聊到眼睛都睜不開了。」

「簡直就像高中生。」多喜二笑著說，純子也笑了起來，但隨即露出難過的表情。

「真的很開心。但是……當大家準備睡覺時，能瀨太太告訴大家說，她要辭去婦女會會長，因為她先生在洗腎。」

多喜二想起能瀨的丈夫。他是這棟大樓的業主，身材滾圓，就像七福神中的布袋神[5]。

「聽說能瀨先生每個星期要去醫院洗腎兩次，能瀨太太說，她先生很寵她，她之前都自由自在地過日子，經常把老公丟在家裡，自己出去玩，有時候甚至出門半個月。」

能瀨太太原本以為隨時都可以和丈夫一起出遊，但現在哪裡都去不了。為什麼以前都覺得老公不重要？能瀨太太在被子裡靜靜地流淚，說這次是她最後一次旅行，以後要多花一點時間和老公相處。

「我聽到她這麼說之後忍不住想，我也應該和你多聊一聊，我們一起……我們一起設計我們共同的夢想清單。否則即使完成了自己的夢想清單，以後也一定會後悔。」

純子又繼續對多喜二說：

「老公，因為有這些原因，所以我和以前不一樣了。對不起。」

「不……我也、有錯。我相信以前一定讓妳吃了很多苦。」多喜二低頭對純子說：「所以才會變成這樣。」

多喜二也知道自己的性格固執而彆扭。

「七緒說我的那些話，我想了很多次。雖然我完全沒有意識到，但之前可能一直束縛妳。」

「是我讓你變成這樣的人。」

多喜二聽了純子說的話，忍不住抬起頭。純子說：「丈夫都是妻子教出來的，所以你是因為我，才會變成現在這樣的人。很久很久以前，我們還都很年輕的時候，我覺得你很有責任感，熱愛工作的樣子也很迷人，甚至希望你可以一直保持下去。即使在別人眼中，覺得你在某些事上有點過分，但我仍然沒有表達任何意見，因為我覺得我老公這樣很好。」

純子咳嗽起來，多喜二準備拿口服電解水給她，她慢慢坐了起來，接過寶特瓶。「妳沒問題嗎？」純子點了點頭。純子拿著寶特瓶，肩膀起伏，用力吐了一口氣。

「你對工作的熱情逐年增加，完全不顧家庭，我才開始覺得，這也許不是優點，而是缺點。我真的太一廂情願了。明明是我讓你變成了現在這樣，卻很受不了你，

5 原是唐代的禪僧，後被譽為「彌勒菩薩」的化身。有個大肚子，身上背著裝滿法寶的大布袋，總是笑臉迎人，能預知吉凶，並給予誠心的信徒幸福美滿的生活。

好像你原本就是這樣的人。」

的確有這樣的往事。多喜二回想起很久以前，挺著大肚子的妻子面帶微笑說，你工作很認真，我完全不必擔心。那天之後，他就發誓工作要更努力。

「我都忘了這件事。」

多喜二自言自語地說，純子點了點頭。

「我們在一起幾十年了，我讓你變成現在這樣，同樣地，現在的我，也有一部分是你造成的。夫妻之間就是這樣相互影響。」

是這樣嗎？應該就是這樣。純子說的話進入了多喜二的內心。

「夫妻之間……相互影響。妳竟然可以想到這麼有道理的話。」

多喜二覺得自己無法總結出這樣的結論。他正為此感到佩服，純子露出調皮的笑容說：

「其實我只是借用了能瀨先生的話，當能瀨太太哭著對她先生說對不起時，她先生說了這番話。他說他喜歡太太自由的樣子，所以是他造就了這樣的太太，太太完全不需要反省，都是他造成的。」

「這對老夫老妻真恩愛啊。」

「是啊，我們在飯店聽到時也都驚叫起來，說太感人了。」

兩個人不約而同地笑了起來。純子喝水潤喉之後，又躺了下來。

「老公，我們一起來規劃夢想清單。」

「……好啊。嗯，也許很棒。」

自己的夢想清單嗎？多喜二思考著。真希望有興趣愛好，可以讓自己熱中的事物。最好和純子有共同的興趣。而且，也想去旅行。夫妻兩人已經好久沒有一起去旅行了。

眼前的首要任務，就是要在光海的運動會上得冠軍。啊，對了，必須告訴純子，自己有了一個臨時孫子。

「純子，聽我說……妳睡著了？」

多喜二發現純子已經發出了均勻的鼻息，胸口的被子有規律地起伏著。他輕輕摸了摸純子的額頭，確認她已經退燒了。多喜二關上落地窗，拉上窗簾，躺在自己的床上。

多喜二醒來後，看向旁邊那張床，發現純子還在睡覺。他看了枕邊的鬧鐘，發現只比平時晚了三十分鐘左右。果然老了。他獨自笑了起來。年輕的時候，想睡多久都不是問題。

他躡手躡腳下了床，以免吵醒純子，然後走出臥室。

他俐落地漱洗完畢，小聲地在廚房做事時，純子也起床了。雖然似乎還有點無力，但氣色很好。多喜二問她有沒有好一點，純子做出勝利的姿勢說：「完全恢復了，只有喉嚨還有點痛。對不起，我睡過頭了。」

「妳今天不去超市上班吧？妳可以多睡一會兒。」

「那怎麼行？我馬上來準備早餐。」

「不用，不用，今天早上我來做就好。」

多喜二說，純子驚訝地張大了嘴巴。

「你做早餐？」

「對啊，只不過妳不要抱太大的期待，只是把即食的粥稍微加工一下，妳坐著就好。」

純子聽到多喜二這麼說，顯得有點高興。「那我先去洗臉。」說完就走去洗手台。

多喜二繼續張羅早餐。

「真的好吃嗎？」

多喜二不安地嘀咕著，但立刻改口說：「不，一定沒問題。」因為光海語氣堅定地說：「好吃得不得了！」

「啊，洗完臉，整個人都舒服了……哎喲，好香啊。」

純子走回來時，用力吸著鼻子。多喜二看到她的反應，忍不住竊喜。

「做好了，趕快來吃吧。」

多喜二把瓦斯爐上的砂鍋拿到餐桌上。

多喜二做的是雞蛋鹹粥。他打開砂鍋的蓋子，立刻飄出了帶有高湯味的熱氣，純子叫了起來：「感覺很好吃啊。老公，你是怎麼做的？」

「先別問這些，要吃了才知道好不好吃。」

他用湯匙把粥舀在碗裡，先遞給了純子。純子很怕燙，吹了好幾次，終於吹冷之後，才送進嘴裡。

「啊啊……好吃，老公，真的很好吃。」

「喔？是嗎？」

多喜二也為自己舀了一碗，吃了一口。有濃濃高湯味的雞蛋鹹粥煮得很爛，幾乎看不到米粒的形狀。即使純子喉嚨痛，應該也很容易入口。

「味道也很不錯。」

「才不是不錯而已，很好吃啊。你是怎麼做的？你根本不知道怎麼熬高湯。」純子問。

多喜二用力挺起胸膛說：「這算是創意料理。」

「啊？」

「我把便利商店的茶碗蒸加在即食的粥裡，這不就是創意料理嗎？」

他把即食的粥和茶碗蒸搗碎後，放在砂鍋裡煮爛，最後再加一些便利商店賣的蔥花。

「也可以用微波爐做，我為爸爸做的時候，都用微波爐專用鍋。」

因為光海很有自信地這麼說，所以多喜二決定試試看，沒想到這麼好吃。

「雖然我以前都不把便利商店放眼裡，但真的很方便。」

多喜二喝著鹹粥，深有感慨地說。

「店長對我說，他隨時都在店裡，我聽了很高興。」

只要來這裡，就會有人，就可以幫忙。這句話帶給他莫大的安心。

「你也這麼稱讚志波，真是太好了。他真的是好人。啊，我知道了，是不是志波告訴你煮這鍋鹹粥的方法？他應該會想出這種主意。」

多喜二聽到純子這麼問，稍微想了一下回答說：「是我孫子。啊，對了，也是妳的孫子。」

「啊？什麼意思？」

純子納悶地歪著頭，多喜二笑了起來，然後從頭向她說明和光海認識的經過。

運動會當天，是秋高氣爽的好天氣。陽光燦爛，吹著舒爽的秋風。多喜二穿著新買的運動服，和抱著便當的純子一起前往小學。

「老公，你沒問題嗎？昨晚是不是沒睡好？」

「不不不，我精神飽滿，精力旺盛！」

今天早晨，多喜二起了個大早去晨跑。不知道是不是昨天去按摩奏了效，渾身都很輕盈，身體處於絕佳狀態。

「只不過我們去參加，真的沒問題嗎？」

前天，接到光海的父親——明廣的電話，說他決定請假去參加運動會。之前，多喜二和明廣見了面，聊了很多事。正如之前從光海口中聽說的，明廣的確是一個工作認真、務實的好爸爸，而且也的確沒有察覺兒子的心情。他得知兒子受了不少委屈很沮喪，所以才終於安排了休假。

「你們父子一起參加運動會，當然是最理想的決定，希望一切順利。」多喜二說完這句話，就準備掛電話，但明廣說：「希望你也可以一起來參加。因為光海信心十足地說，要和大塚爺爺在兩人三腳項目中得第一名。如果你不來參加，他的期待就會落空。」

「他爸爸不是說，光海的爺爺已經去世了嗎？既然這樣，那就由我們代勞。」純子說話時，臉上的表情很開朗。她比多喜二更期待原本已經遠離她生活的小學運動會。今天早上，多喜二醒來時，純子已經起床，正喜孜孜地把菜餚裝進便當盒內。多喜二想起以前七緒參加運動會時，純子都會製作特別的便當，七緒每次都很高興。

「大塚先生！」

來到擠滿家長的校門前，明廣等在門口。他跑到多喜二和純子面前鞠躬說：「謝謝你們。」

「不不不，這麼說，我們才要謝謝你。」

「爺爺！奶奶！」

多喜二聽到叫聲，轉頭一看，發現光海正向他們跑來。看到光海滿面笑容，多喜二他們也都笑了。

「老公，你有沒有聽到？他叫我奶奶。」

純子紅著臉說，多喜二點了點頭。

「光海，今天要和爺爺一起得第一！」

「當然啊！一定要！耶！」

光海向空中舉起拳頭，多喜二也跟著舉起拳頭。他舉起拳頭看向天空，發現晴朗的天空萬里無雲。

第二人生開始了。

第5章

愛和戀的倒數日曆餅乾

中尾恆星對愛抱持著懷疑。

雖然這麼說聽起來有點誇張，但他認為這個世界上，可能根本不存在愛這種東西。那些藝人在結婚時，都說自己遇到了真命天子、真命天女，但幾年後離婚時，又都鬧得很難看。班上每個月都有同學失戀，說什麼「虧我當初這麼相信那傢伙」。社群網站上充斥著廉價的愛和戀，有些老夫妻之間很理所當然的對話，卻有人莫名其妙地留言說什麼「超感動」。

「被愛這種看不見、摸不著的東西搞得神魂顛倒，簡直像傻瓜。」

恆星看著電視，自言自語著。他出於好奇看了一下班上的女生狂推的戀愛綜藝節目，完全不覺得有什麼好看。他從頭到尾都忍不住發出冷笑。反正節目播出幾年之後，那些上節目的人身邊早就換成了別人。

「恆星，你太冷靜了。看這個節目時，可不可以有點共鳴啊。」

聽到說話聲，恆星轉頭一看，發現母親光莉站在廚房內。本來以為她還在洗澡，不知道什麼時候已經洗完了。

光莉穿著心愛的史努比人偶裝的睡衣，頭上戴著粉紅色毛巾質地的帽子，手上拿著最近很愛的自製水果排毒水，嘟著嘴說：

「我每次看這種節目，就有怦然心動的感覺。」

光莉今年四十歲。已經一把年紀了，竟然像年輕女生一樣，穿這種花俏的衣服，還好意思說什麼「怦然心動」？恆星突然感到心煩，關掉了電視。因為節目中的一個女生正準備去告白，光莉尖叫起來。

「啊啊！正是精采的時候，為什麼關掉？」

「無聊死了。」

恆星不悅地說完，走回二樓自己的房間。隔壁是父親康生的書房，對面是父母的臥室。書房的門打開了一條縫，恆星從門縫向房間內張望，康生正樂呵呵地保養釣具，小型電視上正在播出康生崇拜的釣師的ＤＶＤ。

「你又要去釣魚嗎？」

恆星問。康生發現了他，露出笑容回答說：「是啊，冬天是釣鰈魚的好季節，到時候你就可以享用好吃的炸鰈魚了。」

康生熱愛釣魚多年，年輕時還曾經想成為職業釣師。他每逢休假就去釣魚，餐桌上經常出現他釣魚的成果。他會自己殺魚、烹調，光莉對此很開心，覺得很輕鬆，但恆星並不怎麼捧場。因為家裡很少有機會吃肉。他很想說，比起炸鰈魚，他更想吃炸雞塊，但最後還是把話吞了下去。因為說了也是白費口舌。

「恆星，你要不要一起去釣魚？」

「我不是說了，我對釣魚沒興趣嗎？」

雖然已經不止一次出現相同的對話，但康生最近一直提這件事。因為釣友的兒子——聽說是小學六年級的學生——之前終於完成了人生首釣。康生為高舉著一起釣起的魚的父子拍下了紀念照，他說讓他心生羨慕。「我也很想體會一下父子同釣，恆星，一起去釣魚，哪怕只有一次也沒關係。」

我絕對不要去。恆星心想。他從小就很討厭父親的這個興趣，因為父親三番兩次因為海況佳，或是朋友臨時約釣等各種理由和家人爽約。雖然最後都由光莉帶他去看了期待已久的電影和太空世界，但他想和全家人共樂的心情還是遭到了背叛，所以有一種美中不足的遺憾。當康生炫耀著自己的成果，同時問恆星「好玩嗎？」時，自己怎麼可能點頭？恆星抗議了好幾次，但康生的「對不起」只是嘴上說說而已。久而久之，恆星也不再奢望可以讓康生放棄釣魚的愛好。

「啊，這麼晚了，我要去睡覺了。」

康生抬頭看著牆上的掛鐘說。恆星也跟著看向時鐘，發現已經晚上十點多了。

康生的日常作息非常有規律。早上六點起床做早餐，早餐菜色千篇一律，幾乎都是味噌湯和厚燒煎蛋，有時候換成培根蛋，然後搭配在旦過市場買的米糠醬菜吃完早餐，喝了焙茶後出門上班。通常七點下班回到家，泡完澡後喝一罐啤酒，開始吃晚餐。吃完晚餐後，就在書房看釣魚相關的ＤＶＤ，保養釣具，晚上十點上床睡覺。恆星覺得父親每天的生活很健康，但未免太無聊了。父親的人生除了釣魚以外，完全沒有任何亮點。

「那我要去睡覺了，晚安。」

康生動作俐落地收拾之後，走進了臥室，樓下幾乎同時飄來咖啡的香氣。恆星不由得皺起了眉頭。接下來是光莉的「黃金時間」。

和康生相比，母親光莉的生活很不規律。每天早上起床的時間就很隨興。康生每天自己動手做完早餐後就出門上班，恆星起床後，吃完父親剩下的早餐就去上學。父子兩人午餐都分別在公司的食堂打發和吃營養午餐，光莉不需要為他們準備便當。她每天不是根據家人的作息決定起床時間，而是取決於打工便利商店的排班表。白天的時候，她做完家事、去便利商店打工，傍晚回到家，準備晚餐、吃完晚餐後，洗澡和收拾家裡，晚上十點之後，就是她的「黃金時間」。她把和她興趣相關的東西都放在餐桌上，度過愉快的時光。上床時間取決於隔天的行程，所以完全沒有規律。有時候覺得「超有靈感」的時候，不顧隔天有什麼安排，會熬夜到天亮。之前有一次，恆星半夜上廁所時，聽到樓下有動靜，下樓一看，不知道光莉是否喝醉了，正興奮地狂舞。

光莉的興趣是「漫畫」。除了喜歡看，還喜歡自己創作。雖然她說自己更喜歡創作，但其實並沒有太大的差異。光莉看自己喜歡的漫畫時，就連自己這個兒子都覺得她「很奇怪」。為什麼只是看個漫畫，就好像在說夢話般頻頻嘀咕「太讚了……」、「太感謝了」？難得安靜地看漫畫，卻發現她的淚水在眼眶中打轉。看完之後，大叫著：「我有動力了！」然後開始沙沙沙地畫了起來。她看漫畫和創作漫畫似乎缺一不可。

光莉喜歡的漫畫很多都是戀愛故事，書架上有很多肉麻的純愛故事、戀愛喜劇，還有恆星也搞不太清楚的ＢＬ類。除了紙本的漫畫以外，還很積極地追在網路上連載的漫畫。

而且她自己也在網路上發表漫畫作品。

光莉創作的喜劇漫畫取了「費洛店長的放浪日記」這種莫名其妙的名字，在忘了叫什麼名字的網站上隨時名列前茅。之前有一次終於在排行榜上奪冠時，她興奮得手舞足蹈，然後帶著恆星去吃烤肉，說要慶祝一番。吃肉當然很開心，但真希望她見好就收，放棄漫畫這種興趣。

恆星認為，漫畫不適合成為老大不小的成年女人，而且是有一個高中生兒子的母親熱中的興趣。他的朋友小關大祐的母親熱愛瑜伽，也有教練的證照。恆星看過他媽媽好幾次，他媽媽很漂亮，身材也像模特兒。恆星不會要求光莉也去學瑜伽，但還是很想說，喜歡漫畫這種興趣也太上不了檯面，那根本是連國中生和高中生都必須放棄的興趣。

恆星曾經看過一次光莉畫的漫畫，說句心裡話，他完全不知道哪裡有趣。便利商店的店長渾身狂噴費洛蒙，周圍的人都被他迷得神魂顛倒，角色的原型就是光莉打工那家便利商店的店長。雖然那個店長的確很奇妙，四目相對時，的確有一種內心被看穿的錯覺，但是除此以外，恆星覺得根本太普通了。他無法理解漫畫中，為什麼他周遭的人那樣追捧他，搞不好只是光莉誇大了。恆星表達了自己的意見，光莉輕笑一聲說：「恆星，你還是小孩子。」恆星聽了超火大。媽媽的漫畫一點都不好看。他忍不住明確表達自己的意見，光莉一笑置之說：「好，好。」這種反應讓恆星更加火大。都這麼老了，還在創作一點都不好看的漫畫，有幾個人說好看，就得意忘形了。不要在這種地方尋求認同，然後感到沾沾自喜。恆星很想這麼勸光莉，但即使這麼說了，光莉也聽不進去，所以就乾脆不說了。

他覺得父親也應該勸一勸自己的太太。不要聽到太太說有女高中生留言，或是二十多歲的年輕女生在部落格上介紹自己的漫畫就眉開眼笑。要提醒自己的太太穩重點。更何況是因為父親只沉迷於自己喜歡的釣魚，所以連母親也投入自己的興趣愛好，結果現在搞不好還發生了婚外情。

差不多十天前，恆星就發現光莉有點不太對勁。雖然他無法正視沉浸在黃金時間的光莉，所以能避則避，但要去冰箱拿東西時就想避也避不了。那天，他在為考試複習的空檔下樓泡咖啡時，光莉正在和別人講電話。講電話本身並沒有問題，之前也曾經發生這種事，說著「某某某簡直是神」、「那一幕真是太感人了」，為一些無聊的事說得眉飛色舞，恆星根本懶得理會，但是那天卻一本正經地說什麼「所以你煩惱了很久」、「早知道你應該更早來問我」。

光莉發出的呵呵笑聲和平時不太一樣。恆星豎起耳朵，想知道對方到底是誰，但還是聽不見。不一會兒，聽到煮水壺發出嗶嗶的聲音。恆星慌忙關掉了火，光莉說了聲「改天再聯絡，加油喔」，然後就掛上了電話。

「啊呀，恆星，你什麼時候下來的？」

光莉不滿地噘著嘴，恆星回答說：「剛才。」然後想問她剛才和誰通電話，但最後還是開不了口。光莉看到恆星沒有吭氣，自顧自地泡著咖啡，就問他：「要不要吃餅乾？」她遞上的星形餅乾差不多手掌大小，用透明袋子包了起來。星星的中央印了「2」這個數字。恆星還來不及問那是什麼餅乾，光莉就告訴他：「在聖誕節之前，發給客人的餅乾。之前不是告訴你有一個很神秘的人叫二世古嗎？就是他提出的企劃。這是柔情便利店的倒數日曆餅乾。在二十五日聖誕節之前，每天吃一塊。今天的份還有剩。」恆星搖了搖手說：「我不要。」然後就走出客廳。

那天之後，光莉每天都偷偷和別人打電話聊天，不時發出竊笑聲，而且聊得很投入，但只要恆星一走進客廳，就慌忙掛上電話，看起來好像在做什麼見不得人的事，總之就是很奇怪，所以恆星懷疑她是不是外遇了。

康生和光莉當初愛得轟轟烈烈，最後終於結了婚。在認識兩個月後，雙方就認定對方是自己命中注定的人，無視雙方父母提醒他們要多觀察後再決定，在認識半年後就登記結婚。雖然沒有舉辦婚禮，但蜜月旅行去亞洲各國旅行了一個月。在旅途中拍了很多照片，貼滿了三大本相簿，至今仍然放在客廳的書架上。當時還很年輕的兩人看起來很快樂，恆星讀幼兒園，都把這些相簿當繪本看。這是在哪裡？只要他指著照片這麼問，父母就會瞇起眼睛，和他分享當年的回憶。「那次爸爸大口咬著果汁裡的冰塊。那個國家是開發中國家，用來做冰塊的水，水質不太乾淨，所以不可以吃。爸爸吃了冰塊之後就吃壞了肚子，然後就忙壞了。急急忙忙衝去醫院，一整晚都在打點滴。」光莉說得口沫橫飛，康生也點著頭。「我掛著點滴去上廁所，結果廁所沒有衛生紙。」他們回首的這些往事比任何故事都更有趣。

父母感情很好，他一直以為這就像自己的名字「恆星」一樣，是理所當然、永遠都不會改變的事。即使是現在，他們的關係也沒有變差。恆星從來沒有看過父母大聲爭執，但是他們似乎在不知不覺中漸行漸遠。兩個人都越來越投入自己的興趣愛好，而且樂在其中，也很久沒有再翻開當年的相簿。

「結果就外遇了。」

恆星走在放學回家的路上，吃著肉包子這麼說，小關笑著說：

「還沒有確定真的有這麼一回事，而且你媽看起來不像是會做這種事的人。」

「但是不是有人說，越是看起來不會外遇的人，就越容易陷下去嗎？」

「你是從哪裡聽來的？難道你希望你媽外遇嗎？」

小關輕聲笑了起來，喝著寶特瓶裝的熱綠茶。小關呼吸時，吐出的白氣很快就消失了。聖誕彩燈在街頭閃爍。

即將迎接聖誕的門司港車站前很漂亮，雖然莊嚴的古老建築平時就會點燈，但這個季節的燈光更加璀璨，目光忍不住被吸引。以前恆星經常央求父母，一起來欣賞燈光閃爍的夜晚街頭，但現在心情有點鬱悶，只是冷冷地旁觀。

「並不是這樣，但萬一真的外遇怎麼辦？」

恆星把肉包子塞進嘴裡說道。高中二年級的冬天，很多同學都交到了女朋友，都忙著安排聖誕節約會，自己為什麼要為這種事煩惱？

「你已經不是小孩子了，不必為父母的這種麻煩事操心。」

小關把寶特瓶裝的綠茶塞進口袋說，恆星聽了他的回答，覺得有點難為情。這個話題會不會有點多愁善感？小關可能以為自己有戀母情結。

「嗯，也對啦，我只是擔心會影響到我。」

他雙手伸進大衣口袋，把頭轉到一旁，然後開始反省。小關在同學中也顯得很老成，不要說是有戀母情結的人，一定很受不了至今仍然無法獨立的人。

恆星偷瞄了走在身旁的同學。他和小關從小學就認識了，小關個子很高，體格也很結實，但他說自己對運動沒興趣，所以沒有參加任何社團。他的興趣是攝影，平時總是在看攝影雜誌。中學二年級時，還曾經在報社舉辦的攝影比賽中獲得大獎。他在接受採訪時，皺著眉頭說「即使得獎，也不會特別高興」的大照片登在報紙上，恆星至今仍然記得一清二楚。

如果自己也能夠像小關那樣，對自己更有自信，搞不好就不會像現在這樣煩惱了。恆星用力握緊了放在口袋裡的拳頭。

恆星在國中時代，曾經加入籃球社。因為他很喜歡某籃球漫畫的集點卡，很希望自己也可以像漫畫中的人那樣，於是開始積極練球。即使個子瘦小，只要夠努力，就可以克服這些不利條件。雖然他這麼想，但從來不曾成為先發球員，甚至從來沒有上場比賽過。雖然他在腦海中可以想像自己在籃球場上靈活跑來跑去的身影，但每次只要一上場，教練就大聲叫他跑快點。雖然隊友對他說：「你是球隊的吉祥物，所以沒問題。」但他聽了也不可能感到高興。他想要成為球隊的英雄。直到退社比賽結束，他仍然從來沒有上過場，於是他決定放棄籃球。

上了高中後，他沒有參加任何社團。他對籃球以外的運動沒有任何興趣，也拒絕了社團的邀請。也許你更適合田徑。也許你更適合排球。即使別人這麼說，也完全無法打動他。他空虛地發現，原來喜歡和有才華是兩回事。

放棄籃球後，他覺得自己失去了像是「核心」的部分。即使無法上場比賽，即使沒有穿上球衣，但自己的確在打籃球。如今這個部分空了，雖然即使失去這個部分也不會死，但仍然感到寂寞。放棄籃球兩年來揮之不去的寂寞，導致他對自己失去了自信。

每天放學之後，就和同學一起去玩，打發時間。回到家之後，不是拿著手機玩手遊，就是看電視。只有遊戲的成績持續進步，對諧星了無新意的段子感到很膩，忍不住整天批評，問題是他遊戲成績的排名無法成為第一名，他也不是想要成為業界第一的諧星，和之前打籃球一樣，什麼事都是半吊子——不，在做這些事時甚至沒有認真投入，所以比籃球更不如。自己是這麼膚淺的人嗎？

「咦？恆星，那不是你們班上的三隅嗎？」

小關突然說道，然後伸手指了指。抬頭一看，剛好看到同班的三隅美冬走進一棟熟悉的大樓。

「真的是她，難道她親戚住在這裡嗎？」

三隅走進了小金村大樓。這棟大樓從三樓到頂樓都是高齡者專用公寓，一樓是光莉打工的柔情便利店門司港小金村門市和洗衣店，還有目前沒有出租的店面，二樓是整骨院和國標舞教室，以及管理事務所。除了去找樓上的住戶，想不到三隅走進那棟大樓的理由。

「我之前也看到她走進去，她是不是住在這裡？」

「這裡是高齡者公寓啊，而且我記得三隅並不住在這一帶。」

他們停下腳步，抬頭看著眼前的大樓。一陣冷風吹來，恆星抖了一下。

「好冷，早知道我也買熱的來喝。」

光吃肉包子無法讓身體暖和起來。

「小關，快回家吧。」

恆星催促著小關，快步走回家裡。

恆星從光莉口中得知了三隅走進小金村大樓的原因。

「你們學校的學生來我們店裡打工，我記得她好像姓三隅。」

一家三口吃晚餐時，聽到光莉這麼說，恆星停下了正在喝味噌湯的手。

「三隅？妳是說三隅美冬嗎？」
「啊，對！就是叫這個名字。她奶奶住在四樓，她最近搬來和奶奶同住，只要下樓就可以打工，很安全，所以她奶奶也很高興。」
「為什麼和她奶奶一起住？」恆星問。
「我怎麼知道？」光莉回答後，又接著說：「店長說她是個很細心的孩子。」
「因為年底的時候都會有人手不足的問題，所以她幫了大忙。你認識三隅嗎？」
「是我同班同學。」恆星回答，光莉聽了，有點開心地笑了笑問：
「那我可以告訴她，我是中尾恆星的媽媽嗎？」
「沒有可不可以的問題，反正遲早會知道，所以我無所謂。」
恆星吃著奶油可樂餅，想起了三隅。雖然從一年級時就同班，但很少有交流。三隅個子矮小，感覺很難搞，只記得她經常在教室角落看很厚的書。恆星記得他的朋友垣田好像說過，三隅是他喜歡的類型，但恆星不太記得三隅的五官長什麼樣子。因為他不會仔細打量不熟的女生。
「什麼叫無所謂，真沒意思。」
光莉掃興地說。康生說：

「這樣很好啊，如果是他喜歡的女生，一定會拚命勸阻，恆星，對不對？」

「不知道。」

恆星並沒有特定喜歡的女生。雖然覺得偶像和模特兒很可愛，也會帶著羨慕的眼神看那些正在交往的人，也隱約覺得自己以後應該也會喜歡某個人，但這就像眺望大海的遠方，覺得離自己很遙遠。

那是中學畢業典禮那天發生的事。女子籃球社的女生找他，然後向他告白。

「小恆，我喜歡你。」

脹紅了臉向他告白的女生是女子籃球社的先發選手，打小前鋒的位置，投籃的動作很優美，恆星在練習時，也忍不住被她吸引。她外型很可愛，而且也很會照顧別人，在女籃社內也很受大家的信賴。這樣的女生喜歡自己的確很高興，但恆星無法接受她是比自己更優秀的籃球選手這件事。恆星說自己已經有喜歡的人了，拒絕了她的告白，但也同時想到自己的鼠腹雞腸，差一點哭出來。如果她沒有打籃球，自己一定會欣然接受她的告白。自己太沒出息，竟然為她比自己更優秀而拒絕，但是他無論如何都無法接受。

高中一年級秋天，他看到了那個就讀其他高中的女生，和一個高大的男生牽著手走在路上。她看到恆星時，輕鬆地舉手向他打招呼，然後眉開眼笑地介紹說「這是我男朋友」，她的對象是棒球社的選手。她說她男友正在努力成為一軍選手時的表情很可愛，恆星不由得想起自己就是喜歡她那樣的表情。以前恆星坐在板凳上為隊友加油時，她總是鼓勵恆星說：「你以後也可以在那裡。」除了她以外，從來沒有其他人對恆星說過這句話。為什麼事到如今，才發現這件事？是因為她已經成為別人的女朋友了嗎？果真如此的話，自己真是太愚蠢，也太自大了。

那次之後，他就越來越不了解喜歡別人這件事。自己是很會算計、自私的人，自己這種人不可能有辦法談正常的戀愛。如果像電視劇和漫畫中所說，「喜歡」的感情這麼美麗、純潔，可能一輩子都和自己無緣。

就在這時，他發現母親可能外遇。原本以為父母之間即使已經沒有像電光石火般戀愛的感情，但至少還有愛，沒想到母親最近似乎外遇了。他不知道該相信什麼。

幾天之後，恆星在放學回家的路上，和小關一起走進了光莉打工的柔情便利店。雖然平時都會去其他店，但只有這家店有小關要買的攝影雜誌。之前曾經聽光莉說，因為樓上的住戶中有人熱愛攝影。在充分反映了樓上住戶喜好的雜誌區內，有家庭菜園、日本舞蹈的雜誌，還有大眾週刊雜誌和繪本，應有盡有，感覺很有趣，還有像是「一百二十倍享受大眾戲劇的方法」這種即使去書店時，也不知道要在哪裡找到的書，也都出現在平台上。

恆星決定買飯後吃的點心，於是拿了一包零食，又拿了一瓶寶特瓶裝的碳酸飲料。站在收銀台內的志波發現了恆星，微笑著向他打招呼說：「嗨，午安，好久不見，最近還好嗎？」

「嗯，還好。」

恆星在說話的同時，觀察著店長。店長應該算帥哥，但他更欣賞店長的哥哥老二——光莉告訴他，那個廢品回收業者的大鬍子是店長的哥哥。雖然恆星目前完全沒有鬍子，但再過幾年，應該就會有鬍子，他打算到時候也像老二一樣豪放地留鬍子。

「啊，三隅，他就是光莉姐的兒子。」

志波轉頭對身旁的人說話。三隅從加熱商品的貨架後方探出頭，看到恆星後說：

「喔喔，好像在班上看過。」

「什麼意思啊？」

恆星忍不住叫了起來。每天都在同一個教室上課，三隅竟然說這種話，但是三隅若無其事地說：

「因為我們從來沒有說過話，可能也沒有打過招呼。中尾，你應該對我也不熟吧？」

三隅說中了。恆星一時語塞，然後提高了音量說：

「也許吧！雖然也許不太熟，但我們不是從一年級就同班嗎？」

「啊？這樣啊。」

聽到三隅滿不在乎的口吻，恆星忍不住火冒三丈。雖然自己在班上並沒有特別引人注目，但也不至於到被人忽視的程度。難道她沒有看到自己不久之前的運動大會進行排球比賽時，順利突破排球社成員的防守，兩次成功地殺球嗎？自己對班級獲得冠軍大有貢獻，還被選為最有價值選手。但是三隅瞇起眼睛看著恆星，歪著頭說：「原來是這樣啊。」

「恆星，她的視力很差。」志波呵呵笑著說，「所以她來這裡打工，就是為了要買新的隱形眼鏡。」

「對，我會努力工作。」

即使視力不好，也不至於連這種事都不知道。恆星很生氣，小關拿著雜誌走過來問他：「怎麼了？」恆星指著三隅說：「她在這裡打工。」

「喔，原來是三隅。」

小關轉頭看了過去，三隅美冬驚訝地瞪大眼睛叫了起來：「啊，是小關。」

「為什麼妳認識隔壁班的小關？」

「當然認識啊，因為他很有名。我覺得那張照片超棒，沒想到狗竟然會露出那樣的表情，太驚訝了。」

三隅說的是小關獲得大獎的那張照片，那張照片拍下了狗看著鏡頭的那一刻。比起照片本身，恆星對小關的得獎感言印象更深刻，所以不太記得詳細的情況，但是三隅似乎清楚記得好幾年前的照片的構圖。「太惹人憐愛了，看了會不由得感到心痛。」三隅很熱心地表達了感想。小關一臉淡然的表情，只說了一句：「喔，謝謝。」

志波為恆星結帳，三隅為小關結帳。

「你媽媽在排班時都很照顧其他人，真的幫了很大的忙。」

「喔，這樣啊。」

「啊，這個給你。是倒數日曆餅乾，你可以帶回去吃。」

今天是寫了「13」這個數字的餅乾，是可可顏色的聖誕樹形狀。恆星接過餅乾時，想起媽媽之前說，這是二世古提出的企劃。這時聽到有人不耐煩地說：「這種事不重要。」轉頭一看，發現小關瞪著三隅。

「不必了，妳以後別再提了。」
「啊……對、不起。」
恆星驚訝地注視著小關從三隅手上搶過商品，小關發現後對他說：「恆星，走囉。」然後轉身走了出去。
「小關，等等我。」
恆星慌忙追上去問小關：「怎麼了？」小關簡短地回答說：「沒事。」
「怎麼可能沒事？你很少會發脾氣。」
小關聽到恆星這麼說，猛然停下腳步，用力嘆了一口氣，然後微微低頭說：「對不起，我剛才有點煩躁。」
「沒關係啦，到底發生了什麼事？」
「三隅太煩了。」
小關恢復了平時的平靜語氣說。
「她說我應該加入攝影社之類的，反正就是這種人。」
「喔喔。」恆星附和著。小關得獎之後，就沒有再繼續拍照。恆星之前曾經問過一次原因，小關只回答說：「沒這個心情。」小關說雖然很喜歡攝影，但不想自己拍照。恆星非常了解這種心情。他至今仍然很喜歡籃球，看ＮＢＡ比賽也會熱血沸騰，但無論如何都不想再打球。如果現在有人叫我參加籃球社，我可能也會動怒。恆星這麼覺得，於是拍了拍小關的背。小關輕輕笑了笑，點了點頭。

「……先不說這個，他還是那樣熱力四射。」小關突然想起了這件事，然後又自言自語說：「只是有點搞不懂他為什麼要在便利商店工作。」

「啊？你是說志波店長？什麼熱力四射？他在便利商店工作有什麼問題嗎？」

恆星問，小關又笑了起來。

「恆星，你的經驗值太低了。」

「什麼意思啊？」

恆星覺得自己被看輕了，所以有點不爽。他正想嘟嘴，但想到又會被笑，於是急忙放棄做這個表情。

「我媽也經常說他『費洛蒙十足』或是『性感』，真的有那種感覺嗎？我完全感受不到。」

「所以我才說你經驗值不足啊，但這並不是壞事。」

小關把剛買的雜誌放進書包說道。

「可能有點像鼻子靈不靈光。田淵都知道女生用哪一款香水，我們卻完全分不清到底是香水還是香皂的味道，不是嗎？但是經常聞香水，慢慢累積經驗，不是有可能多少有點了解嗎？」

「喔喔。」

和小關同班的田淵從讀小學的時候開始就女友不斷，男生都叫他「魔王」。他有一種奇怪的能力，只要和他擦身而過，就知道女生身上是什麼味道，女生都超喜歡他。雖然很大的原因是因為他有一張像模特兒般俊俏的臉。恆星向來很佩服他，認為這種細心也很重要。

「鼻子靈光的人，就會覺得像志波那樣的人散發出某種強烈的東西。如果田淵見到志波，一定會對他肅然起敬。」

「是喔，這樣啊。」

恆星從來沒有認真嗅聞過女生的味道，而且現在也沒興趣，但聽了小關的說明，覺得似乎能夠理解志波的魅力。小關看到他恍然大悟的樣子，呵呵笑了起來。他的心情似乎變好了。

「恆星，你這樣很好。因為老實就是你的優點。」

「什麼意思嘛。」

「我在稱讚你啊。啊，但是三隅可能算是鼻子不靈光的人。」小關突然想到似地說，「她在志波旁邊也一臉若無其事，她也不是像你媽那樣，有對這種魅力樂在其中的餘裕。」

這樣啊。恆星也回想起剛才的情景。三隅也許因為還沒有完全適應便利商店的工作，所以看起來有點緊張，但對志波的確沒有任何特別的態度。

「這不是很正常嗎？」恆星說。

小關抬頭看著夜空，好像自言自語般地說：「正常、啊。正常這個字眼很奇特，因為每個人對正常的標準不一樣。」

恆星瞄了吐著白氣的小關一眼。真羨慕小關。雖然他絕對不會說出口，但他很希望自己能夠像小關一樣。小關具備了他所沒有的「厚度」。他們從小學開始就玩在一起，原本覺得兩個人一起成長，但小關的個子越長越高，而且也越來越帥。比起田淵，我絕對更欣賞小關。

三隅美冬雖然視力很差，倒是很有眼光。

恆星想起三隅一個勁地向小關表達感想的身影，不由得感到佩服。小關在學校內並不突出，個性文靜老成。雖然參加攝影比賽得獎時受到了矚目，但這已經是好幾年前的事了，即使是同一所國中畢業的人，可能也已經忘了這件事。但三隅記得一清二楚，而且還知道小關目前已經不碰相機了，實在很厲害。三隅該不會喜歡小關？

「小關，你有喜歡的女生嗎？」

恆星隨口問道，小關一臉驚訝地看著他說：「不要問這種平時不會問的問題。」恆星想了想，覺得有道理。他以前從來沒有問過這類問題。

「你為什麼突然問這種事？」

「沒有啦，我只是突然想到，如果你交了女朋友，我們放學就不能一起回家了。」

上了高中之後，恆星幾乎每天都和小關一起上下學。小關知識淵博，和他聊天很輕鬆，也很愉快，有時候會受到良性刺激，恆星覺得有這樣的朋友很棒。他在無意識中想像，如果小關交了女朋友，就沒空再理自己了，忍不住感到有點寂寞，而且女生不可能沒有注意到像小關這麼帥的男生。

「雖然我不知道你為什麼突然想到這種事，」小關重重地嘆了一口氣，「但我不打算交女朋友。」

「為什麼？」

恆星對小關如此斷言感到驚訝，忍不住問，小關回答說：

「因為沒興趣。正確地說，其實我還搞不太懂，我無法想像自己身旁有這樣的女生。」

「啊！我懂、我懂！我也和你一樣。」

恆星開心地笑了起來。他覺得自己更接近了小關一點點。

隔天一到學校，就接獲通知，恆星的班級停課。因為班上有一半的學生得了流行感冒，請病假沒來上課。既然要停課，就該早點通知啊。恆星和其他同學抱怨著，然後就回家了。

「如果整個年級都停課就好了。」

小關的班級感冒請假的人數沒有超過標準，所以繼續正常上課。恆星獨自搭電車，回到了門司港車站。他準備走出車站時，懷疑自己的眼睛出了問題。

因為光莉和一個陌生的男人走在車站前那條路上。

男人看起來比光莉稍微年輕，身穿黑色羽絨衣和牛仔褲，腳踩球鞋，衣著很不起眼。光莉穿了一件羽絨大衣，背著她很喜歡的斜背包。兩個人看起來很親密，但保持了一定的距離，有點像剛開始交往的情侶。

「真的假的。」

恆星終於體會到什麼叫做面如土色，他覺得氧氣無法進入大腦，頭暈目眩，只要稍不留神，就會癱倒在地上。現在該怎麼辦？是不是該衝上前去，質問他們是什麼關係？但如果這麼問了之後，光莉回答「對不起」，又該怎麼辦？到時候自己該怎麼回答？

啊啊，如果小關在這裡，就會告訴自己該怎麼做。

「你站在這裡幹嘛？」

聽到說話聲轉頭一看，發現三隅站在身後。她穿了一件雙排釦的大衣，圍巾在脖子上繞了好幾圈，對著恆星皺起眉頭說：「你站在出口中央會擋到別人。」然後又問他：「你不舒服嗎？」

「不，不是這樣。呃⋯⋯」

恆星不知道該怎麼說，正在努力思考，三隅說了聲：「算了，掰掰。」說完，就打算從他身旁走過去。恆星抓住她的圍巾說：「對不起，可不可以陪我一下？因為我一個人不知道該怎麼辦。」

既然小關不在，不管是阿狗阿貓都好。如果沒有人陪在身旁，自己絕對無法撐過眼前的難關。三隅轉頭看著恆星問：「幹嘛？怎麼了？」

「沒有怎麼了……而是我看到了什麼，或者說出了狀況。」

「聽不懂你在說什麼。」

三隅重重地嘆了一口氣，看起來很不耐煩。和之前她和小關說話時的態度也差太多了吧。恆星有點不高興，但立刻改變了想法，覺得現在不是為這種事責備她的時候。

「呃，那個，我媽……」

「喔，你是說光莉阿姨。」

「對，我好像看到了我媽的外遇現場，就在剛才。」

恆星費力地擠出這句話，三隅輕聲驚叫起來。

「啊？真的嗎？」

「可能、是真的。現在該怎麼辦？」

「他們去了哪裡？是開車嗎？還是走路。」

三隅東張西望。恆星簡短回答「走路」後，她抓住恆星的手問：「去了哪裡？」

恆星正為她用力握住自己的手感到驚訝，三隅拉著他的手說：「快走啊，你不是不敢一個人去嗎？我陪你一起去，趕快！」

「謝、謝。」

恆星第一次打量三隅的臉。她有一雙清秀的長眼睛，鼻子小巧。五官很漂亮，嚴肅的表情散發出一絲溫柔，恆星有一種得到救贖的感覺。

「呃，他們去了那裡。」

三隅聽了他的回答點了點頭，率先走在恆星前。恆星看著被她緊握的手，心想著怎麼會這樣。除了光莉的事以外，他難以相信自己和不久之前還不太熟的女生一起牽手走在路上，也無法理解這個女生如此設身處地協助自己。

「啊，找到了。」

聽到三隅的叫聲，恆星抬頭看向前方，看到了光莉和男人邊走邊聊的背影。男人手上拿了一個很大的紙袋，笑得很靦腆。光莉看起來也很高興。光莉在家也經常露出這樣的笑容，但是想到她對陌生男人也露出同樣的笑容，就感到很不安。

然後，他們一起走進了門司港普樂美雅飯店。

「飯店……！難以相信……」

這下子真的是目擊現場了。恆星當場坐了下來，三隅對他說：「站起來，我們走吧。」

「事到如今，去了也沒用。」

恆星有點想哭。他不想看到自己的母親這一幕。

「現在還不知道。」

三隅抬頭看著船隻造型的飯店說，「外遇的人不會在這種引人注目的地方見面，他們會離開自己的住家附近，在不會被人發現的地方幽會。」

三隅斬釘截鐵地說，恆星驚訝地看著她，她對恆星嫣然一笑。她的笑容讓恆星緊張了一下。

「我不認為光莉阿姨會外遇，雖然我認識她的時間還不長，但是我知道。」

「所以我們走吧。」三隅拉著恆星的手臂，恆星慢吞吞地站了起來，然後好像在自言自語般地說：

「豁出去了。事到如今，那就豁出去了，我要親眼看看是怎麼回事。」

「沒錯沒錯，我們走吧。」

三隅再次拉著他的手，他們一起走進了飯店。

用聖誕色彩裝飾的大廳很華麗，恆星覺得身穿制服的高中生不該來這種地方，有點手足無措。三隅完全不在意周圍的情況，小聲說著：「找到了。」光莉和那個男人走向樓梯。恆星正在納悶他們怎麼沒有去櫃檯，三隅催促說：「快點。」於是恆星和她一起悄悄跟了上去。兩個大人走進了義大利餐廳。

「咦？他們去了餐廳？」

「嗯，我們也進去餐廳，有辦法不被他們發現嗎？不好意思，我們可以自己挑選座位嗎？我們喜歡角落的座位。」

三隅對服務生說完，落落大方走進餐廳，然後在離兩個大人有一點距離的牆邊座位坐了下來。

「喂、喂，三隅。」

恆星慌忙追了上去，三隅鎮定自若地說：「你趕快坐下來，然後表現得自然一點，鬼鬼祟祟反而引人注意。」

「啊，喔，好。」

恆星順從地坐了下來，三隅悄悄轉頭看向身後說：

「光莉阿姨剛好背對著這裡，不容易發現我們，所以不必擔心。」

三隅又打量周圍，繼續說道：「現在還沒有到午餐時間，但客人會慢慢增加，到時候就更不容易發現了。」

「三隅，妳好像很有經驗。」

恆星忍不住問。雖然對三隅來說，這是別人家的事，但她的行動太鎮定自若了。

「嗯，因為我是過來人。啊，請給我們兩份當日義大利麵午餐特餐，喔，還可以選主菜。嗯，那我要選鱈魚蕪菁奶油煮，中尾，你要選什麼？」

服務生不知道什麼時候走了過來，遞上了菜單。

「呃，啊，那我要大蒜橄欖油義大利麵。」恆星點完餐之後問三隅：「妳說妳是過來人，這句話是什麼意思？」

「因為我媽真的曾經外遇，就是去年的這個時候，我為了證明這件事，整天跟蹤她。」

三隅若無其事地說，然後解開了圍巾，脫下大衣，放在腳下的置物籃內。

「我媽每次都去摩鐵，絕對不會來這種住家附近，不知道會被誰撞見的飯店。」

「呃、呃，等一下，妳為什麼告訴我這些事？」

這些內容太私密了。恆星慌了手腳，三隅說：

「反正已經是過去的事了，沒關係，而且你應該不希望只有我知道你家的事。」

「呃，不，那個……」

恆星不知道該如何回答。他抓著頭，三隅說：「光莉阿姨和我媽完全不一樣。不知道該不該說是對自己很有自信，感覺無論家庭還是個人都很充實，這種人不會外遇。」

三隅喝了一口水，繼續說了下去。

「只有那種無法得到滿足的可憐人，會不顧後果地追求愛，才會去外遇、婚外情。」

恆星看著三隅冷靜的表情，想起了她的過去。不知道她經歷了多少悲傷，才把她母親歸類為可憐人。

不一會兒，兩張餐桌的料理都送了上來。恆星吃著完全沒有味道的大蒜橄欖油義大利麵，偷偷觀察光莉和那個男人。他們愉快地聊著天，但兩個人之間似乎有點距離感。三隅也在觀察後說：

「我覺得不像，他們之間完全沒有像是親密感的東西。」

「但是可能才剛交往。」

「嗯，我覺得也不可能。」

在甜點和咖啡送上來時，光莉他們餐桌出現了變化。男人從皮包裡拿出平板電腦，兩個人把頭湊在一起看著平板電腦。因為他們靠得很近，恆星忍不住「啊！」

了一聲，三隅立刻捂住了他的嘴。

「你太大聲了，這種程度很正常。」

「哇！對、對不起。」

女生的手碰到了他的嘴唇，他的身體慌忙後退，繼續看著他們，掩飾內心的害羞。恆星浮躁的情緒很快就平靜下來。那個男人露出嚴肅的眼神注視著光莉，光莉完全沒有察覺，低頭看著平板電腦，繼續說話。

媽媽，怎麼回事啊？

「啊，有人來找他們。」

三隅叫了一聲，恆星看了過去。一個男人走向他們，然後重重地坐在空位上。

「咦？是老二叔叔。」

恆星這次忍不住大聲說道，三個人都轉頭看了過來。

「咦？恆星？」

光莉露出驚訝的表情，然後笑了起來。

「啊呀啊呀啊呀，你們在約會？」

「白、白癡喔！」

光莉完全沒有慌張，也沒有心虛的感覺。恆星聽到她這麼問，說話忍不住更大聲了。其他餐桌的客人都同時看了過來，三隅發現後，立刻數落他：「你太吵了。」恆星慌忙閉了嘴，然後向其他人鞠躬道歉。

「對、對不起，三隅。」

「原來是光莉姐的兒子啊，要不要過來一起坐？」

老二向他們招手，於是恆星和三隅就移去和他們坐在一起。原本坐在光莉對面的男人移到了光莉旁邊的座位，恆星忍不住感到生氣。光莉完全沒在意，呵呵笑著，看了看恆星，又看向三隅。

「怎麼回事？原來你和三隅是這種關係？對了，你不是應該在學校嗎？不可以蹺課，小心媽媽揍你。」光莉開玩笑說道。

恆星忍不住大聲質問：「媽媽，妳自己在這裡幹什麼？」光莉指著身旁的男人說：「啊，對了對了，我來為你們介紹。這位是我的徒弟，他叫桐山良郎。」

「啊？徒弟？」

恆星聽不懂是什麼意思，皺起了眉頭。光莉一臉得意地說：「桐山也在畫漫畫，他希望找地方發表自己的作品，讓更多人看到，所以我在指導他如何在網路上創作。」

桐山聽了，微微鞠了一躬。

一問之下才知道，桐山目前住在大分，但原本是柔情便利店的老主顧，也認識光莉。桐山從小就立志成為漫畫家，但是他的漫畫之路一直不順利。他想要放棄漫畫，卻遲遲無法放棄，至少希望有人看自己的作品，為此煩惱不已。這時，他和光莉的共同朋友老二對桐山說「我認識一個人，雖然不是職業漫畫家，但在網路上持續創作漫畫」，把光莉介紹給桐山認識。

「我對這方面完全不熟，而且一直堅持手繪，所以甚至不知道要怎麼使用繪圖板。中尾太太幾乎每晚都教我，才總算會用了，但光是通電話，還是有很多不了解的地方，所以就請中尾太太抽空和我見面。」

桐山害羞地說。他不僅和老二是朋友，和老二的弟弟志波交情也很好，今天晚上就會住在志波家。更令人驚訝的是，光莉說，康生也知道她今天和桐山見面的事。

「桐山說，想看我創作漫畫的環境，所以今天晚上要請他回家吃晚餐。爸爸聽了幹勁十足，跑去釣魚了。」

原本以為爸爸去上班了，沒想到竟然請了年假去釣魚。恆星感到愕然，因為他完全不知道。光莉不以為然地說：「因為如果告訴你，你只會露出不屑的表情，然後又會說什麼又是漫畫，所以我打算到時候再告訴你。你是不是會這麼說？」

「這……嗯，那個……」

恆星在所有人的注視下低了頭。桐山靜靜地說：「恆星，聽說你並不喜歡媽媽創作漫畫。我覺得一直沒有放棄小時候喜歡的事很了不起，而且能夠持續樂在其中，真的很了不起，更何況你媽媽的作品很受肯定。你有沒有看過別人如何留言評價你媽媽的作品？『很期待更新的內容』、『我等很久了』。類似的留言不計其數。自己創作的作品能夠為別人帶來力量很了不起，甚至可以說是奇蹟。」

桐山越說越激動，恆星內心感到很不可思議。他第一次看到有人這樣稱讚媽媽，而且他以前完全不知道媽媽從小就喜歡漫畫。雖然知道媽媽很會畫畫，但從來沒想過媽媽為什麼開始畫漫畫，感覺他懂事的時候，媽媽就開始畫漫畫了。媽媽到底是從什麼時候開始創作漫畫？

「光莉阿姨，妳在創作漫畫嗎？」

三隅問，光莉回答說：「雖然是這樣，但因為某些因素，所以並沒有告訴太多人。妳也可以為我保密嗎？」說完，操作著手上的平板電腦，說了聲「就是這個」，出示在三隅面前。

「哇！」三隅驚叫起來，「真的假的！我超愛這部漫畫！每次更新都有追。」

「啊！真的嗎？三隅，妳也有在看？」

「啊?!所以費洛店長該不會就是他！」

「就是他！就是他！」

「喔喔！那的確要保守秘密！啊，等一下，那小步該不會也真有其人？就是那個熱情活潑，又很黏人的犬系美髮師！」

「呵呵呵，秘密。」

三隅興奮起來，簡直和前一刻判若兩人，然後抓著恆星的肩膀說：「難怪光莉阿姨很充實啊，她當然很滿足啊。」

「不知道妳在說什麼。」

「啊？你真的不知道嗎？光莉阿姨的漫畫超紅，最重要的是，漫畫的內容都超有趣。你看了之後，一定會很崇拜你媽，而且也會放心的。」

「我看過一次，完全搞不懂哪裡有趣。」

恆星搖著手說，三隅皺著眉頭說：「我跟你說，看一次絕對不行，八成只看了一集就放棄了。你太早放棄了，至少要看五集才行。」

三隅一副很在行的態度，光莉笑著對她說：「謝謝妳。」桐山語帶羨慕地嘆著氣說：「真羨慕，能夠遇到喜歡自己作品的粉絲太幸福了。」老二笑嘻嘻地看著他們。

怎麼回事啊？恆星在內心嘀咕。怎麼會變成這樣？但他很高興光莉並沒有外遇。

那天晚上，除了桐山以外，三隅也來中尾家吃晚餐。

「怎麼回事？怎麼回事？是恆星的女朋友嗎？」

康生看到三隅，顯得很高興，在廚房興致勃勃地整理他釣魚的成果。桐山、三隅和光莉在客廳的電腦前聊得不亦樂乎。光莉看起來比平時心情更好，始終眉開眼笑。

「爸爸，你知道媽媽一直都很喜歡漫畫嗎？」

恆星坐在廚房吧檯的椅子上，遠遠看著客廳內的三個人問。

「當然知道啊。」康生回答說，「我剛認識媽媽的時候，她想當漫畫家，但認識爸爸之後，我們很快就結了婚，生下你之後，媽媽就放棄了。因為媽媽說，在你長大之前，要專心育兒。」

「為什麼？」

恆星驚訝地問。難道是因為自己的關係放棄了嗎？康生很受不了地說：「當然是因為愛你啊。你從出生的時候開始就體弱多病，而且不太會喝母奶，又整天哭鬧不睡覺，總之，是一個很不好帶的孩子。想要好好照顧你長大，根本沒時間畫漫畫。」

恆星完全不知道這件事，他滿臉驚愕。康生充滿懷念地說：「你不是在小學高年級時開始打籃球嗎？你的身體從那時候才開始比較強壯，而且你也愛上了打籃球。上了國中之後，更是滿腦子只有籃球，我們就再也沒有全家一起出門了。」

康生在說話時，動作俐落地切著鰈魚。他可能要做成紅燒和油炸。

「在你國一那一年，新年的時候說好全家要一起去神社參拜，你說不想去，想去練籃球，然後就出門了。這件事之後，媽媽就說，她似乎可以重新找回自己的興趣了。」

恆星默默注視著康生的手。以前熱中籃球時，的確把社團活動放在第一位。

「持續投入自己喜愛的事物沒有想像中這麼容易。」康生說：「你觀察一下周圍就會發現，能夠不顧一切地投入自己喜愛事物的人少之又少。首先，找到自己喜歡的事物就很難，然後要具備能夠讓自己投入的環境和狀態又是一件難事。除此以外，可能還需要才華。一旦覺得自己無法再進步，就會放棄了。」

恆星看著自己的手掌。不再打籃球之後，手掌的皮膚不再像以前那麼粗糙。雖然曾經很投入，但之後覺得自己沒有打籃球的天分，就決定放棄了。父母當時完全沒有說什麼，也許是因為了解堅持自己的興趣是多麼困難的事。

「當時我曾經對媽媽說，既然這樣，那我就暫時不釣魚了，媽媽說，沒必要連我也放棄自己的興趣，但是媽媽提出了一個要求，那就是有朝一日，當她重拾漫畫時，希望我可以默默支持她。我很幸運，能夠盡情地投入自己喜歡的事。」

康生把半尾鰈魚放進鍋裡。加了高湯和醬油的湯汁沸騰，飄出香噴噴的味道。恆星嗅聞著香氣，看著光莉。

爸爸去釣魚時，媽媽從來沒有露出不悅的表情。即使爸爸整天都煮魚，媽媽也沒有半句抱怨。原來這是用實際行動支持爸爸的興趣嗎？爸爸每天晚上十點就回臥室睡覺，也是表示支持媽媽的創作活動。

「我看到媽媽很快樂，我就也很快樂。」康生深有感慨地說。

恆星看向康生，發現康生注視著光莉，眼神和以前看相簿時沒有任何不同。啊啊，原來爸爸和媽媽之間，仍然有維持不變的東西。恆星感受到這件事，一股暖流在內心擴散，而且也開始尊敬他們能夠持續呵護自己喜愛的事物。他相信父母曾經遭遇挫折，也曾經感到厭倦，但是他們仍然快樂地持續自己的興趣。

那我呢？以後還會想要打籃球嗎？還是會發現新的興趣，漸漸愛上呢？只要有喜歡的事物，自己內心的空洞就會被填滿，然後找回自信嗎？他很希望可以這樣。

康生把太白粉撒在鰈魚上。恆星看著他熟練的動作問：「我下次可以跟你去釣魚嗎？」康生猛然抬起頭，興奮地問：「你願意和我一起去嗎？」

「只去一次的話。」

「這樣啊，那真是太好了。」康生重複著這句話，還哼起了歌。

吃完晚餐，三隅說：「我要回家了，否則奶奶會擔心。」桐山原本說要和她一起回小金村大樓，但和康生聊得很投入，兩個人正喝酒喝得很開心。桐山準備起身時，三隅笑著說：「沒關係，我可以自己回家。」說完，就開始穿衣服。恆星站起來說：「那我送妳回家。」

「要負責送三隅到家喔。」光莉再三叮嚀，送他們出了門。風很冷，恆星忍不住縮起了腦袋。三隅對他說：「你看，天空好美。」恆星抬頭仰望，看到了冬日清澈的夜空，忍不住坦誠地對著閃爍的星星說：「真的太美了。」然後發現自己很久沒有帶著這種心情看天空了。

「三隅，今天很感謝妳，多虧有妳幫忙。」恆星說。

「我根本沒做什麼啊。」三隅聳了聳肩說，「即使你直接回家，看到桐山先生，然後就會知道真相，所以根本不是我的功勞。」

「才不是這樣。」恆星語氣強烈地說，然後又鞠躬說：「但是很對不起，還讓妳說了妳家的事。」

「那是我自己想說才說的。你真的很老實，呵呵。」

三隅笑著調侃道，她的老神在在讓恆星有點不知所措。

「啊，所以妳是因為妳媽媽外遇，所以才住在奶奶家嗎？」恆星問。

「因為我戳穿了我媽外遇的事，所以我爸媽就離婚了。」三隅一臉無趣地說，「我叫我媽不要外遇，她竟然大言不慚地說什麼『原來被發現了，既然被發現了，那我就不再當妳的媽媽了』。」

「啊？我聽不懂是什麼意思。」

恆星驚訝地問，三隅也點點頭說：

「真的不知道她在說什麼，但是其實我爸爸之前就隱約察覺到媽媽外遇，他說既然這樣，繼續維持這個家也沒有意義，所以就提出離婚了，還問我，是不是無法再相信父母，然後他們兩個人都離開了。」

恆星忍不住停下腳步。他不知道該說什麼，所以絞盡腦汁思考著。走在前方的三隅說：

「你不必為我擔心，他們都說會幫我出大學的學費，而且奶奶也很高興和我一起生活，所以很輕鬆。」

「但是……但是，妳不覺得寂寞嗎？妳當初不是為了家人才那麼做嗎？」

恆星今天只是稍微跟蹤了一下，就覺得心痛欲裂，好幾次都想哭，甚至想要逃走。三隅之前一個人做這件事，而且想像她得知事實真相時的情況，就感到很難過。

「妳雖然很希望那不是真的，但還是很努力了解真相，最後一家人反而各奔東西，這未免太不公平了。」

三隅的努力沒有得到回報。恆星感到懊惱不已，眼眶發熱。三隅見狀，露出一絲不悅的表情說：

「我現在已經沒有這種感傷了。」

「但是……」

「我已經完全不在意了。」

三隅語氣堅定地說，她堅定的態度讓恆星陷入了沉默。

「我真的不在意了。」三隅擠出了笑容，「而且剛才看到你們一家人，就覺得我們家真的不行，因為氣氛完全不一樣，反而感受到一種壓倒性的說服力，讓我覺得很好笑。」

三隅輕輕拍了拍恆星的背，放聲大笑起來。

「中尾，班上有很多女生都很喜歡你，我之前完全搞不懂你有什麼好，但我相信一定是這種純真很吸引人。」

「什、什麼意思啊？」

為什麼在這種時候提女生喜不喜歡這種事？恆星有點臉紅，雖然是晚上，但似乎仍然被三隅發現了。

「好可愛，好可愛。」三隅用好像在對小動物說話的語氣說。

「那、那我問妳，妳喜歡什麼樣的男生？」

「啊？小關。」

三隅坦然回答，恆星說不出話。三隅完全沒有害羞，繼續對他說：「小關真的很不錯。」

「妳喜歡小關嗎？」恆星問。

「嗯，超喜歡。」三隅點了點頭。

怎麼回事？為什麼覺得胸口悶悶的？

恆星有一種好像胃脹氣般不舒服的感覺，忍不住皺起了眉頭。剛才還很清醒的腦袋，好像突然起霧了。

昨天想到三隅可能喜歡小關時，擔心小關會遠離自己而感到寂寞，今天只是確定了三隅的心意，為什麼會這麼心慌意亂？

「妳要、向他告白嗎？」

恆星發現自己問話的聲音有氣無力，連他自己都感到驚訝。三隅並沒有發現他的異狀，回答說：「我打算向他告白，要先和他搞好關係，但是可能很難，因為我上次惹他生氣了。」

「啊，妳是說照片的事嗎？」

「對，我看到那張照片時，有一種觸電的感覺。雖然我們同年，原來他有這麼豐富的感情！所以我才會對他說那句話。」

「是喔。」恆星含糊地應了一聲。他覺得三隅真的很喜歡小關的那張照片，然後發現自己的胃越來越沉重。

「但是我不知道他為什麼會生氣，所以要先問清楚理由，然後向他道歉，唉！」

三隅嘆了一口氣。她的嘆息聲聽起來很嫵媚，恆星忍不住心跳加速。等一下，我幹嘛要心跳加速？

「啊，柔情就在前面，你送我到這裡就行了。」

三隅看到遠處柔情便利店的燈光說道。

「不，沒關係，我送妳到門口。」

如果不送她到電梯口，就失去了送她回來的意義。無論如何，我是男生。一方面是因為自尊心的關係，恆星用強烈的語氣說道。三隅只是簡短回答說：「喔，好。」一到停車場，她就揮了揮手說：「謝謝，晚安。」然後跑向公寓。恆星空虛地看著她頭也不回的背影。

「咦？恆星。」

聽到叫聲，恆星緩緩轉過頭，發現志波從便利商店探出頭向他打招呼，「你一個人嗎？桐山先生呢？」

「啊，他在家裡和我爸爸一起喝酒，可能會晚一點回來。」

「這樣啊，這樣啊，我也還不能下班，所以剛好，你要進來看看嗎？」

恆星聽到志波這麼問，點了點頭。他走進店裡，心不在焉地逛了起來。三隅到底喜歡小關什麼？果然是因為他看起來很成熟嗎？如果小關聽到三隅剛才說的事，應該不會說出像我這麼蠢的回答，一定能夠說出讓三隅安心的話。

「啊！媽的！」

真是太沒出息了。平時就對小關有一種近似崇拜的感情，所以現在更覺得自己很沒用。不，等一下，我為什麼要一直思考三隅的事？她剛才不是說，班上很多女生都喜歡我嗎？我也有我的優點……不，三隅剛才說，她不了解我有什麼優點。

「唉，煩死了。」

恆星一屁股坐在便利商店通道正中央，用力抓著頭，重重地嘆著氣。

「喂，戀愛少年，你擋路了。」

聽到聲音回頭一看，發現老二站在那裡。

「光莉姐的兒子，今天真是有緣啊，你叫……」

「我叫恆星。老二叔叔，你為什麼在這裡？」

恆星在問話的同時站了起來，老二說：「我和良郎約好要一起喝酒，今晚我也要住在老三家，所以我來買下酒菜。」

老二手上的購物籃內裝了各式各樣的食物，恆星也告訴老二，桐山可能還不會這麼快回來，老二說：

「很好啊，他這次來這裡的目的就是和光莉姐見面，我們只是錦上添花。先不說這個，你知道冷凍食品的烤牛五花改良過了嗎？現在變得超好吃，肉片也變得超厚。」

老二拿起購物籃內的冷凍食品，熱心地向恆星介紹，恆星問他：「剛才的戀愛少年是怎麼回事？」正自言自語著「要不要多買一盒？」的老二將視線移回恆星身上回答說：「我看到了啊，我剛才在店裡看著你和三隅，你是不是喜歡她？」

什麼？我喜歡三隅？恆星滿臉錯愕，老二拍了拍他的肩膀說：「很不錯的女生，乖巧懂事，你很有眼光喔。」恆星想了一下，然後發現自己的臉越來越紅。原來是這樣，原來這就是喜歡。

恆星感到很難為情，衝出了便利商店。冷風拂在他發燙的臉上。

經由老二的提醒，他認為那的確是喜歡的感情。但是，三隅已經親口說她喜歡小關，自己根本無可奈何，而且自己也比不上小關。既然三隅喜歡的對象是小關，自己就毫無勝算。

他充分冷靜之後，停下腳步，嘆了一口氣。吐出的白氣立刻融入黑夜，消失不見了。

隔週，全班停課就結束了。

終於又重新和小關一起上學的路上，恆星告訴他，光莉並沒有外遇的事，小關面帶微笑說：

「太好了，我就說你媽不像是會外遇的人。」

「嗯，是啊，我完全誤會了。」

恆星難為情地抓著頭，偷瞄了小關一眼。停課期間，他一直都在想小關的事。如果三隅向小關告白，不知道小關會有什麼樣的反應？可能覺得很好玩而點頭答應，也可能覺得很麻煩而拒絕。恆星根本不知道小關喜歡哪一種類型的女生，所以也無法想像。

「你為什麼知道你媽沒有外遇？」

「你聽我說……」

聽到小關問這個問題，恆星差一點說出和三隅一起跟蹤的事，但很快閉上了嘴。不知道為什麼，他不太想提這件事，所以他在說明時省略了遇到三隅的部分。

「我媽帶他回家了，說是要向她學漫畫的徒弟。」

恆星並沒有說謊，但仍然有一絲罪惡感。總覺得有所隱瞞，心裡有點不太舒服。

小關完全不了解恆星的這種想法，聽得很投入，恆星覺得很對不起他。

「這樣啊，前補習班老師繼續創作漫畫嗎？要怎麼在網路上發展？」

「他說先把之前的漫畫上傳，我看了一些，感覺很不錯。」

雖然桐山的畫風不太符合流行，老實說，有點落伍，但有一種懷舊的風格，恆星很喜歡，只不過劇情不太吸引人，很像是用以前看過的故事拼湊出來的。光莉可能也有同感，建議他可以考慮專注在畫畫上，請別人寫故事。

「他在這裡住了三天，因為我們班停課，整天閒著沒事，所以就一直和桐山先生混在一起。他以前是補習班老師，果然不是混假的，真的很會教，真希望在期末考之前就認識他。」

桐山之前在補習班教國中國文，所以知識很豐富，解釋也很清楚。恆星一直沒有寫《舞姬》的閱讀心得，桐山用很戲劇化，而且通俗易懂的方式為他分析重點時，他不由得感動不已，也順利完成了閱讀感想。

「我忍不住對他說，他辭去補習班老師的工作太可惜了！喂，小關，你怎麼了？」

小關突然陷入了沉默，恆星探頭看他的臉，他小聲說：

「這搞不好行得通。他可以用漫畫的方式來表現文學，而且專門針對考生，指出必須掌握的重點。」

「喔喔。」

恆星想起小學圖書室的偉人傳記漫畫。下雨天，無法去外面玩時，經常看這些書打發時間。內容很生動有趣，他就是透過那些漫畫，認識了愛迪生、織田信長那些偉人。

小關的意思是，桐山可以像偉人傳記漫畫一樣，用他的畫、他的教法來表達文學作品。

「很不錯喔。」

而且如果可以用手機閱讀就很方便。恆星很佩服小關的想法，對他說：「你太厲害了，竟然想到這個點子。」

「以前不是就有類似這種的嗎？我只是覺得現在有太多各種作品，只能加強自己擅長的部分作為特色。」

「我覺得是超棒的點子，我可以和桐山先生分享嗎？」

「隨你啊，即使他真的這麼做了，也未必會紅，就看他的造化了。」

等一下要和桐山聯絡。桐山用他的畫風畫《夜長姬和耳男》，應該會很有趣。

恆星想著想著，忍不住露出了笑容，有人用力拍了他的後背。回頭一看，三隅站在他身後。

「中尾、小關，早安。」

「早、早安。」

恆星結結巴巴地向三隅打招呼時，三隅已經超越了他們。可能好朋友在前面，向他們揮了揮手，跑向校舍的方向。

「三隅竟然會主動打招呼，真難得啊。」

小關納悶地說，恆星附和說：「是啊。」雖然他猜想是因為前幾天發生的事，三隅才會主動打招呼，腦海中的另一個自己卻在說，三隅只是想和小關打招呼。

「小關，你覺得三隅怎麼樣？」

恆星忍不住脫口問道，問出口之後，才驚覺闖禍了，暗自著急起來。他原本並不打算問，但既然已經問了，就很好奇小關的回答。他努力克制內心的慌亂，轉頭看向小關，小關滿不在乎地打著呵欠說：

「沒興趣。」

小關的態度就像聽了一堂無聊的課，原本繃緊神經的恆星有點洩氣地回答：「是喔。」一輛車子從恆星身旁駛過，小關拉著他的手臂說：「太危險了，」然後又補充說：「如果真的要說，我有點討厭她。」

「呃、啊？你說三隅嗎？」

「嗯，我討厭像她那種人，會把自己的感情強加於人。」

小關語氣堅定地說，恆星感到內心隱隱作痛。

「啊，那個、我、可能、喜歡、三隅。」

恆星吞吞吐吐地說了出來，小關驚訝地瞪大眼睛，然後只說了一句：「是喔。」

……完蛋了，我到底說了什麼啊！

恆星一整天都悶悶不樂。當時根本不需要說那句話，但為什麼脫口說了出來？是想要牽制小關？不，不可能，因為小關已經說討厭三隅了。既然這樣，那又是為什麼？

第六節課也快下課了。恆星注視著坐在斜前方聽課的三隅後背。三隅如果得知小關說討厭她那種類型的人會傷心嗎？她即使向小關告白，也會遭到拒絕。啊啊，我知道了，可能是我內心的三隅在傷心，所以我想安慰她，才會說我喜歡她這種話，問題是根本沒有安慰到她。

恆星感到心痛，也對這樣的自己感到驚訝。不久之前，那個對戀愛、愛情這種事不屑一顧的自己已經消失不見了。

幾天之後，事態有了令人驚訝的急速發展。三隅向小關告白，然後被狠狠甩了。恆星從田淵口中得知了這件事。「三隅在門司港車站前哭得超傷心，真不知道他是怎麼拒絕的，才會讓女生哭成那樣。」田淵顯得有點忿忿不平，他向來對女生很溫柔，無論是主動還是被動分手，都從來沒有女生說田淵的壞話，所以田淵可能無法相信這種事。

「啊？這是什麼時候的事？」恆星問。

田淵回答說：「昨天傍晚。」昨天傍晚，小關說要去小倉看牙醫，所以他們放學後沒有一起回家。三隅今天請假沒來上學。

「恆星，你和他關係很好，記得開導他一下。」

田淵告訴恆星這件事，似乎就是為了這個目的，說完之後，就回去了自己的教室。恆星正準備站起來，但又重新坐了下來。小關今天早上和平時沒什麼兩樣，而且也沒有向恆星提這件事。小關為什麼沒有告訴自己？

是因為我說喜歡三隅，所以小關產生了顧慮嗎？即使告訴我也沒有關係，因為我早就知道三隅的心意了。

「不好意思，我有點不舒服，所以先回家了。」

恆星向坐在旁邊的女生打了聲招呼，收拾東西準備回家。那個女生問他：「沒事吧？」他敷衍地點了點頭，走出了教室。去鞋櫃時，必須經過隔壁教室。他加快腳步，想趕快經過隔壁教室，沒想到小關剛好在走廊上。

「怎麼了？要回家了嗎？」

「嗯，嗯嗯，因為有點不舒服，對不起。」

恆星很想和小關聊一聊。不，並不想和小關聊天。他走過小關身旁時，連他自己也搞不太清楚的感情在內心翻騰。

他直奔小金村大樓。來到電梯前，才發現自己並不知道三隅住在哪一戶，更何況見到三隅時，到底要說什麼？他站在原地發呆，聽到有人叫他。「中尾？」回頭一看，三隅拎著柔情便利店的袋子站在那裡。她戴著黑框眼鏡，恆星發現她真的視力不太好。

「你在這裡幹什麼？」

「不，那個，我聽說了昨天的事，所以……」恆星支支吾吾地說。

「喔。」三隅點了點頭，似乎立刻心領神會，然後指了指外面說：「所以你蹺課了。光莉阿姨正在上班，我們出去吧。」

他們漫無目的地走向海邊。三隅把剛買的肉包子分成兩半，把其中一半給了恆星。恆星咬著冒著熱氣的肉包子，三隅語氣開朗地說：「我原本很喜歡他，但後來發現只是喜歡我自己想像中的小關。」

「什麼意思？」

三隅滿嘴都是肉包子，她把肉包子吞下去之後，緩緩開了口。

「在我內心，有一個小關的理想形象。我一直覺得小關總是用冷眼看世界，具有不會被自己的感情左右的冷靜，也很堅強剛毅。」

「妳為什麼會這麼想？」

「你有沒有看過小關得獎的那張照片？就是那張名為『恐懼』的照片。」

恆星點了點頭。前幾天，他找出了國中時，學校發的報紙影本。因為他想確認一下，三隅說得口沫橫飛的那張照片到底長什麼樣子。

說起來，那是一張平淡無奇的照片。躺在地上的老狗抬起頭，看著鏡頭後方的主人。

「那是小關養的狗臨死時的照片，我的確在那隻狗的眼中看到了對死亡的恐懼和絕望，最先想到的是，原來狗也怕死，然後發現了小關冷靜地拍下愛犬恐懼的視線，忍不住顫抖不已，覺得他能夠放下愛與情看世界，這對我造成很大的震撼。因為那張照片，我才能夠放下自己的感情，看待父母的事。」

三隅繼續訴說著那張照片帶給她多大的力量。

「當我按下相機的快門，拍下母親和外遇對象走進摩鐵的身影時，感覺到感情離開了自己的身體。啊啊，原來這就是上帝的視角，原來小關具備了更高潔的視線。」

他們走向門司港懷舊展望室，知名建築師設計的高層大樓的頂樓是展望室，開放給民眾參觀。展望室可以眺望門司港的懷舊建築，也可以看到遠處的關門橋。也許是因為非假日的關係，沒有太多民眾參觀。恆星和三隅坐在風景最好的長椅上。恆星遞給三隅一罐剛才在路上買的熱奶茶，然後打開了自己的那一罐。帶著甜味的熱氣飄進鼻腔。

「昨天傍晚，剛好看到小關，而且只有他一個人，於是我就叫住了他。一方面想知道他上次為什麼生氣，而且也希望他了解我的心意，然後就說了剛才那些話，沒想到他一下子暴怒。」

喀咻。三隅打開拉環，難過地笑了起來。
「他說，我才不是帶著那種心情拍牠！還說那不是生命或是愛這種膚淺的東西。」
三隅說，小關露出輕蔑的眼神看著她，生氣地說：「妳太可惡了！」
「我很受打擊，哭得稀哩嘩啦，我搞不懂他為什麼要這樣罵我，最重要的是，我原本以為小關了解我的心意，但其實只是我一廂情願的期待。」
三隅喝了一口奶茶說：「我真傻，根本就不該抱有期待。」
「……小關出生的時候，他們家開始養奇可，就像他妹妹一樣。」恆星喃喃地說，「他很愛奇可，他開始學攝影，也是為了拍奇可。」
恆星讀小學時，經常看到小關帶著奇可散步。無論雨天還是下雪天，小關總是開心地帶奇可散步，用掛在脖子上的相機為奇可拍照。
小關並沒有把那張照片寄去報社參加比賽，而是小關的母親覺得那張照片很棒，未經他同意，就寄了那張照片。學校接到得獎通知後，小關才知道他母親做的事，氣得跳腳。他揚言要拒絕領獎，無論校長和班導師怎麼說服，他都沒有點頭。
「當時我並不知道奇可死了，所以只覺得他很奇怪，所以就對小關說『我覺得那張照片很棒』，結果他大聲反問我：『棒在哪裡啊？』」

恆星看著那張照片的影本，清楚想起了這件事。國中二年級時，自己只是單純地覺得那張照片「很棒」，只是一張普通的好照片，所以他向小關表達了自己的意見。

「我對他說，奇可只是像平時一樣看著他，奇可的眼中只有他。」

小關聽了這番話，整個人突然放鬆下來，之後，他就接受了那個獎，並取名為「恐懼」。

「我後來才知道，那是奇可臨死時的照片。我覺得是小關感到『恐懼』。從他出生開始，就一直形影不離，總是信賴他，眼中只有他的存在突然離開了這個世界，他為此感到恐懼。我相信他是因為不想失去奇可，努力想要留下，所以才按下了快門。」

恆星喝了一口奶茶，繼續說了下去，「所以他聽到妳說他很冷靜，才會突然暴怒。」

三隅把玩著手上的奶茶罐，突然看向窗外說：「果然和我想像的不一樣，我期待他更冷靜果斷。」

「……我能夠理解妳對小關的心意，而且也了解能夠冷靜面對狀況的人有多麼重要。上次妳陪我的時候，就幫了很大的忙，我很感謝妳。」

三隅將視線移回恆星身上，恆星對她說：

「但是，如果因為這樣，我就說妳『冷靜堅強太帥了』，是不是很莫名其妙？如果我說喜歡這樣的妳，妳是不是會生氣？我想小關就是因為這個原因生氣。」

三隅注視著恆星片刻，突然站了起來，把沒有喝完的奶茶放在剛才坐的位置上，靜靜地說：「中尾，你喜歡自說自話嗎？還是你想表示自己很了解小關？對不起，我不想聽這些，反而覺得很煩。」

「呃，啊。」

「再見。」三隅說完，轉身離開了。恆星還來不及阻止，她就搭電梯消失了。

「啊？為什麼？」

他完全搞不懂三隅為什麼生氣？自己是不是該去追她？他站起來，然後又坐下，重複了幾次這樣的動作後，聽到了呵呵的笑聲。

「咦？啊，小關?!」

不知道為什麼，小關竟然站在那裡。

「因為我看到你回家時的神色很凝重，所以很擔心。」

小關開心地笑了起來，拿起了三隅留下的奶茶罐。

「也不拿去丟掉，真是太離譜了，等一下來丟。」

小關拿著奶茶罐，在恆星身旁坐了下來，然後說了聲：「謝謝你。」

「謝、謝什麼？」

「我聽到了你們的談話，然後想起國中二年級時，我還沒有向你道謝。謝謝你懂我的那張照片。」

原本微蹲著的恆星聽到小關嚴肅地說的話，又重新坐了下來，喝了一口還沒喝完的奶茶說：

「有什麼好謝的？這哪是什麼值得道謝的事？那就是我在那張奇可的照片中看到的，就只是這樣而已。」

「雖然你說只是這樣而已，但只有你懂我。」小關深有感慨地說，「所以你什麼都沒問，我超感激你。」

小關看向窗外。冬天厚實的雲層出現了一道剛才沒有的縫隙，可以看到一小片藍天。

「奇可死的時候我超害怕的，那兩隻眼睛的主人離開這個世界之後，我到底該怎麼辦，然後就按下了快門。就像你說的，我只是希望可以留下來，不顧一切地想要留下來。」

小關握著奶茶罐的手很用力，指尖都變成了白色。

「奇可的照片公諸於世後，很多人都說我很冷漠，於是我有點搞不太清楚，在重要的對象死去的瞬間，隔著鏡頭看牠，是不是一個冷酷無情的人。我開始覺得我是為自己拍下了那張照，為奇可帶來了悲傷，所以之後我就無法再拿起相機。」

恆星第一次聽到小關內心的告白，但不可思議的是，他有一種好像不是第一次聽到的感覺，只覺得原本隱約看到的事變得更加明確了。

同時，他也開始反省。原本一直以為小關很老成，原來他和自己一樣，有很多苦惱。因為自己了解小關，所以不需要多問，但這反而讓小關把苦惱壓抑在內心，應該讓小關有機會一吐為快。自己什麼事都會找小關商量，只要自己多用點心，應該會想到這件事。

「並不是只有我懂你，而且我不是什麼都不問，只是缺乏好好發問的能力而已，才不是你說的那種貼心的理由。」

恆星嘿嘿笑了起來，小關說：「這樣很好啊，所以我和你在一起很自在。」

聽到小關用柔和的語氣說的話，恆星高興起來。這代表我對小關也有點幫助。

「所以像三隅那樣，把她一廂情願的印象強加在我身上，就讓我壓力很大，所以我才會那樣對她。抱歉啊，你不是喜歡她嗎？」

啊，三隅剛才說我很煩。恆星慢了很多拍，才想到這件事，內心有點沮喪，但原本就知道三隅喜歡小關，所以這也無可奈何。

「沒關係，也許之後關係又會慢慢好起來。而且，我現在……沒事，我想找能夠和我用相同的角度，欣賞我覺得很棒的照片的人。」

他想起家裡客廳的照片，以及父母露出相同的微笑看著照片的身影。我要找一個一輩子都可以那樣的人。

「是啊，我也這麼覺得。」

小關輕笑起來，然後站起來說：「要不要去吃拉麵？我請客？」

「啊？真的嗎？為什麼請客？」

「因為我想啊，如果你不想被請就算了。」

「啊？不要啦，請我吃啦。我想吃，拜託了！」

恆星慌忙站了起來，小關笑著說：「我真是太喜歡你了。」

寫了「24」的倒數日曆餅乾是粉紅色心形。

「你幹嘛看那麼久？」

恆星看著拿到的餅乾，收銀台內伸出一隻手，把餅乾搶走了。餅乾回到他手上時，已經碎成了兩半。

「好過分！為什麼要這樣？」

恆星擔心餅乾繼續遭到摧殘，立刻放進口袋表達抗議，站在收銀台內的三隅把頭轉到一旁。

「因為我很生氣，你們為什麼在一起？」

今天是平安夜，恆星和小關一起來柔情便利店買東西，發現三隅在店裡，恆星在結帳時也有點尷尬。之所以會和小關在一起，是因為今天開始放寒假，他們打算熬夜玩遊戲慶祝，要以最快速度攻下三天前上市的角色扮演遊戲，只不過他覺得即使向三隅這麼解釋也無濟於事。

戴著聖誕老公公帽子的三隅始終皺著眉頭，看起來心情很差。

「我有惹到妳嗎？」

「煩死了。」

三隅不悅地說，恆星的內心深處隱隱作痛。他不記得自己做了什麼會這麼惹她討厭的事。

「恆星，結完帳就趕快走了啊。」

小關根本沒把三隅放在眼裡，三隅似乎也為這件事更加生氣。她瞪了小關一眼，但小關根本不在意。

「怎麼了、怎麼了？吵架了嗎？」

抬頭一看，原來是老二。三隅發現是老二，立刻露出滿面笑容。

「老二叔叔，歡迎光臨。今天是平安夜，你不陪女朋友嗎？」

「我根本沒有女朋友。」老二聳了聳肩說。

「不可能吧！」三隅露出欣喜的表情，「既然你沒有女朋友，我可以報名嗎？」

「不要，我對蘿莉沒興趣。」

咦？難道三隅轉移目標了？恆星正感到驚訝，老二問他：「恆星，你也沒有人陪嗎？」恆星指了指小關，老二摟著他的肩膀笑著說：「那我們去吃飯。你們不是閒著沒事嗎？陪我一起去吃飯，我會打電話通知光莉姐。」

「啊、啊？真的嗎？」

恆星第一次和老二一起出去，忍不住感到高興。他之前就很好奇，不知道老二是什麼樣的人。他看向小關，小關默默點了點頭，於是就認為小關也同意了。「我們捨命陪君子。」恆星在說話時，感受到一股怨念，轉頭一看，發現三隅狠狠瞪了過來，眼睛好像會射出毒針。

「中尾，你真的超讓人火大。」

毒針刺進了內心深處，但是能夠和老二一起出門的喜悅更強烈。

「三隅，聖誕快樂！」

恆星笑著說，三隅對他用力吐著舌頭。

「走囉。」

恆星跟著老二走出便利商店，冰冷的東西飄落在臉上，抬頭一看，天空飄著雪。

「哇啊！白色聖誕節！」

「和兩個高中男生在一起，白色聖誕節也浪漫不起來。」

老二哈哈大笑起來。

「你不是被甩了嗎？沒關係，多談幾場戀愛就沒事了。」

「嗚嗚……竟然被發現了……老二叔叔，你談了很多場戀愛嗎？」

恆星仰望著夜空問，老二的笑聲停止了。恆星納悶地轉頭一看，發現老二也看著夜空。他的雙眼露出了平時不曾見過的溫柔和悲傷。

「不會再有了。」

老二的聲音變成了白色的氣體，融化在夜空中。不知道他曾經發生了什麼？恆星很想問，但無法問出口，於是默默地將視線移回了夜空。

不久之前，還覺得不存在戀愛或是愛情這種東西，但是原來在我出生之前，愛就已經存在，而且我也有戀愛的感情。三隅也有戀愛。老二應該經歷過戀愛，也經歷過愛情，世界上有滿滿的戀和愛。也許以後我也會了解什麼是愛，也許會渴望愛，失去愛，又哭又笑，有朝一日，也許會像爸爸、媽媽一樣得到屬於我的愛。雖然還是很久以後，很遙遠的未來才會發生的事。

「老二叔叔，愛好像很偉大。」

老二聽了恆星的話，哈哈大笑起來。

「真羨慕高中男生啊。你向聖誕老人許願，他就會送給你。」

寒風吹來，恆星抖了一下，把手放進口袋，摸到了那顆心。

第6章

聖誕
狂想曲

八點四十五分。九點開始上班的中尾光莉打開員工休息室的門，玫瑰香氣頓時撲鼻而來。

「玫瑰的存在感太強了！」

她忍不住叫了起來，打量室內，發現休息室中央的桌子上，放了兩大束必須雙手才能抱起的花。兩束花都是鮮紅的玫瑰，其中一束玫瑰花的花瓣上還有金色圖案。她以為是假花，湊近一看，才發現是玫瑰鮮花。在像天鵝絨般的花瓣上，用金粉寫了字。

「mon chéri」

超過三十支玫瑰花的所有花瓣上，都寫滿了同樣的文字。愛好沉重……光莉露出僵硬的笑容。

「這應該超貴吧，雖然我知道應該是甜言蜜語，但到底是什麼意思？」

「mon chéri，好像是我心愛的人的意思。」

早一步走進休息室的大學生村岡看著手機螢幕說。村岡應該也發現了那些金色的字。

村岡抬起頭，打量休息室內，皺著眉頭說：「他也太受歡迎了。」

村岡開始在柔情便利店打工將近一年，但對志波敬而遠之。據他說，雖然不討厭志波，但只要一靠近，鼻子就很癢，會不停地打噴嚏。他滿不在乎地說：「可能和花粉症差不多。」但是被當成花粉的志波每次都很傷心。

「我至今仍然搞不懂店長到底有什麼魅力，但有時候會覺得我是不是邊緣人。」

村岡感慨地說。光莉也打量室內，空間並不大的休息室內放滿了五花八門的禮物，巨大的絨毛玩具、名牌紙袋，還有綁了繽紛緞帶的禮物盒，全都是送給店長志波的聖誕禮物。志波的眾多粉絲都趁節日大手筆地送禮物給他。

「店長不是昨天晚上九點才下班嗎？為什麼沒帶回家？」

村岡問，光莉收起了臉上的表情說：

「他已經把昨天的份帶回家了……」

昨天平安夜時，光莉的上班時間是從上午到傍晚，即使現在回想起來，仍然覺得是反胃的一天。便利商店內堆滿了聖誕商品，除此以外，送給志波的禮物又接連送上門。志波站在收銀台前時，他的面前大排長龍，簡直就像是偶像的簽名會或是握手會。

「很高興能夠在平安夜看到各位。」

志波說完這句話，靜靜地露出微笑，店內響起尖叫聲。當他收下禮物，皺起眉頭，一臉為難地對客人說「只要妳願意來本店購物，我就很高興了」，就有人興奮地扭動身體。光莉在隔壁收銀台前掃著炸豬排飯和精力飲料的條碼，差一點搞不清楚自己在哪裡。為什麼會在便利商店聽到有人喊著「每個人的交談時間不能超過兩分鐘」？那些人嚷嚷著「可以親眼目睹的偶像」，問題在於這裡只是便利商店，那個人只是店長而已。

志波面前始終大排長龍，所以他無法離開收銀台，他的粉絲為了多占有他一秒鐘，所以購買了大量商品，貨架上的商品消失的速度驚人，只能由志波以外的店員負責補貨還有其他工作。昨天也來打工的廣瀨忙得眼中布滿血絲，提議「可以在停車場設置一個店長專用的帳篷，店長可以在帳篷內和他的粉絲相見歡」。廣瀨似乎真的打算採取行動，在光莉阻止他的時候，貨架上的商品也持續被掃空……

光莉回想起昨天的慘狀，忍不住抖了一下，然後對村岡說：「據我所知，店長已經搬了兩次禮物回家，所以這些都是店長下班之後送到的。」

「哇噢！真的假的？所以店長家裡現在不是塞爆了？」

村岡皺起眉頭，光莉點了點頭，志波家裡的禮物，應該足以開一家小店了。

「店長應該轉行，只要他願意認真做，絕對可以大幅促進門司港的經濟，搞不好可以比博多更繁榮。」

村岡拿起旁邊的一個小盒子說，光莉聽了，忍不住笑了起來。

「我能夠理解你的心情，只不過雖然他有這方面的才華，但是他並不打算轉行。」

光莉起初也有和村岡相同的感受，但是認識志波多年之後，逐漸改變了想法。因為志波真心熱愛便利商店，他仔細觀察顧客的一舉一動，也充分了解熟客的狀況，昨天也記得所有送他禮物的人的名字。

志波比總公司派來的區域經理或是督導做事更認真、更精準。志波擔任這家便利商店的店長之後，顧客人數爆發性成長，門司港小金村門市目前的營業額在福岡縣內也名列前茅。他一有時間就在店裡，甚至有傳聞說他住在店裡，每次舉辦活動，他比任何人更積極。

雖然他下班時間也幾乎都在店裡，但是他總是樂在其中地說「在便利商店的時間太棒了」，當他得知兩名常客結婚的消息時說，能夠從來便利商店的客人身上看到每個人的悲歡，無疑是最幸福的事。那兩名常客一起來向店長報告，說他們是因為在內用區經常見面，然後就越走越近，志波就像自己被人告白一樣羞紅了臉說：

「謝謝，能夠參與別人人生的幸福太榮幸了，最高興的是這家店牽起了你們的緣分，請你們一定要幸福！」

志波送走那兩位新人後，始終面帶笑容。雖然志波看起來很可疑，但是發自內心喜歡便利商店。光莉也不由得高興起來。無論別人說什麼，對志波來說，這份工作一定就是他的天職。

「店長今天休假吧？今天是聖誕節，他果然要去和正牌女友約會嗎？」

村岡把剛才那個盒子放在玫瑰花旁說，光莉從置物櫃中拿出了制服上衣，微微歪著頭說：「他有女友嗎？我在這裡工作了好幾年，從來沒有聽說他有女朋友。雖然經常看到他和別人在一起時，感覺很曖昧。」

光莉曾經多次看到志波和各種不同類型的人單獨在一起。他無論和誰在一起，都會散發出意味深長的曖昧感覺，光莉每次都興奮地覺得，自己終於看到了決定性的一幕，但是當志波也看到光莉時，不慌不忙，露出清新的笑容對她說：「嗨，辛苦了！」看到志波完全沒有慌亂和心虛的樣子，光莉就覺得自己充滿邪念，也就不好意思問他們之間的關係。雖然每次都發誓，下次一定要問清楚，只不過從來沒有再次看到志波和同一個人在一起的經驗。

「所以都是一夜情嗎？」

「不，這我就不知道了。」

志波目前是單身，無論用什麼方式、和什麼人交往，都是他的自由，更何況為了自己的創作著想，光莉希望他多談幾場戀愛。

「但他似乎沒有所謂的正牌女友，如果真的有，小金村大樓婦女會不可能悶不吭聲。」

負責管理內用區的婦女會實質上是志波的粉絲俱樂部，婦女會的成員都是身經百戰的熟女，除了小金村大樓的住戶以外，還有一些非正規會員，正平說，婦女會的網絡遍及整個門司港。即使對正平的這句話只相信一半，她們也不可能忽略志波的正牌女友這個危險因子。

「不是名人的普通民眾有粉絲俱樂部這種事，只有在漫畫世界中經常看到，在實際生活中很少見，而且也不知道他在便利商店以外的私生活，真是太好奇了。」

「喔喔，村岡，你也愛上店長了嗎？」

「我只是對稀有動物的生態感到好奇。」

村岡很乾脆地說完，問光莉難道不感到好奇嗎？光莉笑了笑，怎麼可能不好奇？雖然成為同事已經好幾年了，但至今仍然無法看清籠罩在他身上的神秘面紗。

「我把了解店長視為自己的終生志業，而且即使突然有機會知道他所有的一切，我或許也會覺得很沒意思。」

以志波為創作原型的「費洛店長的放浪日記」目前仍然在網路上大受好評，目前又開始創作支線的「毛球哥哥的老兄生活」，也頗受好評。光莉心想，也許我不只是對店長，而是把了解志波兄弟視為自己的終生志業。

「好了，差不多該去外面了。」

光莉在鏡子前最終確認自己的儀容後，和村岡一起來到店內，原本在收銀台內的高木立刻跑了過來，向光莉求助。

「光莉姐！發生緊急狀況了！」

高木是打工族，平時很穩重。當初來面試時，他穿了一件粉紅色的夏威夷襯衫，所以店裡的人都叫他「烏克麗麗」，烏克麗麗難得如此驚慌失措。

「怎麼了？發生了什麼事？」

「有人來找店長。」

「這不是常有的事嗎？你有沒有告訴對方，店長今天休假？」

「問、問題是……」

烏克麗麗一下子羞紅了臉。他第一次露出這種害羞的表情，但光莉搞不懂他在害羞什麼，納悶地問：「怎麼了？」

「呃……她是超級、美少女。」

站在光莉身後的村岡說：「沒想到烏克麗麗竟然會說這種話。」光莉輕輕嘆了一口氣。至今為止，她看過很多人來找志波，其中不乏令人眼睛為之一亮的俊男美女，即使有美少女來找他，有什麼好驚訝的？

「所以呢？你有沒有告訴她，店長今天休假？」

「我、我說了，結果她說要等店長回來，就在隔壁。」

烏克麗麗指著內用區說。

高木平時都會問客人名字，然後打電話請示店長，難道他這麼喜歡今天的這個美少女。光莉對他說：「我去看一下，烏克麗麗，你和村岡交班一下。」

內用區內很安靜。平時都會有幾個客人，正平也在坐在那裡，但現在只有一個女生坐在吧檯座位的角落。那個女生看向斜前方，所以看不清她的臉，但一頭像日本人偶般漂亮筆直的黑髮引人注目。

「請問妳在等店長嗎？」

女生聽到光莉的聲音，緩緩轉過頭。光莉看到她的臉，忍不住倒吸了一口氣。

不妙，真的是美少女。

她根本就像是實物大小的精巧西洋陶瓷人偶。一雙大眼睛周圍是濃密的睫毛，高挺的鼻子，雪白的肌膚、桃紅色的臉頰和櫻桃小嘴簡直就像白雪公主。年紀大約是高中生，可能和兒子恆星年紀相仿。

她穿了一件蓬鬆的白色大衣和做工考究的粗呢洋裝，看起來更像是西洋陶瓷人偶。洋裝下露出的雙腿又細又白。

對烏克麗麗來說，這的確太刺激了！

「請幫我叫志波三彥過來，越快越好。」

女生用好像銀鈴般可愛的聲音說完，不悅地皺起了眉頭。她的聲音和動作都讓人不由得心跳加速，難以想像她是和自己相同性別的動物。光莉看著她出了神，女生不耐煩地又說了一次：「志波三彥。」光莉猛然回過神，慌忙對她說：「店長今天休假。」

「我已經聽說了，因為我沒有手機，這附近也沒有公用電話，可以請妳幫我打電話給他嗎？我請剛才的人幫忙，但他不願意。」那個女生嘆著氣說。

「原來是這樣。不好意思，那我來打電話給店長，可以請妳稍等一下嗎？」

女生點了點頭，光莉急忙走回店裡，對著心神不寧的烏克麗麗說：「的確是如假包換的美少女。」村岡尖聲問：「真的假的？」光莉拿起電話的子機，蹲在收銀台後方，急忙打電話給志波，但是電話打不通。她連續打了好幾次，都聽到「您撥打的電話目前無法收到訊號……」的語音聲音。

「啊？為什麼偏偏在這種時候！」

光莉無論打多少次，都沒有聽到電話鈴聲。她也撥打了志波家中的電話，也沒有人接。志波顯然出門了。

接下來該怎麼辦？光莉走回內用區，看到那個女生趴在吧檯上。

「不好意思，耽誤了一點時間，請問……」

光莉以為自己太晚回來，女生生氣了，走近一看，發現情況不太對勁。光莉擔心地摸了一下女生伸出的手背，發現她的手像冰塊一樣冷。光莉又摸了一下她的脖子，她的脖子很燙。

「妳不舒服嗎？」

眼前這個女生和恆星發燒時的狀況很像。光莉探頭看了女生的臉，發現她的呼吸也很急促。絕對沒有錯。女生是因為發燒，所以臉頰通紅。

「妳跟我來這裡。」

女生渾身無力，光莉牽著女生的手走進了員工休息室。女生可能感到很冷，渾身微微顫抖，於是光莉提高了室內的溫度，然後讓女生穿上自己的大衣，坐在椅子上。那個女生昏昏沉沉，因為發燒而濕潤的雙眼看著光莉問：「志波三彥呢？」

「對不起，不知道為什麼聯絡不到他。妳家住在這附近嗎？今天還是請妳家人來接妳比較好？」

女生完全收起了剛才的強勢態度，趴在桌子上，然後微微搖著頭說：

「我家、在宮崎……」

「什麼?!妳從那麼遠的地方來這裡嗎?!怎麼辦？妳找店長有什麼事？」

「我想見他，所以就……」

女生的聲音也變得很無助。也許她不顧身體不舒服，堅持來到這裡，然後終於撐不下去了。

「光莉姐，怎麼了？」

烏克麗麗戰戰兢兢地探頭進來問道，看到女生不舒服的樣子，驚叫起來：「哇啊啊！怎、怎麼了？」

「她好像身體不舒服，所以我先帶她來這裡。不好意思，你可以暫時為我代班嗎？」

「當、當然沒問題。」
烏克麗麗說完，就跑回了店裡。
「這裡沒辦法讓妳躺下來。」
「幫我找萬事通老兄。」
光莉聽到氣若游絲的說話聲，轉頭一看，那個女生微微抬起了頭。
「老二應該在……」
「老二？妳認識老二嗎？妳是……」
「我是……妹妹。」
妹妹。光莉的腦袋中想著女生說的話。妹妹、妹妹、妹妹？妹妹！
我真是太了不起了，竟然沒有尖叫。光莉心想著。眼前這個美少女竟然是他們兄弟的妹妹？
「呃、呃，所以妳是樹惠琉？」
光莉說出了之前聽過的名字，女生——樹惠琉輕輕笑了笑說：
「所以兩個哥哥有把我的事告訴你們，嘿嘿嘿。」
她靦腆的臉和兩個哥哥完全不像，但如果說他們是兄妹，以她的美貌，的確很有說服力。那兩兄弟的妹妹，應該就是這麼漂亮。

可惡，那其他兄弟到底長什麼樣子？光莉內心的好奇心膨脹，但她拚命克制住了。

「好，我馬上和他聯絡。」

光莉手上仍然拿著電話的子機，立刻撥打了老二的手機。沒想到老二的手機也打不通，聽到了和剛才打志波的電話時一樣無情的語音聲音。

「咦？為什麼？怎麼回事啊？」

發生緊急事態了！光莉很想用力甩電話，但她克制了這股衝動，看向樹惠琉。一綹頭髮垂落在她因為發燒而通紅的臉上，感覺好像隨時會凋謝。

無論如何，這個女生是眼前必須最優先處理的問題。

光莉把電話放在桌子上思考著。不能讓她繼續留在這裡，我是不是提早下班，先帶她回家？不，剛才出門時，恆星和幾個朋友在家裡。家裡有好幾個血氣方剛的高中男生，怎麼可以帶生病的女生——而且又是這麼漂亮的美少女回家？是不是只能傳訊息，叫恆星出去迴避？光莉正在思考，有人敲休息室的門。打開門一看，發現小金村大樓婦女會的幾名成員站在門口。

「小三請我們來拿別人送他的禮物，所以我們現在過來。因為小三說，禮物堆滿了這個房間，會造成你們的困擾，所以先放去婦女會的會議室。」

小金村大樓的三樓有住戶用的會議室，目前作為婦女會的會議室使用。光莉從來沒有去過，但那裡可能就是婦女會的總部。

光莉看了一下這幾名成員，發現以前是護理師的佐久間太太也在，於是低頭拜託說：「我想拜託妳一件事。店長的妹妹來找店長，但我聯絡不到店長，而且他妹妹身體不舒服……」

婦女會成員頓時臉色大變。佐久間說著：「我進去看一下。」其他人也跟著佐久間走了進來。

「哎喲哎喲哎喲，真是可愛的小姐，原來小三有這麼可愛的妹妹。所以妳不舒服嗎？我要碰妳一下喔，妳從什麼時候開始不舒服的？」

佐久間迅速觀察了樹惠琉的狀況後，對另一名成員金澤說：「妳可以把車子開過來嗎？我們帶她去境田醫生那裡。八成是感冒，只不過目前正是流行感冒的季節，所以還是去看一下醫生，以防萬一。大塚太太，妳可以去會議室整理一下沙發嗎？讓她看完醫生後，就可以馬上躺在沙發上。她躺在那張沙發上應該綽綽有餘。三隅太太，我們一起把這孩子扶起來，來吧。」

「佐久間太太，不好意思，謝謝妳。」光莉鞠躬道謝。

「她不是我們心愛的小三的妹妹嗎？」佐久間笑著說，「小三這麼照顧我們，雖然說報恩有點誇張，但是為了他，我們一定兩肋插刀。」

站在佐久間另一側的三隅也深深點頭表示同意。

「去醫院回來後，我們會來這裡買冰塊和飲料，到時候再向妳報告她的情況。光莉，妳就像平時一樣好好照顧店裡，麻煩妳了。」

「好！」

光莉和佐久間她們一起走到便利商店外，幫忙把樹惠琉扶上金澤的車子後回到便利商店內。幾個客人可能察覺到了異樣的氣氛，露出了擔心的表情。

「不好意思，剛才把店裡的工作都交給你們兩個人。」

光莉走進收銀台說道，烏克麗麗加強語氣問：「她沒事吧？她生病了嗎？美女都很體弱多病。」

「她和店長是什麼關係？」

烏克麗麗的態度很嚴肅，但村岡的態度有點輕浮。光莉告訴他們說：「她是店長的妹妹。雖然生病了，但仍然硬撐著來找店長。佐久間太太說，應該只是感冒，但因為發了高燒，所以還是有點擔心。」

光莉用力嘆了一口氣之後，看向停車場。下一剎那，店內響起了簡直會讓人以為有強盜闖入般的驚叫聲。

「啊、啊、啊啊？店長、店長的妹妹，就是剛才的美少女……？」

「什麼？店長有親人嗎?!我還以為他絕對是孑然一身。」

「等一下！等一下！我剛才沒有好好看她。我好想看看！好想看一看！」

「不好意思，店長的妹妹剛才來這裡嗎？」

「志波大帥哥有一個體弱多病的美少女妹妹嗎？真是太讓人熱血沸騰了！」

店內所有的人都聚集到光莉所在的收銀台前。光莉看著這些大聲驚叫的客人，忍不住後悔起來。「慘了。」剛才不該隨便把這件事說出口。

「我之前問店長，他有沒有家人，他小聲對我說：『以後就會知道了。』沒想到今天就是這樣的日子。」

村岡的朋友不知道什麼時候也出現在店裡，羞紅著臉說。他最近每天都來便利商店買東西。村岡聽了，身體忍不住向後仰。

「啊！什麼意思？你該不會喜歡店長……？」

「你真是頭腦太簡單了，我才不是用這種低俗的眼光看店長，他很尊貴不凡。」

村岡被朋友反嗆後說不出話，旁邊一個女客人說：

「你們真是消息太不靈通了，我早就知道他有妹妹，還有一個比他年長很多歲的哥哥，他們家有三兄妹。」

「不對喔！是他有一隻心愛的狗，他把那條狗視為哥哥，那條狗名叫銀，他們的感情好得不得了。我很清楚這件事。」

「喂喂喂，你們只聊他們兄妹的事也太遜了，我知道他奶奶的名字，名叫初音，是不是很美？」

「名字根本不重要。」

簡直亂成一團。光莉心想。眼前這些人就像以前的恆星。恆星還在讀小學時，迷上了卡牌遊戲，臉上的表情就和這些人一樣，還很神氣地說：「我的卡牌是全班最強的！」

「喂喂喂，聽說志波的妹妹生病了？我太太叫我來買冰枕和冷凍的寶特瓶飲料拿去會議室，真傷腦筋啊。」

受太太之託，來買東西的大塚多喜二走進店裡，原本正在相互比較卡牌的客人中的一名女性客人驚叫起來：「什麼、什麼？店長的妹妹已經回來這裡了嗎？」她手上拿著知名糕餅店的袋子，八成是要送給志波的禮物。光莉感覺到後背冒著冷汗。自己闖大禍了，剛才完全忘記今天店裡有很高的比例是志波的粉絲。

「啊，大塚先生，請你……」

請你不要再多說了，不要再說了。雖然光莉努力用眼神向大塚示意，但他完全沒有察覺。雖然對那個向他露出求助眼神的女性客人感到有點不知所措，但還是回答說：「是啊。」那個女人聽到大塚的回答，做出了勝利的姿勢，然後把紙袋遞給光莉，用嫵媚的聲音說：「麻煩妳把這個拿給店長的妹妹吃，這是店長愛店的水果塔，他妹妹一定也很愛吃。」

「啊呀呀呀，感冒的人不想吃水果塔。不好意思，這些果凍我全買了，請帶去給店長的妹妹吃，要不要我去幫忙照顧？」

另一名女性客人不知道什麼時候把店裡所有的果凍都放進了購物籃，然後走過來對光莉說。水果塔女客人不甘示弱地反嗆了回去：

「真是太傻太天真了，如果店長看到自己心愛的妹妹和根本不熟的女人在一起，只會感到莫名其妙。更何況想要用便利商店的果凍打發，也未免太不用心了。」

「啊呀，志波最愛柔情便利店的甜點，他一定會很高興。」

「是嗎？他只會覺得這個女人不動腦吧。」

這兩個女人在爭執時，又有新的客人上門，也紛紛加入討論。「什麼？店長的妹妹？」

「真是不得了了。」情況越來越無法收拾，光莉不由得感到暈眩。現在該怎麼辦……？

光莉請遲遲無法下班的烏克麗麗負責撥打電話給志波和老二，自己負責面對躁動不安的客人——正確地說，是在安撫志波的粉絲，就耗掉了一整個上午。

「我快死了……」

終於恢復平靜時，光莉覺得比平時更疲勞。昨天來上班之前，已經作好了心理準備，但今天完全沒有任何準備。村岡和之後來上班的同事木戶也滿臉疲色。

「新年也沒有這麼累……」

總是化了美美妝容的木戶說道，她臉上的妝也都花了。村岡默默點著頭，平時都會一起抱怨，但今天似乎連抱怨的力氣也沒有了。不，也許是因為剛才他朋友罵他「你簡直有眼無珠，竟然無法了解店長的魅力，這種瞎眼不要也罷」這句話發揮了效果。

「店長的妹妹沒事吧？」

「喔喔……剛才大塚先生來店裡時說，只是感冒，在境田醫院注射了點滴，目前在婦女會的會議室休息。」

「真的嗎？太好了。」

「婦女會的人正在照顧她。」

婦女會的人都是曾經照顧過兒女和孫子的行家，所以應該可以把樹惠琉照顧得很好。

「店長到底去了哪裡？」

「偶爾也會有聯絡不到他的時候。」

三個人正感到不解時，拿著子機的烏克麗麗衝出了休息室。

「打通了！店長和萬事通老兄在一起，他們正在回來這裡的路上。因為他們的妹妹來這裡完全沒有告訴父母，所以全家人正在找她。光莉姐，可以請妳聽電話嗎？」

光莉接過電話，快步走回休息室。

「喂？」光莉對著電話說。

「對不起，給妳添麻煩了。」志波的聲音失去了平時的從容。「我聽高木說了，店裡似乎一片混亂。」

「現在已經恢復平靜了，但到底是怎麼回事？」

志波說，他們的父親今天早上發現樹惠琉不見了，志波和老二剛好帶著給妹妹的聖誕禮物回家。

「因為我們老家在宮崎的深山裡，手機完全沒有訊號，所以電話一直打不通。我們完全沒想到樹惠琉竟然會來門司港，我和哥哥一直在這裡拚命找人，結果我哥哥剛才說『我覺得她應該在門司港』……」

「原來是這樣，他的第六感太準了……」

志波在電話的彼端嘆著氣，同時聽到老二的嘀咕：「她為什麼會特地跑去門司港？」

「光莉姐，樹惠琉有沒有說什麼？」

「她沒有說什麼，即使有什麼話想說，她的身體也真的很不舒服。我今天下午三點就下班了，等我下班之後就會去照顧她。」

不能一直請小金村大樓婦女會的人照顧。志波說了聲「謝謝」，然後說他們傍晚就會到，請光莉幫忙照顧一下。

光莉在便利商店工作到下班時間，下班之後，就去了會議室。烏克麗麗很想跟她一起去會議室，但他說「我想她看到陌生男人可能會緊張」，於是就買了很多口服電解水和寶礦力交給光莉。光莉不由得感動不已，覺得這個男生太貼心了，沒想到他露出認真的眼神說：「請妳幫我仔細確認一下，她到底是不是真的是店長的妹妹。如果是店長的女朋友……我會很受打擊，可能沒辦法再來上班了。」你愛上店長了嗎？光莉原本想開玩笑這麼問他，但嚴肅的氣氛讓光莉甚至無法開口，只能默默點頭。

「樹惠琉，妳有沒有好一點？」

會議室比光莉想像中更寬敞，也更加應有盡有。除了有ＩＨ爐的廚房內放了大冰箱以外，還放了皮革沙發組，內部的裝潢讓人以為是小有規模的公司的董事長室。

今天早上收到的玫瑰花插在大花瓶內，放在茶几中央。婦女會的前會長能瀨和佐久間面對面坐在茶几兩旁，正在悠閒地喝咖啡。

「咦？樹惠琉在哪裡？」

光莉不見樹惠琉的身影問道，能瀨說：「在隔壁。」隔壁是視聽室，有一個很大的投影銀幕，還放了可以舒服地坐著看電影的大沙發。能瀨說，樹惠琉就在那裡睡覺。

「我們用加濕器和電熱器調整了室溫，所以妳放心吧。」

「不好意思，讓妳們這麼費心。」

光莉鞠躬道謝的同時，暗自很佩服她們。因為她們坐著的沙發旁，放了好幾個笑容滿面的志波的等身大人形立牌。這該不會是她們特別訂製的？

光莉從來沒有成為真實人物狂熱粉絲的經驗，她喜歡的都是作品中的二次元角色。年輕時，曾經在自己房間內貼了這些偶像的畫像。媽媽曾經說：「每次去妳房間，都好像有人在看我，感覺心裡發毛。」光莉當時還很不滿地覺得：「這麼棒的角色，妳為什麼不懂？」

媽媽，對不起，我現在終於能夠理解妳的心情了。

當到處都是並非自己偶像的對象，的確會感到渾身不自在。即使是自己有興趣的對象，即使是帥哥，仍然會感到全身起雞皮疙瘩。

「光莉，辛苦了，妳坐一下。」

能瀨站起身，俐落地為光莉泡了咖啡。佐久間請她坐在沙發上，她坐下後，她們把餅乾和巧克力放在她面前。

「佐久間太太，妳把冰箱裡的蛋糕拿出來給光莉吃。」

「好、好，啊，光莉，妳肚子餓了嗎？冰箱裡也有巴巴洛瓦[6]。」

「呃，我不餓……」

能瀨和佐久間在這個空間感到很自在，她們覺得志波的照片出現在這裡很理所當然，光莉再次體會到粉絲俱樂部深深的愛。

「啊，對了，多虧各位的幫忙，太感謝了，剛才終於聯絡到店長，他正在趕回來的路上，店長說，一定會親自向妳們道謝。」
光莉告訴她們，店長回老家送禮物給妹妹，沒想到他妹妹跑來這裡了。能瀨和佐久間聽了之後，滿意地點了點頭。
「不愧是我們喜歡的小三，他真的很愛妹妹。」
「我早就猜到會是這樣。」
光莉陪著她們聊天，主要是聽她們抱怨有人猜想志波住在這棟大樓內，所以經常在附近打轉——婦女會一定會保護小三的私生活。但是，還是不斷有人被他的魅力吸引上門。雖然這代表小三的人品很好，但還是很傷腦筋——從頭到尾都在聽她們數落這件事。
她們和光莉聊完之後，心情似乎終於舒暢了，說著「我要回家準備煮晚餐了」、「我老公洗腎快結束了，我要去接他」，然後就回家了。
「她們還是這麼猛……」
小金村大樓婦女會成員的年紀都和光莉的母親相仿，但個個精力充沛，所有人都異口同聲地說，因為有志波，所以每天都充滿活力，光莉覺得推出志波健康法，

6 一種質地細膩的冷藏式甜點，口感類似慕斯。

也許會很受歡迎。只要和志波一起喝茶聊天，就可以返老還童，重拾青春的劃時代健康法。感覺很不錯，真希望可以正式推出。

光莉在洗咖啡杯和盤子時，心裡想著這些無聊的事，聽到了輕微的動靜，隔壁房間的門打開了，樹惠琉探出頭。

「咦？妳醒了？有沒有好一點？」

「嗯……好很多了。」

「妳剛才發了高燒，再多休息一下。妳想喝什麼？這裡還有果凍和冰淇淋。」

「呃？如果有寶礦力，我想喝。」

「有啊，我拿去給妳，妳去躺著休息。」

光莉拿著烏克麗麗給她的寶礦力水得走進隔壁房間，發現隔壁房間的沙發和茶几看起來都很高級。房間角落和天花板設置了知名品牌的揚聲器，在這種環境悠閒地欣賞電影，應該可以很放鬆，但是牆上還是貼了許多志波的照片和牌子，光莉忍不住苦笑，覺得可能無法專心看電影。

「這個房間好驚人。」

光莉對躺在象牙白大沙發上的樹惠琉說，樹惠琉用力點了點頭，打量著房間說：

「真的很驚人，剛才那幾位阿姨也自我介紹說，她們是小三粉絲俱樂部的人。」
「沒錯沒錯，她們真的是粉絲俱樂部的人，妳是不是被嚇到了？」
光莉以為她會很驚訝，沒想到樹惠琉輕描淡寫地說：「原來大家的想法都差不多，高中時就有過，現在應該還有。」
「啊？」光莉的喉嚨深處發出了奇怪的聲音。
「高中時的粉絲俱樂部很嚴格。比方說，每個月最多只能寫兩封信給老三，而且必須寫會員編號，目前每年仍然可以收到幾張寫了編號的賀卡。」
樹惠琉噗哧一聲笑了起來，光莉感到驚愕不已。高中生就有粉絲俱樂部……原來他十幾歲時就已經具備了那種性感，真想見識一下。
「……啊，對了對了，妳慢慢喝。」
光莉把寶特瓶遞給縮在沙發上的樹惠琉。楚楚可憐的她看起來就像白雪公主或是睡美人，仰起纖細的脖子喝水的樣子也很優美。既然她哥哥有粉絲俱樂部，搞不好她也有。
「對了，聽說妳沒有告訴父母和哥哥，就自己跑來這裡嗎？」
光莉想起這件事問道，正在喝水的樹惠琉停了下來。
「店長和老二都帶了要送妳的禮物回了老家，如果妳事先和他們聯絡，就不會這樣擦身而過了。」

「啊！」把寶特瓶從嘴上移開的樹惠琉驚叫了一聲，「這樣啊……原來他們回去看我。」

「妳為什麼沒有說一聲就離家？從宮崎來這裡很辛苦吧？」

「我朋友要去博多聽演唱會，所以她爸媽開車送她過去，我搭了一段便車。」

「這樣啊，那妳為什麼偷偷來這裡？啊，我並不是責怪妳，我兒子和妳的年紀差不多，所以我很好奇。我兒子今年讀高二。」

光莉笑著說，樹惠琉小聲嘀咕說：「比我小一歲。」她想了一下後說：「請問妳兒子已經決定未來的出路了嗎？」

「啊？妳問恆星嗎？完全沒有。」

光莉想起自己出門上班時，和同學一起開心玩遊戲的兒子，忍不住噗哧一聲笑了起來，但看到樹惠琉露出嚴肅的表情，於是補充說：

「我兒子應該還不知道自己以後想做什麼。」

「還不知道嗎？但是遲早要認真思考這個問題，比方說，一年之後的現在。」

「是啊，但我覺得無法規定他什麼時候之前必須作出決定，因為也許會上了大學之後，才找到自己想要做的事，也許要到踏入社會之後才找到。我直到這幾年，才覺得自己有能力做自己想做的事！既然我自己也是這樣，就無法要求自己的孩子趕快決定。」

光莉笑了笑，對露出訝異表情的樹惠琉說：

「當然，如果他渾渾噩噩地過日子，只說要尋找自己真正想做的事，我也會很傷腦筋。姑且不談夢想，他必須成為一個能夠獨立自主的人，但是我相信有朝一日，他能夠找到自己想做的事。」

樹惠琉雙手握著寶特瓶，低下了頭，小聲地說：「爸爸、媽媽也這麼說。我的父母也這麼說，但是我完全不知道，我的哥哥都找到自己想做的事，然後離開家裡，但我覺得自己沒辦法，想到可能會一輩子都和爸媽在一起劈柴過日子，就感到很不安……」

年輕時，的確會產生這樣的不安。光莉能夠理解，所以很認真地聽樹惠琉傾訴，但是聽到她最後那句話，以為自己聽錯了。她剛才說要劈柴？

「我並不討厭山上的生活，也很愛我的爸爸和媽媽，但還是很嚮往有電力的都市生活，不知道該怎麼辦才好。」

啊、啊？這是怎麼回事？剛才已經聽說他們老家在宮崎的山上，但那裡是缺乏現代文明的地方嗎？只不過光莉覺得現在不是向樹惠琉確認這件事的好時機。

「所以我想和哥哥討論這件事，最大的哥哥和最小的哥哥都在國外，所以我想找在門司港的哥哥。」

「喔，喔喔。」

原本把了解志波兄弟視為自己的終生志業，一下子接收太多資訊，在腦袋裡塞車了。怎麼辦？雖然現在必須以大人的身分為樹惠琉提出建議，但還是很想對她說，資訊量太大了，可以慢慢來嗎？幸好還是忍住了。

「嗯，我大致了解妳的情況了，妳的兩個哥哥很快就回來這裡了，妳可以和他們好好討論一下，當然，我也會聽妳說。」

樹惠琉露出鬆了一口氣的笑容，光莉也笑了笑。

太陽下山時，志波和老二回來了。

「對不起！光莉姐，謝謝妳。」

兩兄弟露出平時無法見到的哥哥態度，一臉嚴肅地對躺在沙發上的樹惠琉說：

「妳看看妳！大家都拚命在找妳。」

「對不起……」

樹惠琉低下了頭，兩兄弟嘆著氣，老二說：「以後不可以沒有聯絡就來這裡。」

「我不會了，因為我已經知道會造成大家的困擾。」

樹惠琉很乾脆地認了錯，志波露出了柔和的表情。

「我知道妳也有苦衷，等一下聽妳慢慢說。對了，桐山先生，你怎麼也在這裡？」

除了光莉和樹惠琉以外，桐山也在會議室內。桐山滿臉歉意地鞠躬道歉說：

「不好意思，在這種時候跑來湊熱鬧，因為我朋友送我很多好吃的鴨肉，所以我拿來和你們分享，謝謝你們一直這麼照顧我。」

桐山帶著巨大的保冷袋，從大分搭了好幾部電車來到這裡。桐山曾經住在志波家好幾次，他們已經很熟了，所以光莉認為請他進來也沒問題。

「良郎，原來是這樣啊，難道你還記得我之前說，我最愛吃鴨肉嗎？」

老二開心地說，桐山露出親切的笑容說：「我還帶了很多蔥和烤豆腐，可以煮鴨肉鍋，剛才聽你們的妹妹說，她也喜歡鴨肉，真是太好了，多吃點蔥，感冒也會好得快。」

「啊，對了，樹惠琉，妳有沒有好一點？……妳的氣色看起來很不錯。」

也許是及時注射了點滴吃了藥奏了效，樹惠琉的燒已經退了，只是還有點咳嗽。佐久間說，只要增加室內空氣的濕度，好好休息，很快就好了。

「太好了，太好了，多虧大家幫忙。」

「店長，冰箱都塞滿了。志波店長妹妹生病的消息很快就傳開了，結果送來的慰問品堆積如山，再加上還有聖誕節的禮物，幾乎快爆炸了。」

除了小金村大樓婦女會的成員以外，還有許多男性，以及附近的居民都送了慰問品上門。水果、果凍、布丁和冰淇淋，應有盡有，會議室的冰箱已經放不下，所以只能先暫時寄放在婦女會成員家中的冰箱裡。

「這樣啊，真是驚動大家了。嗯？這是什麼？」

志波發現放在沙發邊桌上的盤子問。

盤子上是戴了聖誕老人帽的小熊餅乾，用糖霜點綴出漂亮顏色的小熊露出調皮的表情，很可愛。志波問：「不知道是哪家店的餅乾，太可愛了。」

「是手工餅乾。」光莉回答說，「每週二傍晚，不是都有一個女生來買甜點嗎？」

「喔，妳是說梓。」

老二回答。

「搬去長崎的好朋友來這裡玩，住在她家，於是，她們兩個人就一起做了餅乾。」她們帶著餅乾來便利商店，說要送給店長和老二吃，但得知樹惠琉在這裡，就說要請她吃。她們興奮地說，不知道他們有和自己年紀相近的妹妹，今天的餅乾先送給妹妹吃，下次再做給兩個哥哥。

「因為太可愛了，覺得吃掉太可惜，所以捨不得吃，就放在這裡欣賞。」

「她說以後要成為柔情便利店的糕點師，果然有兩下子。」

兩兄弟看著盤子，溫柔地笑了起來。樹惠琉看著他們的笑臉，感慨不已地說：

「老二和老三都太厲害了。大家知道我是你們的妹妹，就對我很好，說得到你們很多照顧，讓他們有機會回報一下。看到大家這麼喜歡你們，我真的太高興了。」

樹惠琉嘆了一口氣。

「你們找到自己喜歡的事，然後離開了家，又得到大家的喜愛。你們真的太了不起了，我一定無法做到，因為我什麼都不會。」

兩個哥哥聽到她語帶寂寞說的這番話，互看了一眼，然後兩個人都在妹妹身旁坐了下來，輕輕摸著她的頭說：

「聽爸媽說，妳在為未來的出路苦惱，對不起，我們這麼晚回去找妳。」

「雖然為這個問題苦惱也很重要，但妳不必失望，因為我們也是苦惱了很久之後，才終於有今天。」

「真的嗎？但是你們最後也走到了今天，我完全不知道自己接下來想幹什麼。怎麼辦呢？即使上了大學，也沒有想要繼續鑽研的內容，也不想找工作就業。我沒有比別人出色的東西，像我這麼平凡的人，到底該怎麼辦？」

樹惠琉剛才也對光莉和桐山說了相同的話，光莉和桐山都建議她不必著急，但樹惠琉仍然愁眉不展，她的兩個哥哥一定能夠讓開朗的表情重新回到她的臉上。

光莉和桐山互看了一眼，靜靜地走出視聽室。他們不想打擾他們兄妹相處的時間。

「……太驚訝了，他們竟然有這麼可愛的妹妹，她那麼可愛，這件事已經是非凡的特色了。」坐在沙發上的桐山嘆著氣說，坐在對面的光莉點了點頭，她覺得那種美貌就是財產。

「我現在想動筆寫故事大綱的欲望快爆炸了，你知道今天一天下來，我蒐集了多少資訊嗎？無論是費洛店長或毛球老兄，都有超多可以更新的內容。」

「哈哈，太讓人期待了。」

「啊，對了，要不要喝咖啡？他們可能會聊很久。」

能瀨剛才說，可以自由使用這個房間內所有的東西，所以光莉泡了咖啡，和桐山兩個人慢慢喝了起來。她不經意地轉過頭，剛好和人形立牌的志波四目相對，忍不住苦笑起來。

「這個房間有滿滿的愛，恐怕連跟蹤狂都會自嘆不如，會忍不住想像，她們會不會在隔壁視聽室看店長的宣傳短片。」

「搞不好真的有，志波應該會很樂於拍攝那種影片。」

「乾脆在我們便利商店賣周邊商品，像是壓克力的鑰匙圈之類的就很不錯。」

「啊，一定會暢銷，也可以同時做老二的周邊，他的受歡迎程度也不容小覷。」

桐山好像突然想起似地笑了起來，光莉納悶地歪著頭，他告訴光莉說：

「我也曾經住過老二的家，他家就像是男人的秘密基地，有各式各樣的人出入，上次半夜的時候，有一位廚師帶著葡萄酒和好大一塊的熟成肉品上門。老二睡得鼾聲如雷，那個廚師自己走進廚房做了起來，簡直就像在自家的廚房，做好之後把熟睡的老二叫了起來，說『趁好吃的時候趕快吃』。我也跟著一起吃了，真的超好吃，但最後還是不知道那個人是誰……」

「桐山，等一下，不要現在說這件事，我有絕對的自信，自己來不及整理，然後就忘記了。」

樹惠琉的出現已經是難得一見的事了，光莉不希望桐山又提供新的資訊。桐山對光莉說：「他們真是太不可思議了。」然後打量著室內，會議室內到處堆滿了禮物，眼前的玫瑰花散發出淡淡的香氣。桐山看著花瓣上金色的文字說：

「他們這麼被人喜愛、被需要，雖然我不知道該怎麼形容，但我覺得有一種神奇的魅力。我很慶幸認識他們。」

桐山深有感慨地說。光莉面帶微笑，看著他溫柔的臉龐，然後發現一件事。

包括桐山在內，志波兩兄弟周圍的人幾乎都是在便利商店認識的，有的是便利商店的熟客，也有的只是過客。這些人身上有志波所說的「悲歡」，也許成為了和他們兄弟之間的緣分。光莉也是在便利商店認識他們兄弟，這麼一想，不禁感慨萬千。

「喔，這就是他們要送給樹惠琉的禮物吧？」

桐山發現沙發旁的兩個禮物，撿起其中一個。

「啊？嗯嗯，剛才沒有看到，有可能吧。」

「啊，這是店長送的禮物，妳看。」

巨大的緞帶上插了一張卡片，志波獨特的漂亮字跡寫著「FROM三彥」。不知道志波送了什麼禮物給他妹妹，希望等一下有機會看到……光莉內心的邪念持續膨脹。

「啊！所以這個是老二的禮物，不知道他會送什麼禮物給那個年紀的女生，啊……」

光莉撿起另一個禮物時，頓時說不出話。

因為禮物卡上用潦草的片假名寫了「ニヒコ[7]贈」。

「桐山，我問你，這個怎麼唸？」

「啊？什麼？啊，呃……二世、古？二世古嗎？」

可能因為字跡太潦草，片假名的「ヒ（hi）」看起來很像「セ（se）」，所以原本的「二彥」變成了「二世古」。光莉和桐山互看了一眼。他們知道這個名字。

「不會吧，二世古就是……」

「對不起，兩位對不起！我們來吃鴨肉鍋！」

視聽室的門突然打開，老二走了出來，用很沒出息的聲音說：「我肚子餓死了。因為樹惠琉失蹤了，我從早上到現在都沒吃飯。快來吃鴨肉鍋、鴨肉鍋。光莉姐，妳要不要吃完再回去？」

「呃、呃？但是樹惠琉的身體……」

「多吃點蔥，感冒就好了，而且她很容易感冒，因為很怕冷，所以平時都用保暖腹卷，但是出門的時候怕不好看，她都會拿下來，這次也因為沒有用腹卷……好痛！」

樹惠琉丟過來的抱枕打中了老二的頭，她又接著大叫：「笨老二，不要告訴別人啦！」

「看吧？我就說她精神好得很。晚一點要去向大家道謝，我們這幾個人先來吃鴨肉鍋，可以借用一下這裡嗎？光莉姐，妳要不要叫恆星一起來？」

「啊，呃，老二……」

光莉看了看禮物卡，又看向桐山。桐山對她搖了搖頭，然後動了動嘴巴，無聲地說了「下次再說」幾個字。光莉點了點頭。沒錯，今天的資訊量太大了，所以就先不問了，反正之後還會繼續和他們打交道。

7 Ni-hi-ko，二彥讀音的片假名。

「呃，對了，我可以和你們一起吃嗎？」

光莉問，志波從老二身後探出頭說：「當然可以，大家一起吃，啊，還有甜點，冰箱不是塞爆了嗎？那就趕快吃掉。」

光莉眨了眨眼，然後笑了起來：「那我就恭敬不如從命了！」

她就像獲得新故事般心情激動。神秘的兄弟檔外加妹妹，這一家子越來越神秘了。我接下來也要繼續守護這對優秀又有趣的兄弟……兄妹？總之，要繼續守護他們一家人，雖然會參雜一些邪惡的角度，但這是終生志業，而且也有愛的存在。

「啊，我想到一個好主意！等我高中畢業，就搬來這裡。老三，我可以當你的同事嗎？」

聽到妹妹天真無邪的聲音，老二和志波的臉同時抽筋起來。

「等一下，樹惠琉，妳再認真思考一下。」

「我才不要，每個月最多只能照顧妳一次，不能再多了！」

兄弟兩人驚慌失措，樹惠琉若無其事地說：「反正我決定了。」光莉和桐山互看了一眼，然後笑了起來。

接下來還會有很多快樂的事。

尾聲

我向來很喜歡夜班快要下班的這個時間，溫柔卻充滿力量的朝陽從建築物的縫隙探出頭，天空被染成一片紅紫色。在店內眺望這片風景，就覺得自己正身處一天的結束和新的一天開始的時間縫隙。

我也很喜歡看身處時間縫隙的客人。無論是準備回家睡覺的人，或是即將展開一天的人，每一張走出夜晚的臉都很柔和，帶著一絲無助，總覺得可以隱約看到每個人自我保護的殼深處柔軟、重要的部分。

「辛苦了，晚安。」

「早安，歡迎光臨。」

購買罐裝啤酒和下酒菜的年輕男子可能和我一樣上夜班，臉上的表情有點疲憊，我努力用平靜的聲音向他打招呼，以免導致對方入睡前的心情起波瀾。

面對頂著一頭小波浪鬈髮，可能是為了讓這頭鬈髮撐到傍晚的女性時，則是帶著送她出門上班的心情，說話時稍微提振了精神，為她結帳的動作也很俐落。

「謝謝惠顧，路上請小心。」

把商品放進塑膠袋，結完帳後交到對方手上，然後帶著誠摯的心說完最後一句話。常有人說，愛是做菜的最後一道工序，愛也可以為接待客人劃下完美句點，我時時刻刻都提醒自己，要對眼前的客人展現充滿愛的微笑。

「店長，不要一大早就賣弄不必要的東西。」

為幾個客人結完帳，送他們離開後，背後傳來不悅的聲音。回頭一看，工讀生廣瀨皺著眉頭。

「啊？什麼？什麼不必要的東西？」

「我不是每次都提醒你嗎？一大早就賣弄這種東西，小心警察會來抓你。」

目前讀大學三年級的廣瀨在排班時很配合，工作也很認真，但對我的態度很冷漠，他總是說我對客人賣弄不必要的東西——也就是性感。

「我才沒有賣弄這種東西。」

「你回想一下自己剛才一連串的行動，你雙手遞上找零的錢時，用力握住對方的手，輕聲細語地說：『晚安，祝你有個好夢。』然後露出了笑容。有沒有看到，是不是有不必要的動作？」

廣瀨扭著身體，最後還用舌頭舔著嘴唇，看著我問道。

「……好過分。」

「是不是？是不是很過分？」

「我才沒有露出這種好像連環殺手般的笑容。」

他的模仿太差勁了，我覺得好像有一根細針刺進心裡，輕輕把手放在胸前。

「店長，你不是連環殺手，而是芳心殺手！剛才那位先生，離開時脹紅了臉。你覺得他在那種狀態下，有辦法好好睡覺嗎？接下來那個像是粉領族的姐姐，你知道只有你當班的日子，她的化妝特別用心嗎？不是你當班的時候，她根本不化妝，把頭髮綁在腦後，而且也不是買綠拿鐵，而是買紅蝮蛇精力提神飲料。」

廣瀨平時沉默寡言，但每次對我發牢騷時就滔滔不絕。即使他對我有這麼大的意見，我也不認為自己接待客人有什麼問題，所以完全沒有交集。因為有那麼多便利商店，這些客人選中了這家店——柔情便利店，成為這家店的客人，用在這家店購買的商品，為一天的開始和結束做準備。這是多麼令人高興，同時又難能可貴的事？我只是把這份感謝化為滿滿的愛傳達給他們。

「姑且不論紅蝮蛇，如果讓客人上完夜班後輾轉反側睡不好，就真的對不起客人。我下次會努力帶著慰勞的語氣說話。」我點著頭說。

「店長，你根本搞不清楚狀況。」廣瀨垂頭喪氣地說，「我覺得你在接待客人時，不要這麼有個性。便利商店店員不需要個性，大家只是順路進來，買完東西就離開。」

聽說廣瀨在高中時參加了棒球社，他現在已經不打棒球了，但仍然留著五分頭，有一種調皮搗蛋的感覺，很可愛。我每次說他可愛，他就很生氣，所以我現在都不說了。廣瀨現在像小孩子一樣嘟著嘴，我忍不住笑了起來。

「便利商店店員也可以有個性，而且正因為便利商店是大家順路進來，買完東西就離開的地方，所以我希望這裡能夠成為最舒服自在的空間。」

廣瀨果然很可愛。最後這句話，我打算只在心裡說，沒想到不小心嘀咕出聲了。廣瀨的臉一下子紅了。證明他生氣了。

「店長，你真的搞不清楚狀況，正因為你這樣隨便賣弄性感，所以我們店裡整天擠滿了像跟蹤狂一樣的客人。你知道嗎？我大學同學說這家店是牛郎便利商店，說是可以輕鬆體驗牛郎店感覺的便利商店！」

「是喔？我第一次聽說這個名字，話說回來，這家店有很多像你這麼可愛……這麼帥氣的店員，所以也沒什麼好意外的。」

「你要搞清楚，和我們沒有關係，只有你一個人！唉！」

廣瀨用力抓著頭，這時，通知客人上門的音樂響起。轉頭看向自動門的方向，穿著淺綠色連身工作服的大鬍子男人走了進來。「歡迎光臨。」大鬍子男人和我眼神交會時，被鬍子遮住一半的臉對我露出了笑容，而且還向我揮手，雖然他自以為只是悄悄打招呼，不會有人看到。

「那個人也經常來店裡，絕對是你的跟蹤狂。」

廣瀨露出接待客人的微笑，小聲對我說。我只能笑笑而已，那個人才不是跟蹤狂這麼可愛的角色。

那個男人上門之後，接連有好幾個客人上門。夜班的下班時間快到了，我帶著滿滿的愛對客人說：

「歡迎光臨。」

為選中這家便利商店的你獻上滿滿的愛。

國家圖書館出版品預行編目資料

便利店兄弟：柔情便利店門司港小金村門市 / 町田苑香 著；王蘊潔 譯.--初版.--臺北市：皇冠. 2024.7 面；公分. --（皇冠叢書；第5169種）（大賞；165）
譯自：コンビニ兄弟 テンダネス門司港こがね村店

ISBN 978-957-33-4167-3(平裝)

861.57　　113008647

皇冠叢書第5169種
大賞｜165

便利店兄弟
柔情便利店門司港小金村門市
コンビニ兄弟 テンダネス門司港こがね村店

作　　者—町田苑香
譯　　者—王蘊潔
發 行 人—平　雲
出版發行—皇冠文化出版有限公司
台北市敦化北路120巷50號
電話◎02-27168888
郵撥帳號◎15261516號
皇冠出版社（香港）有限公司
香港銅鑼灣道180號百樂商業中心
19字樓1903室
電話◎2529-1778　傳真◎2527-0904
總 編 輯—許婷婷
責任編輯—黃雅群
內頁設計—李偉涵
行銷企劃—薛晴方
著作完成日期—2020年
初版一刷日期—2024年7月

法律顧問—王惠光律師

讀者服務傳真專線◎02-27150507
電腦編號◎506165
ISBN◎978-957-33-4167-3
Printed in Taiwan
本書定價◎新台幣450元/港幣150元